SANDRA DÜNSCHEDE

Friesenlüge

ALTLASTEN Während eines Ausflugs des Seniorenvereins »Aktive Nordfriesen« verschwindet plötzlich der Rentner Heinrich Matzen. Wenig später findet man seine Leiche im Hamburger Volkspark. Alles deutet auf einen Raubmord hin, doch als kurz darauf auch die Witwe tot in ihrem Haus am Dagebüller Deich aufgefunden wird, vermutet Kommissar Thamsen ein anderes Motiv.

Steckt eventuell der Bauunternehmer Harry Leibnitz, der auf dem Grundstück der Matzens eine Ferienanlage errichten will, hinter den grausamen Morden? Oder die Tochter des toten Rentnerpaares, die mit ihrem hochverschuldeten Landgasthof kurz vor der Pleite steht? Thamsen nimmt die Ermittlungen auf und erhält dabei diesmal nicht nur Unterstützung von seinen Freunden Tom und Haie, sondern auch von seinem Hamburger Kollegen Peer Nielsen. Gemeinsam stoßen sie auf lang gehegte Geheimnisse.

Sandra Dünschede, geboren 1972 in Niebüll/Nordfriesland und aufgewachsen in Risum-Lindholm, erlernte zunächst den Beruf der Bankkauffrau und arbeitete etliche Jahre in diesem Bereich. Im Jahr 2000 entschied sie sich zu einem Studium der Germanistik und Allgemeinen Sprachwissenschaft an der Heinrich-Heine-Universität in Düsseldorf. Kurz darauf begann sie mit dem Schreiben, vornehmlich von Kurzgeschichten und Kurzkrimis. 2006 erschien ihr erster Kriminalroman »Deichgrab«, der mit dem Medienpreis des Schleswig-Holsteinischen-Heimatbundes als bester Kriminalroman in Schleswig-Holstein ausgezeichnet wurde. Seitdem arbeitet sie als freie Autorin und lebt seit 2011 wieder in Hamburg, wohin es sie als waschechtes Nordlicht zurückzog.

Bisherige Veröffentlichungen im Gmeiner-Verlag:
Friesenkinder (2013)
Nordfeuer (2012)
Todeswatt (2010)
Friesenrache (2009)
Solomord (2008)
Nordmord (2007)
Deichgrab (2006)

SANDRA DÜNSCHEDE

Friesenlüge

Ein Nordfriesland Krimi

Original

GMEINER

Personen und Handlung sind frei erfunden.
Ähnlichkeiten mit lebenden oder toten Personen
sind rein zufällig und nicht beabsichtigt.

Besuchen Sie uns im Internet:
www.gmeiner-verlag.de

Im Ehnried 5, 88605 Meßkirch
Telefon 07575/2095-0
info@gmeiner-verlag.de

1. Auflage 2014

Lektorat: Claudia Senghaas, Kirchardt
Herstellung: Julia Franze
Umschlaggestaltung: U.O.R.G. Lutz Eberle, Stuttgart
unter Verwendung eines Fotos von: © Essaka – Fotolia.com
Druck: GGP Media GmbH, Pößneck
Printed in Germany
ISBN 978-3-8392-1519-7

Für Inga,
mit der mich nicht nur meine nordfriesische Heimat,
sondern auch der Hang zum Morbiden verbindet.

1. KAPITEL

»Ick heff mol in Hamburg een Veermaster sehn, to my hooday, to my hooday.«

Der fröhliche Gesang drang bis ans Oberdeck des kleinen Ausflugsschiffes und übertönte beinahe die Ansagen aus dem Bordlautsprecher: »Rechts, meine Damen und Herren, sehen Sie den legendären Fischmarkt mit der berühmten Fischauktionshalle.«

Es war ein strahlend blauer Sommertag. Die Sonne brannte geradezu von einem wolkenlosen Himmel und nur eine leichte Brise machte die Hitze erträglich.

Erika Matzen stand an der Reling, beugte sich weit vor und kotzte sich die Seele aus dem Leib.

»Na min Deern, bist aber auch nicht seefest, wat?« Der schmale Mann mit Schippermütze trat neben sie und tätschelte ihre Schulter. »Dabei sind wir noch nicht mal auf dem offenen Meer.«

Erika Matzen trat einen Schritt zurück. Die ganze Situation war ihr mehr als unangenehm, und das Grinsen in dem Gesicht des Mannes, das ihr entgegensprang, als sie den Kopf zur Seite hob, machte es nicht besser. So etwas war ihr noch nie passiert. Schließlich stammte sie aus einer Seefahrerfamilie; war quasi auf dem Wasser groß geworden. Aber dies war eben nicht das Meer, wie der Mann richtig bemerkt hatte. Dies war die Elbe und sie fuhren durch den Hamburger Hafen.

Früh am Morgen hatten sich Erika und ihr Mann Heinrich mit der Seniorengruppe ›Aktive Nordfriesen‹ in Niebüll am ZOB getroffen und waren nach Hamburg gefahren. Schon öfter hatten sie mit anderen Rentnern aus der Umgebung Ausflüge zusammen gemacht. Die Fahrt in die Hansestadt war bereits die dritte Tour in diesem Jahr, der sie sich angeschlossen hatten, und die Hafenrundfahrt der erste Programmpunkt des Trips. Doch so wie sich Erika momentan fühlte, glaubte sie nicht daran, den Rest des Tages zu überstehen. Wieder rebellierte ihr Magen und sie versuchte, durch tiefes Ein- und Ausatmen den Brechreiz zu unterdrücken.

»Hier, nimm man ’nen Schluck.« Der schlanke Mann reichte ihr einen silbernen Flachmann und nickte ihr aufmunternd zu. Erikas Hand zitterte wie bei einem Alkoholiker auf Entzug, als sie die Flasche langsam zum Mund führte. »Nu man nich so schüchtern.« Sie kniff die Augen zusammen und nahm einen großen Schluck. Die brennende Flüssigkeit lief ihren Hals hinab und entfachte ein Feuer in ihrer Magengegend. Kurz überkam sie ein neuer Brechreiz und sie lehnte sich wieder über die Reling. Dann aber spürte sie plötzlich, wie ein Knoten in ihrem Bauch platzte, und schlagartig ging es ihr besser. Sie atmete auf. »Danke.« Erika reichte dem Mann den Flachmann zurück. Der nickte. »Und nun genießt du mal schön den herrlichen Hamburger Hafen.« Wieder tätschelte er ihre Schulter, doch diesmal war es ihr nicht unangenehm. »Soll ick jemanden Bescheid geben, dat du hier oben büst?«

Erika dachte kurz an Heinrich, der ihre Abwesenheit sicherlich noch nicht einmal bemerkt hatte. Er hatte bereits im Bus den ersten Schnaps getrunken und hielt sich nun gewiss auch nicht zurück. Sie schüttelte den Kopf. »Aber danke noch mal.« Sie schaute dem Mann hinterher, während er die Treppe zum Unterdeck hinunterkletterte. Das Letzte, was sie von ihm sah, war seine dunkelblaue Schippermütze, doch als auch die aus ihrem Blickfeld verschwunden war, wandte sie sich endlich der Szenerie der Elbe zu.

Das Schiff hatte mittlerweile gedreht und fuhr nun stromaufwärts, um in den Containerhafen Waltershof abzubiegen. Tausende von bunten Containern reihten sich an den Kaianlagen aneinander.

Davor lagen etliche Schiffe, die be- oder entladen wurden. So genau konnte Erika das nicht erkennen. Ihr Ausflugsboot wirkte winzig im Vergleich zu den riesigen Pötten, beinahe wie eine Nussschale. Woher die Schiffe wohl kamen? Die meisten Flaggen, unter denen die Schiffe fuhren, kannte Erika nicht. Und meist sagte dies heutzutage ohnehin nichts mehr darüber aus, denn selbst viele deutsche Frachter fuhren unter ausländischer Flagge. Weil es billiger war, wie Erika der Ansage aus dem Lautsprecher entnahm.

Wenig später verließen sie den Containerhafen und fuhren auf dem Hauptstrom Richtung Speicherstadt. Erika liebte dieses Hamburger Viertel, das sich den Flair längst vergangener Zeiten bewahrt hatte, aber leider wendete das Schiff kurz darauf, um Kurs auf die Landungsbrücken zu nehmen, wo die Fahrt schließlich endete.

Langsam ging sie die Treppe vom Oberdeck hinunter und reihte sich in die Schlange der anderen Fahrgäste ein, um von Bord zu steigen. Anscheinend hatte sie keiner vermisst, jedenfalls sprach niemand sie an. Laut schnatternd bewegte sich die Gruppe zum Vorplatz der Landungsbrücken, auf dem ihr Bus parkte.

»Hat jeder seinen Sitznachbarn wieder neben sich?«, drang die Stimme des Busfahrers aus dem Lautsprecher, als sie eingestiegen waren und alle Platz genommen hatten. Zustimmendes Gemurmel machte sich breit und Erika erschrak, als ihr klar wurde, dass vor dem Bus niemand mehr stand.

»Nein«, rief sie und sprang auf. »Heinrich ist nicht da!«

2. KAPITEL

»Herr Ketelsen, Ihre Hilfsbereitschaft in allen Ehren, aber Sie können den Kleinen nicht immer mit zur Arbeit bringen.«

Haie blickte auf Niklas, der zu seinen Füßen mit ein paar Bauklötzen spielte, dann auf den Direktor der Risumer Grundschule, an der er seit vielen Jahren als Hausmeister tätig war. »Ja, aber er stört doch keinen.«

Herr Mohn seufzte. Er musste zugeben, dass der Junge wirklich sehr lieb war und in der Tat niemanden störte. Ganz im Gegenteil. Die Angestellten verwöhnten ihn nach Strich und Faden, steckten ihm Süßigkeiten zu, scherzten mit ihm. Die Schüler, vor allem die Mädchen, spielten in den Pausen mit dem Kleinen, und auch Haies Arbeit litt in keinster Weise unter der Anwesenheit von Niklas. Der Schulhof war wie eh und je sauber gefegt und die Böden im Schulgebäude glänzten. Trotzdem konnte er dem Hausmeister das nicht ewig durchgehen lassen. Nachher kamen die anderen Mitarbeiter auch noch auf die Idee, ihre Kinder mit zur Arbeit zu bringen. Und wo sollte das hinführen? »Es geht trotzdem nicht. Ihr Freund muss sich endlich um eine andere Lösung kümmern.«

Haie nickte traurig, obwohl er wusste, dass Niklas über kurz oder lang eine anständige Betreuung brauchte. Doch er war so froh gewesen, als Tom es endlich geschafft hatte, sich aufzuraffen und wieder einen Job anzunehmen. Da war die Frage, wer sich um den Kleinen kümmern sollte, erst einmal nebensächlich gewesen.

Die letzten eineinhalb Jahre waren für Tom und auch für Haie nicht einfach. Und es kam ihm wie gestern vor, als ein Anruf ihr aller Leben zerstörte.

Dabei hatte der Abend im Dezember 2003 so nett begonnen. Sie hatten mit dem befreundeten Kommissar Dirk Thamsen zusammen gesessen und mit ihm den Abschluss eines Falls gefeiert. Vor Niklas Geburt waren sie dazu meist in die griechische Taverne nach Niebüll gefahren, in der sie alle Stammgäste waren. Doch mit einem Baby musste man umdisponieren, und daher hatten sie bei Tom und Marlene gefeiert und das Essen bestellt. Die Männer hatten ordentlich auf den Ermittlungserfolg angestoßen und Marlene, die wegen des Stillens keinen Alkohol hatte trinken dürfen, war die Einzige gewesen, die nach Niebüll fahren konnte, um die Bestellung abzuholen.

»Es hat eine Explosion beim Griechen gegeben«, hatte man Dirk Thamsen per Telefon informiert. »Mit einer Toten.« Sie hatten sofort gewusst, dass es Marlene war, die bei dem Anschlag ums Leben gekommen war. Und waren ausnahmslos alle in ein tiefes dunkles Loch gefallen. Der Tod der Ehefrau und Freundin hatte den drei Männern den Boden unter den Füßen weggerissen.

Thamsen und Haie war es leichter gefallen, wieder an die Oberfläche zu gelangen. Dirk Thamsen hatte sich wie wild in die Ermittlungen gestürzt und Haie hatten seine Pflichten als Patenonkel Tag für Tag überstehen lassen. Aber Tom hatte Marlenes Tod beinahe um den Verstand gebracht. Er hatte sich im Schlafzimmer verschanzt und niemanden an sich herangelassen. Die ersten Tage hatte Haie ihn gelassen. Er war viel zu beschäftigt gewesen, mit Niklas und sich selbst. Nach und nach hatte er es dann aber mit der Angst zu tun bekommen. Tom war nicht mehr ansprechbar gewesen. Er hatte auf dem Bett gelegen und gegen die Decke gestarrt. Alles um ihn herum schien nicht zu existieren – auch Niklas nicht. Irgendwann hatte Haie keinen anderen Ausweg mehr gesehen, als Tom in eine Klinik einweisen zu lassen. Mehrere Wochen wurde er dort behandelt, ein Suizidversuch abgewehrt, und erst nach drei Monaten hatte man ihn unter bestimmten Auflagen entlassen. Haie hatte seine Wohnung in Maasbüll gekündigt und wohnte seitdem bei Tom und Niklas. Nur sehr langsam war es mit Tom bergauf gegangen und oft hatte es Rückschläge gegeben. Daher war Haie überglücklich gewesen, als Tom sich um den Auftrag in Dagebüll bemühte – und er hatte dem Freund versprochen, sich um Niklas zu kümmern.

Doch der Kleine war noch nicht trocken und daher wollte der örtliche Kindergarten ihn nicht nehmen. Haie hatte zwar versucht, die Notlage zu erklären, doch die Leiterin der Tagesstätte hatte sich nicht erweichen lassen. »Er ist zu klein. Wir nehmen erst Kinder ab drei«, hatte sie die Absage begründet und ihm vorgeschlagen, er solle doch seine Exfrau fragen.

Elke hätte Niklas wahrscheinlich auch liebend gerne genommen, aber Haie wollte ihr nicht wieder zu viel Raum in seinem Leben geben. Eine Tagesmutter zu finden war nicht so leicht, zumal Tom momentan das

Geld fehlte. Er war selbstständig und hatte über ein Jahr nicht mehr gearbeitet.

»Ich werde mich um eine Lösung kümmern, versprochen. Wenn ich ihn bis dahin …?« Der Direktor nickte. Er kannte die Umstände und im Grunde genommen hatte er den kleinen Jungen in sein Herz geschlossen.

»Ja, aber … Wir können doch nicht ohne Heinrich fahren«, entfuhr es Erika Matzen schrill. Der Busfahrer zuckte mit den Schultern. Auf sein Hupen hin war kein Nachzügler über den Vorplatz geeilt und wie sich zwischenzeitlich herausstellte, hatte den Rentner seit Stunden keiner mehr gesehen. »Ist er überhaupt mit auf's Schiff?«

»Aber wo soll er denn sonst hingegangen sein?« Erika war ratlos. Sie hatte nicht darauf geachtet, ob ihr Mann an den Landungsbrücken auf das Boot gestiegen war, da sie sich angeregt mit Irmgard Lentzen über den anstehenden Musical-Besuch unterhalten hatte.

»Ich ruf' ihn jetzt mal an«, beschloss sie und bat Uwe Mommsen, sein Handy benutzen zu dürfen. Ihr eigenes Mobiltelefon hatte Heinrich bei sich. Mit zittriger Hand tippte sie die eigene Nummer ein und lauschte angespannt dem Rufton. Doch auch nach dem 20. Klingeln wurde am anderen Ende nicht abgehoben. »Das gibt es doch gar nicht«, murmelte Erika, während es in ihrem Kopf nur so rauschte. Wo steckte Heinrich denn bloß?

»Ich schlage vor, dass wir die Fahrt fortsetzen«, meldete sich Erna Hansen, die Vorsitzende des Seniorenvereins zu Wort. »Heinrich kennt ja unser Programm. Er wird sich sicher irgendwo zu den vereinbarten Zeiten anfinden.« Erika nickte, obwohl sie nicht recht daran glaubte. Was, wenn Heinrich nicht auftauchte?

Diese Frage beschäftigte sie den ganzen Tag. Vergessen waren die Schönheiten Hamburgs, die sie zwar sah, aber überhaupt nicht wahrnahm. Der Michel, die Binnenalster, das Rathaus – alles Bilder, die nicht in ihr Bewusstsein drangen, da die Sorge um Heinrich für nichts anderes Platz ließ. Sorge, zu der sich zunehmend Ärger über die anderen Mitreisenden gesellte. Denn auch wenn sie ihre Umgebung kaum wahrnahm, das Getuschel hinter sich hörte sie sehr wohl.

»Wenn der sich man nicht auf die Reeperbahn abgesetzt hat, hi, hi, hi.« – »Herbertstraße, ho, ho, ho!« War ja typisch. Die Meiers und Ingwersens hatten mal wieder nichts anderes zu tun, als sich das Maul über andere zu zerreißen. Oder hatten sie recht? Hatte Heinrich sich absichtlich davongestohlen und war …? Er war die letzten Tage ohnehin so seltsam gewesen. Noch heute Morgen hatte sie ihn kaum ansprechen dürfen. Erika schluckte. Nein, sagte sie sich, so etwas macht mein Heinrich nicht. Es muss etwas passiert sein. Im Minutentakt wählte sie daher die eigene Nummer auf dem geliehenen Handy. Doch zwischenzeitlich schien das Telefon sogar abgeschaltet, denn statt eines Freitons meldete sich nun immer gleich die Mailbox. »Das gibt es doch gar nicht«, flüsterte Erika vor sich hin. Der Bus stoppte vor der Neuen Flora und die Gruppe stieg aus. Sie zögerte und überlegte, ob sie Heinrich suchen sollte, anstatt ins Musical zu gehen. Aber wo sollte sie anfangen?

»Immer noch keine Nachricht von Ihrem Mann?« Der Busfahrer schien der Einzige, der die Situation einigermaßen ernst nahm.

»Nee.«

»Na, gehen Sie man«, forderte er Erika Matzen auf. »Ich bin hier, falls er kommt.« Ungern verließ sie den Bus. Sie würde von dem Musical sowieso nicht viel mitbekommen. Dabei hatte sie sich so darauf gefreut.

Als die ersten Töne der Musik erklangen, entspannte sie sich jedoch wider Erwarten. Für einen kurzen Moment war die Sorge um Heinrich vergessen, da der Bühnenzauber sie in eine ganz andere Welt entführte. Erika fühlte sich leicht, beinahe, als ob sie schwebte. Doch kaum fiel der Vorhang, plumpste sie quasi auf den Boden der Tatsachen und der einsetzende Applaus holte sie vollends in die Realität zurück. Sie rannte förmlich aus dem Gebäude.

Ehe sie den Bus erreichte, sah sie, dass nur der Fahrer darin saß, und der schüttelte auch gleich den Kopf, als sie heranstürmte.

»Tut mir leid, aber er ist nicht gekommen.«

Und nun? Erikas Atem setzte aus, als ihr bewusst wurde, was das bedeutete. Sie würden ohne Heinrich nach Hause fahren.

»Aber wir müssen zur Polizei. Das müssen wir doch melden«, kreischte sie durch den Bus. Die anderen Mitreisenden blickten Erika größtenteils verständnislos an. Sie waren müde von dem langen Tag und wollten nach Hause.

»Außerdem ist er keine 24 Stunden weg. Da unternehmen die eh nichts«, erklärte Rudolf Lange, der einst selbst bei der Polizei gearbeitet hatte und sich auskannte.

»Ja, aber …« Erika war sprachlos. Konnten sie denn gar nichts machen?

»Du kannst ja hierbleiben«, schlug Erna Hansen vor, doch der Gedanke, allein in Hamburg zu bleiben, erschrak Erika noch mehr. Sie kannte niemanden in der Stadt. Wo konnte sie hin? Wie sollte sie Heinrich finden? Sie schüttelte den Kopf, woraufhin der Busfahrer die Türen schloss und losfuhr.

3. KAPITEL

»Michel meldet leblose Person im Volkspark, unterhalb des Pavillon Nähe Schnackenburgallee«, hallte die Stimme des Wachhabenden, der den Funkspruch der Einsatzzentrale empfangen hatte, durch die Sprechanlage des Polizeikommissariats in Bahrenfeld. Von einer Sekunde auf die andere brach Hektik in dem Gebäude aus. Türen schlugen, eilige Schritte waren zu hören, Stimmengewirr erfüllte das Treppenhaus. Jeder verfügbare Polizist rannte zu den Einsatzfahrzeugen, die kurz darauf mit Blaulicht und Martinshorn den Hof in Richtung Volkspark verließen.

Polizeihauptkommissar Franke war mit seinem Kollegen als Erster am Fundort und traf beinahe zeitgleich mit dem von der Einsatzzentrale angeforderten Notarztwagen ein.

Am Wegesrand stand eine junge Frau, anscheinend eine Hundeausführerin. Um sie herum kläfften wild sechs Hunde, doch diesen Höllenlärm schien die Frau gar nicht wahrzunehmen. Stumm und mit starrem Blick wies sie mit ausgestrecktem Arm ins Unterholz.

Franke bückte sich und gab dem Notarzt ein Zeichen, ihm zu folgen. Geduckt schlugen die beiden sich durch das Geäst, das um diese Jahreszeit beinahe undurchdringlich war. Die Sonne hatte kaum eine Chance durch das dichte Blätterwerk über ihnen zu dringen, dementsprechend schummerig war es im Gehölz. Dennoch sahen sie den reglosen Körper schnell, wahrscheinlich weil sie danach gesucht hatten.

Der Kommissar ließ dem Mediziner den Vortritt. Zunächst war es wichtig festzustellen, ob die Person noch lebte. Menschenleben ging immer vor Tatortsicherung. Doch nach wenigen Augenblicken schüttelte der Arzt den Kopf.

»Am besten, Sie rufen gleich jemanden von der Mordkommission und die Spurensicherung«, empfahl er, als er sich zu Franke umblickte. »Bei der Kopfverletzung«, er wies auf eine Wunde am Hinterkopf des Toten, »bin ich mir nämlich nicht sicher, ob die nur von einem Sturz herrührt.«

Peer Nielsen hatte das Polizeipräsidium an diesem Nachmittag früh verlassen, um sich mit seinem besten Freund Sören in Eimsbüttel zu treffen. Er hatte ohnehin Rufbereitschaft und konnte nicht wirklich Feierabend machen, aber bei dem schönen Wetter ließ sich die Wartezeit bis zu einem eventuellen Einsatz auch gut in einem Biergarten überbrücken; auch wenn man sich nur eine große Apfelschorle genehmigen konnte. Ohnehin hatte er Sören in der letzten Zeit sehr vernachlässigt. Bis zu seiner Beförderung hatte er geackert wie ein Pferd, und danach war es erst richtig losgegangen. Die Aufgaben als Leiter einer Mordbereitschaft waren umfangreicher, als er gedacht hatte. Daher waren mittlerweile fast zwei Monate vergangen, seit Sören und Peer zusammen gesessen hatten.

»Schön, dass es geklappt hat«, freute sich der Freund deshalb, als sie auf ihr Wiedersehen anstießen. »Und gratuliere noch mal zur Beförderung.«

Sie hatten jeweils einen großen Schluck getrunken und Peer wollte gerade über seine ersten Tage als Chef berichten, da klingelte sein Handy. Entschuldigend zuckte er mit den Schultern und nahm das Gespräch an.

»Wo?« Er runzelte die Stirn, während er der Stimme am anderen Ende lauschte. »Und?« Die Furchen in seinem Gesicht wurden tiefer. »Ja, ja, ich komme.« Er legte auf. »Mist.«

Sören blickte ihn enttäuscht an. »Einsatz?«

»Hm. Leichenfund im Volkspark. Sorry, aber ich muss los.« Er stand auf, zog aus seiner Hosentasche einen Zehn-Euro-Schein, den er auf den Tisch legte, und klopfte Sören auf die Schulter. »Bist eingeladen.«

Wenig später stieg Peer Nielsen aus seinem Dienstwagen und blickte sich suchend um. Hatte der Kollege nicht gesagt, man würde am Parkplatz beim Kiosk in der Max-Schmeling-Straße auf ihn warten? Weit und breit sah er jedoch nur Jogger, Mütter mit Kinderwagen und Horden von Hundebesitzern, aber keinen Polizeibeamten.

»Verdammt«, fluchte Peer Nielsen und zog sein Handy aus der Hosentasche. »Ja, ich bin's noch mal. Wo ist denn nun die Leiche?« Eine vorbeigehende Frau mit Pinscher drehte sich entsetzt nach ihm um, während er auf die Antwort seines Kollegen wartete. »Praktikant? Hier? Nee.« Plötzlich trat ein rothaariger Hänfling zwischen zwei Bäumen hervor.

»Kommissar Nielsen?«, rief er mit piepsiger Stimme. Peer legte ohne Verabschiedung auf.

»Haben Sie sich absichtlich versteckt?« Die Gesichtsfarbe des Praktikanten passte sich der seiner Haare an.

»N…, nein.«

»Egal, wo ist die Leiche?« Der junge Mann drehte sich um und schlug wortlos einen Waldweg ein. Es war ein Stück zu laufen, ehe sie die Wiese und den Pavillon sahen, und Peer fragte sich, ob das Opfer am Fundort umgebracht worden war. Ansonsten musste es eine ganz schöne Plackerei gewesen sein, die Leiche durch den halben Volkspark zu schleppen, um sie hier abzulegen. Reifenspuren konnte er jedenfalls keine ausmachen. Plötzlich blieb der Rothaarige stehen und wies mit ausgestrecktem Arm auf den Pavillon, um den herum rot-weißes Absperrband flatterte. Sonst war allerdings nichts zu sehen. Peer Nielsen bückte sich unter dem Band hindurch und stand plötzlich an einem Abhang. Unterhalb von ihm sah er die Kollegen von der Spurensicherung durch das Gehölz kreuchen.

»Was machen Sie denn da oben?«, rief ihm Franke zu, der mit seinen Kollegen den Tatort sicherte und über den Eindringling verärgert war.

»Nielsen, Mordkommission«, rief Peer dem Polizisten zu, während er vorsichtig die Böschung hinabkletterte.

»Und wieso stapfen Sie dann einmal durchs Gelände? Hier gibt es einen ganz regulären Weg.«

»Ihr Praktikant«, erklärte Nielsen und wies in Richtung Pavillon, aber von dem Rothaarigen war nichts zu sehen.

»Ach der«, winkte Franke ab. »Ist wirklich zu nichts zu gebrauchen. Egal, gut, dass Sie da sind. Wir haben hier einen Leichenfund und der Notarzt schließt eine Fremdeinwirkung nicht aus.«

»Wer hat den Toten gefunden?« Franke drehte sich um und zeigte auf die Frau mit den vielen Hunden, die auf dem Weg stand. Peer Nielsen nickte. Mit der Hundebesitzerin würde er sich später unterhalten, zuerst wollte er mal einen Blick auf die Leiche werfen.

»Was habt ihr?« Der Beamte der Spurensicherung, der neben dem Toten kniete, stand auf und drehte sich um. Sein Blick verriet, dass diese Frage viel zu früh kam.

»Außer, dass wir es hier mit einer männlichen Leiche zwischen 60 und 70 Jahre alt zu tun haben, kann ich noch nicht viel sagen.«

Das sehe ich selbst, fuhr es Peer Nielsen durch den Kopf. Er rollte mit den Augen. »Könnte ein Raubmord gewesen sein. Sieht nach einer Schlagverletzung aus.« Er wies auf die Wunde am Kopf des Opfers.

»Ich bin nicht der Gerichtsmediziner. Das wird eine Obduktion zeigen.« Der Leichenwagen, der das Opfer in das Rechtsmedizinische Institut bringen sollte, stand bereit.

Er sah ein, dass es besser war, auf die Ergebnisse der Sektion zu warten, und ging daher zu der Hundebesitzerin. Sofort stürmten die Hunde auf ihn zu und sprangen wild kläffend um ihn herum.

»Und Sie haben den Toten gefunden?«, versuchte er sich mit lauter Stimme gegen das Gebell durchzusetzen.

»Nein, Kasper hat die Leiche entdeckt.« Sie zeigte auf den Schäferhund, der an seinen Schuhen schnüffelte.

»Und ist Ihnen etwas aufgefallen?« Die Frau kniff die Augen zusammen. Sie verstand ganz offensichtlich nicht, was er meinte. »Andere Personen, lag irgendeine mögliche Tatwaffe oder Geldbörse herum?«

»Nee.«

Der Kommissar schaute sich um. Der Tote lag ein gutes Stück vom Weg entfernt. Der Täter musste sein Opfer dorthin geschleift haben, oder – Peer Nielsens Blick wanderte die Böschung hinauf – er hatte ihn von oben hinabgestoßen.

4. KAPITEL

Dirk Thamsen war wie gewöhnlich einer der Ersten auf der Dienststelle. Seit er vor einigen Jahren die Leitung der Niebüller Polizei übernommen hatte, war er immer gegen sieben Uhr im Büro, außer er war krank oder hatte Urlaub. Ersteres war aber seit Jahren nicht mehr vorgekommen und letzteres stand erst in drei Wochen an. Dann begannen nämlich endlich die Sommerferien und er hatte für sich, seine Freundin Dörte und die Kinder eine Reise nach Amerika gebucht. Anne und Timo wussten noch nichts von ihrem Glück. Er hatte ihnen erzählt, sie würden in ein Ferienhäuschen nach Dänemark fahren und dafür auch schon vernichtende Kommentare geerntet. »Das ist doch was für Familien mit Babys.« »Wie langweilig, da ist es doch genau wie hier.« »Null Aktion.«

Thamsen jedoch rieb sich innerlich die Hände, während er schweigend das Gemaule der Kinder ertrug. Das würde eine Überraschung sein. Er freute sich schon sehr, zumal er lange auf die Reise gespart hatte. Außerdem würde es wahrscheinlich der letzte große gemeinsame Urlaub sein, denn Timo war mittlerweile beinahe erwachsen und wäre dieses Jahr lieber mit seinen Freunden als mit seinem alten Herrn in die Ferien gefahren. Thamsen war auf Timos Gesicht gespannt, wenn sie anstatt Richtung Dänemark zum Hamburger Flughafen fuhren.

Er holte sich wie gewöhnlich eine Tasse Kaffee aus der Gemeinschaftsküche und machte sich dann daran, seine Mails durchzugehen. Viel war seit gestern Abend nicht passiert, lediglich ein paar Nachrichten aus dem Presseticker der Polizei sowie eine Anfrage einer Krimiautorin, ob sie einmal die Dienststelle besuchen dürfte und er für ein paar Fragen zur Verfügung stand. Er hatte seit Jahren kein Buch mehr gelesen und musste schmunzeln bei der Vorstellung, dass in dem ersten, das er vielleicht dann wieder in die Hand nehmen würde, er die Hauptfigur sein könnte. Thamsen schrieb der Autorin, er sei gern zu einem Gespräch bereit, und fragte, wann sie vorbeikommen wollte. Wie eine Krimiautorin wohl aussieht, fragte er sich und zuckte zusammen, als es plötzlich an seiner Tür klopfte.

»Herein?« Er nahm an, es sei einer seiner Mitarbeiter und staunte daher nicht schlecht, als eine ältere Dame die Tür öffnete und wie eine Furie auf ihn los stürmte. Gleich darauf stürzte ein Polizist in den Raum.

»Ich bat Sie draußen zu warten.« Er packte die Frau am Arm und versuchte, sie aus Thamsens Büro zu zerren. Doch die Alte wehrte sich mit Leibeskräften.

»Sie müssen meinen Mann finden. Er ist weg«, krakeelte sie. »Sie müssen etwas tun.«

Dirk verfolgte kurz das Handgemenge vor seinem Schreibtisch, stand dann auf und schlug mit der flachen Hand auf die Tischplatte. »Nun mal mit der Ruhe. Wir kümmern uns ja, aber Sie müssen sich anständig benehmen und ruhig erzählen, was passiert ist.

Ansonsten können wir Ihr Anliegen nicht bearbeiten. Wie ist überhaupt Ihr Name?«

Die ältere Frau, die durch Thamsens Ansprache plötzlich wie versteinert wirkte, schluckte. »Erika Matzen.«

»Und, Frau Matzen, was genau ist passiert?« Er deutete mit seiner Hand auf den Stuhl vor seinem Schreibtisch. Erika Matzen zögerte einen Moment. Sie durften keine Zeit verlieren, schließlich war Heinrich nun beinahe 24 Stunden verschwunden. Gemeldet hatte er sich auch nicht. Erika hatte die ganze Nacht vor dem Telefon ausgeharrt, mehrere Male den Hörer abgenommen, um zu überprüfen, ob der Anschluss überhaupt funktionierte. Doch Heinrich hatte nicht angerufen, und von Stunde zu Stunde war ihre Angst größer geworden, bis sie es fast nicht mehr ausgehalten hatte. Da sie keinen Führerschein besaß, hatte sie auf den Schulbus warten müssen. Zwischen plappernden Kindern mit riesigen Tornistern war sie nach Niebüll gefahren. Den restlichen Weg vom ZOB zur Polizeidienststelle war sie beinahe gerannt.

»Ja, mein Mann ist gestern in Hamburg verschwunden«, entschied sie sich nun doch, die ganze Geschichte zu erzählen. Lange würde sie ohnehin nicht brauchen, daher setzte sie sich nur auf die Kante des Holzstuhls. Dirk Thamsen hörte der Frau aufmerksam zu. Er stellte ein paar Fragen und entschied, dass man eine Vermisstenanzeige aufnehmen würde. Etwas seltsam war die Sache, aber wer wusste schon, was zwischen den Eheleuten vorgefallen war und Erika Matzen ihm vielleicht verschwieg.

»Wir leiten die Anzeige an die Kollegen in Hamburg weiter – und dann schauen wir mal«, versuchte er, die Frau ein wenig aufzumuntern. Mehr konnten sie momentan ohnehin nicht tun, denn dass Heinrich Matzen suizidgefährdet sein könnte, hatte seine Frau ausgeschlossen. Erika Matzen nickte langsam, stand aber nicht auf. Sie konnte nicht begreifen, dass das alles war, was die Polizei wegen Heinrichs Verschwinden tat. Sie mussten doch nach ihm suchen. Ganz offensichtlich war ihm etwas zugestoßen. Warum sonst meldete er sich nicht?

»Glauben Sie mir«, versicherte der andere Beamte, der Erika Matzen am Arm griff, um sie vom Stuhl hoch zu ziehen, »die meisten Fälle klären sich schneller auf, als man denkt.«

»Haie, kannst du heute Nachmittag auf Niklas aufpassen?« Tom saß am Frühstückstisch und schnitt ein Marmeladenbrot für seinen Sohn in kleine Quadrate.

»Na sicher passt der Onkel Haie auf dich auf«, antwortete Haie an Niklas gewandt und zupfte dem Kleinen leicht am Ohr. Der jauchzte vor Vergnügen.

»Mehr, mehr!«, forderte Niklas und Haie kam diesem Wunsch zu gern nach. Er liebte den Jungen über alles, auch wenn er nicht sein Sohn war. Wahrscheinlich lag es daran, weil er in dem Kleinen ein Stück von Marlene weiterleben sah und das machte ihn jeden Tag aufs Neue froh. Für Tom hingegen war es oft eine Qual, wenn er in den blauen Augen seines Kindes die so schmerzlich vermisste Geliebte entdeckte, und es stimmte ihn daher oftmals traurig, wenn er sah, wie sehr

Niklas nach seiner Mutter kam. Vielleicht war das auch der Grund, warum er den Jungen Haie so oft aufhalste, anstatt sich selbst um ihn zu kümmern. Kaum verwunderlich also, dass Haie und Niklas oft weitaus besser miteinander auskamen als Vater und Sohn. Momentan war Tom das allerdings egal. Er war froh, wieder einigermaßen Boden, wenn auch noch recht wackeligen, unter seinen Füßen zu spüren. Anfangs hatte er gedacht, er packe das mit der Arbeit nicht, aber der Job lenkte ihn zumindest von seiner Trauer ab und brachte ihn wenigstens ab und an auf andere Gedanken.

»Wie geht es denn in Dagebüll voran?«

»Och, eigentlich ganz gut«, entgegnete Tom. »Diese Ferienanlage wird echt ein super Gewinn für die Region. Wenn sie denn endlich fertiggestellt werden kann.«

»Wieso, gibt es Probleme?«

»Naja, ein paar Einheimische sträuben sich, ihr Land zu verkaufen. Kennst ja die sturen Nordfriesen.« Tom steckte eines der Marmeladenquadrate in Niklas weit aufgesperrten Mund. »Ist ja nicht so einfach. Die sollen schließlich ihre Häuser verkaufen, oder? Also würdest du …?«

»Warum nicht?« Seit Marlenes Tod sah Tom viele Dinge anders. Nichts war für die Ewigkeit. Das hatte er mehr als deutlich zu spüren bekommen. Und was machte es dann für einen Unterschied, in welchem Haus man lebte? Die Baufirma machte den Eigentümern zudem großzügige Angebote. »Aber bis auf einen haben wir langsam alle umgestimmt. Ab einer gewissen Summe ist halt doch jeder käuflich.«

»Und auf den einen seid ihr angewiesen?«

Tom nickte. »Leider. Sein Grundstück liegt mittendrin im Baugebiet. Keine Chance drumherum zu bauen.« Das Projekt war für Dagebüller Verhältnisse riesig. Direkt hinter dem Außendeich sollte eine große Feriensiedlung mit über 100 kleinen Häuschen und Wohnungen entstehen. Dazu ein Tennisplatz, eine Badelandschaft und Einkaufsmöglichkeiten. Haie stand dem Vorhaben mit geteilter Meinung gegenüber. Natürlich war es gut, Urlauber in die Region zu locken. Das schaffte Arbeitsplätze, und die konnten sie hier dringend gebrauchen. Viele Möglichkeiten außer dem Tourismus, der Landwirtschaft und ein paar kleineren Unternehmen bot der nördlichste Landstrich des Kreises wirklich nicht. Aber musste man dafür so stark in die Landschaft und das Leben der Einheimischen eingreifen? Außerdem wurde viel freie Fläche bebaut, der weite Blick genommen. Schön sah das jedenfalls nicht aus und ob es der Umwelt gut bekam, wagte Haie auch zu bezweifeln. Die zahlreichen Touristen würden rücksichtslos durch die Landschaft stapfen, Vögel beim Brüten stören, im Watt die letzten Seesterne aufklauben, und auch wenn es verboten war, ihre Strandmuscheln am Deich aufbauen und dadurch den Schutzwall ruinieren. Tom gegenüber hielt sich Haie jedoch mit seinen Argumenten zurück. Er war froh, dass der Freund sich wieder aufgerafft hatte und arbeiten ging. Auch wenn das Projekt, das Tom vorantrieb, ihm ein Dorn im Auge war. »Und was macht ihr, wenn der Typ nicht verkaufen will?«

»Der Typ heißt Heinrich Matzen und hält sich für etwas ganz Besonderes.« Tom war auf den Mann nicht gut zu sprechen, denn bisher waren die Gespräche mit dem Hausbesitzer nicht sonderlich angenehm gewesen. Tom hielt ihn für ein arrogantes Arschloch. »Tja, was sollen wir machen, wenn er nicht verkaufen will?«

Die Mail an die Hamburger Polizei war erst wenige Augenblicke gesendet, da klingelte Thamsens Telefon.

»Peer Nielsen, LKA Hamburg, Mordkommission. Guten Morgen!«

»Moin!«

»Ich rufe wegen der Vermisstenanzeige an.« In Thamsens Magengegend machte sich sofort ein ungutes Gefühl breit.

»Ja?«

»Haben Sie ein Bild von dem Mann?«

»Wieso?«

»Na, wir haben hier eine nicht identifizierte Leiche. Wurde gestern im Volkspark aufgefunden. Die Beschreibung könnte passen.«

Dirk Thamsen schluckte. So schnell hatte er nicht mit Ergebnissen gerechnet, und erst recht nicht mit solchen. Wenn die Leiche überhaupt der vermisste Dagebüller war. Aber das ließ sich herausfinden, denn Erika Matzen hatte tatsächlich ein Foto ihres Mannes da gelassen. ›Sie müssen doch wissen, nach wem Sie suchen‹, hatte sie behauptet und aus ihrer Geldbörse ein Bild von Heinrich Matzen gezogen.

»Ich scanne das Bild eben ein und maile es Ihnen.«

»Gut, danke.«

Thamsen legte auf und erhob sich von seinem Stuhl.

Das Bild und den Ausdruck der Vermisstenanzeige hatte sein Mitarbeiter mitgenommen.

»Ansgar?«, rief er über den Flur, da dessen Büro direkt gegenüber lag. »Kann ich die Anzeige von Erika Matzen noch einmal haben?« Der andere Beamte erschien kurz darauf mit einer Mappe in der Hand im Türrahmen.

»Wieso?«

»Die Hamburger Kollegen haben da unter Umständen was und brauchen einen Scan von dem Foto.«

»Kann ich erledigen«, bot der junge Polizist an.

Peer Nielsen starrte auf den Bildschirm seines Computers und wartete darauf, dass in seinem Posteingang endlich ein kleiner Briefumschlag aufblinkte. Am Morgen hatte er flüchtig seine Mails durchgeschaut, zwischen denen er die Anzeige aus Niebüll entdeckt hatte. Könnte deine Leiche sein, hatte der Kollege, der ihm die Nachricht weitergeleitet hatte, beigeschrieben. Und tatsächlich, Alter und Aussehen stimmten zumindest ungefähr überein. Auch der Zeitpunkt des Verschwindens von Heinrich Matzen könnte zu ihrem Toten passen, denn lange hatte die Leiche dort unterhalb des Pavillons nicht gelegen. Das jedenfalls hatte der Kollege ihm gestern vor Ort dann doch sagen können, da die Leichenstarre noch nicht voll ausgeprägt gewesen war.

Peer trommelte mit den Fingern auf dem Schreibtisch, den Blick starr auf den Bildschirm gerichtet. Wie lange brauchen die denn, um ein Foto einzuscannen? In einer Viertelstunde musste er los. Dr. Choui, der

Gerichtsmediziner, hatte für zehn Uhr die Obduktion angesetzt. Es wäre gut, wenn er das Foto zu diesem Termin mitnehmen könnte. Somit wäre ein Abgleich mit der Leiche möglich. Eine offizielle Identifizierung durch die Familie würde es trotzdem geben, aber erst mussten sie die Angehörigen überhaupt bestimmen. Und dann blieb die Frage, warum war der Mann tot?

Endlich ertönte das Signal und der Briefumschlag blinkte auf dem Bildschirm. »Na endlich«, stöhnte Peer und öffnete eilig den Anhang. Das Foto schien älteren Datums zu sein und die Qualität war auch nicht berauschend. Aber auch wenn der Mann auf dem Foto jünger aussah – Peer neigte den Kopf zur Seite – er könnte es vielleicht … Er betätigte den Druckbutton, nahm anschließend das Bild und steckte es in seine Tasche. Eilig verließ er sein Büro.

Der Verkehr war um diese Zeit wie immer zäh in Hamburg. Eigentlich war er fast immer zäh, es sei denn, man fuhr nachts. Und dann diese Ampelschaltung. Grüne Welle? Fehlanzeige. Ständig stand er an einer der zahlreichen roten Ampeln, die selbst auf den Haupteinfallstraßen nicht aufeinander abgestimmt waren. Endlich grün, warum fuhren die anderen denn nicht? Die wenigen Kilometer nach Eppendorf erschienen ihm wie eine Ewigkeit. Nach quälenden 20 Minuten bog er endlich auf den Parkplatz vor dem Gebäude der Rechtsmedizin ab.

Er war spät dran. Eilig stieg er aus dem Wagen und lief zum Eingang hinüber.

»Hallo Peer«, begrüßte ihn die junge Dame am Empfang. »Zehn Uhr Obduktion bei Dr. Choui?« Er nickte. »Na, dann geh schon mal runter. Kennst dich ja aus.« Sie betätigte den Türöffner. Im unteren Bereich des Gebäudes deutete nichts darauf hin, dass man sich hier in einem rechtsmedizinischen Institut befand – wenn man mal von dem Leichenwagen absah, den man durch die Glastür vor dem Seiteneingang stehen sehen konnte. Ansonsten wirkte alles eher wie in einer normalen Klinik.

Peer Nielsen öffnete die Tür zum Keller und stieg die Treppe hinab. Noch ehe er die letzte Stufe erreichte, spürte er wie immer bei solchen Terminen dieses beklemmende Gefühl, das ihm beinahe die Luft abschnürte. Und spätestens vor der Glastür mit dem Hinweis ›Betreten Sie diesen Bereich bitte nur mit Schutzkleidung‹ verkrampfte sich sein Körper vollends. Es war nicht das erste Mal, dass er einer Obduktion beiwohnte, aber die Vorstellung der vielen toten Menschen hinter dieser Tür machte ihn beklommen. Und es waren wirklich viele. Zwischen 3.000 und 4.000 Tote durchliefen das größte Leichenschauhaus Deutschlands jedes Jahr. Hamburg gönnte sich den Luxus, jeden unerklärlichen Todesfall in der Rechtsmedizin untersuchen zu lassen. Bei dem Gedanken an die zahlreichen Leichen konnte einem mulmig werden.

Er betrat den kleinen Nebenraum, in dem Kittel und weitere Schutzkleidung bereitgehalten wurden. Vor einem der Waschbecken stand Herr Holst, der Sektionsassistent.

»Geht gleich los«, kündigte er an, als er den Kommissar sah. Nielsen zog sich einen der grünen Kittel über und nahm sich ein paar Schutzüberzieher für die

Schuhe. Herr Holst reichte ihm einen Mundschutz, den Peer anlegte, während er dem Assistenten zum Sektionsraum folgte.

»Ich hole ihn dann mal«, kündigte Herr Holst vor den Kühlfächern an. Er öffnete eine der schweren Metalltüren und zog einen der vier Toten heraus. Auf einer Bahre schob er den Körper dann in den gegenüberliegenden Raum. Nielsen wartete, bis der Assistent die Leiche auf den Sektionstisch gehievt hatte, und trat dann neben den Toten.

In dem grellen Licht und der beklemmenden Atmosphäre hätte Peer den Mann beinahe nicht wiedererkannt. Er zog das Bild aus seiner Tasche und hielt es neben den Kopf.

»Oh, haben Sie die Identität feststellen können?« Dr. Choui und sein Kollege Dr. Lutz betraten den Raum.

»Ist nur ein Verdacht.« Doch der Tote auf dem Tisch ähnelte dem Foto schon sehr.

»Na, dann wollen wir mal«, kündigte der Rechtsmediziner an und streifte sich ein paar Latexhandschuhe über. Peer Nielsen trat einen Schritt zurück, während Dr. Choui sich an der Leiche zu schaffen machte. Er klopfte dem Toten mehrmals heftig auf den Schädel, dann wendete er den Körper mithilfe des Assistenten. Dr. Lutz sprach währenddessen das Protokoll in ein Diktiergerät. »Die Kopfschwarte im hinteren Bereich unter einer äußerlich recht unscheinbaren Riss-Quetschwunde kräftig feucht-schwärzlich unterblutet in einem bis zehn Zentimeter messenden Areal.«

Herr Holst begann mit der Schädelöffnung und schnitt hierfür die Haut zwischen Hinterkopf und

Scheitel bis knapp unterhalb der Ohren ein. Das anschließende Geräusch der elektrischen Säge fuhr Peer durch Mark und Bein.

»Mhm«, kommentierte Dr. Choui das freigelegte Hirn. »Geschwollen, aber fast gar nicht erweicht.«

»Was heißt das?« Peer war mit Kopfverletzungen nicht vertraut. Seine letzten Mordopfer waren erschossen oder vergiftet worden.

Der Rechtsmediziner zuckte mit den Schultern. »Sehen wir mal weiter.« Ganz offensichtlich wollte er keine voreiligen Schlüsse ziehen und machte sich daher daran, den Leichnam mit einem Schnitt von der Brust bis zum Schambereich zu öffnen. Peer schluckte, als der Mediziner die Organe entnahm und untersuchte, und hoffte, dass es nicht allzu lange dauerte. Sein Müsli von heute Morgen meldete sich in seinem Magen. Zwanghaft versuchte er, an etwas anderes zu denken. Bloß nicht übergeben. Er schaute zur Seite, doch der Blick aus der Glasscheibe des Sektionssaales war auch nicht besser. Frau Schiller, eine weitere Sektionsassistentin, schob gerade eine verkohlte Brandleiche vorbei.

»Also«, Dr. Choui riss sich die Latexhandschuhe herunter. »Wir müssen die Ergebnisse der toxikologischen Untersuchung abwarten. Aber wenn sich da nichts findet, würde ich sagen, der Mann ist an der Schlagverletzung gestorben. Obwohl die nicht tödlich gewesen sein kann.« Er kratzte sich am Ohr.

»Wann kann ich damit rechnen?«

»Naja, heute ist Freitag«, bemerkte der Rechtsmediziner, während sie gefolgt von Dr. Lutz den Sektionsraum verließen. Zurück blieb Herr Holst, der nun die Schnitte der Obduktion vernähen und den Leichnam säubern würde. »Eventuell morgen Nachmittag. Ich schaue mal, was sich machen lässt.« Gemeinsam entledigten sie sich der Schutzkleidung und gingen hinauf ins Erdgeschoss. Für Peer war es wie ein Auftauchen aus einer anderen Welt. »Ich melde mich«, verabschiedete sich der Rechtsmediziner und winkte kurz, als Nielsen das Institut verließ. Draußen atmete er tief durch. Erst jetzt bemerkte er den leicht süßlichen Geruch, der an ihm zu haften schien.

5. KAPITEL

Thamsen legte seinen Finger auf den metallenen Klingelknopf und drückte einmal kurz. Den schnarrigen Ton der Türglocke konnte er bis nach draußen hören. Angespannt wartete er darauf, dass man ihm öffnete.

Er war persönlich nach dem Anruf des Hamburger Kollegen nach Dagebüll gefahren, um mit Erika Matzen zu sprechen. Eigentlich war das weder seine Aufgabe, noch überbrachte er gern schlechte Nachrichten, aber dieser Fall war zu seinem geworden, ohne dass er es gemerkt hatte. Daher war es nun für ihn selbstverständlich, die Frau zu informieren. Während der Fahrt hatte er sich ein paar beruhigende Worte zurechtgelegt. Die würden wahrscheinlich nötig sein, so aufgelöst, wie Erika Matzen bei der Aufnahme der Vermisstenanzeige gewirkt hatte. Die Haustür wurde wider sein Erwarten nicht von Erika Matzen, sondern von einer jüngeren blonden Frau geöffnet, deren Gesicht ihm zwar bekannt war, das er aber auf die Schnelle nicht einzuordnen vermochte. Sie hingegen erkannte ihn sofort. »Kommissar Thamsen. Gibt es etwas Neues von meinem Vater?«

Sie trat zur Seite und bat ihn mit einer einladenden Handbewegung hinein. Er folgte der Aufforderung, war gedanklich allerdings mit der Frage beschäftigt, woher sie sich kannten. »Zahnarzt Dr. Zoll«, half sie ihm schließlich auf die Sprünge.

»Ach ja!« Die Frau war dort früher Zahnarzthelferin gewesen. Augenblicklich meldete sich sein schlechtes

Gewissen, weil er schon lange nicht zur Kontrolluntersuchung gewesen war. Schnell schob er den Gedanken zur Seite; schließlich war dies nicht der Grund seines Besuches, sagte er sich.

»Ist Ihre Mutter da?« Manuela Groß nickte. »Aber sie schläft.«

»Dann möchte ich Sie bitten, sie zu wecken.«

»Sie haben keine guten Neuigkeiten, stimmt's?« Die junge Frau blickte ihn mit großen Augen an. Thamsen schüttelte leicht den Kopf. »Einen Moment bitte.« Sie ließ ihn einfach stehen und ging eine Treppe hinauf. Er hörte ein leises Klopfen, während er sich umblickte. Das Haus war zwar alt, aber trotzdem top in Schuss. Die Einrichtung wirkte neu und modern – und natürlich war die Lage außergewöhnlich gut. Er beugte sich ein Stück vor, um aus dem Wohnzimmerfenster zu blicken. Hier im Erdgeschoss hatte man keine freie Sicht aufs Meer. Das verhinderte der Außendeich. Aber im Obergeschoss musste man darüber hinweg schauen und wahrscheinlich bei gutem Wetter Föhr und die Halligen sehen können. Wirklich schön gelegen, obwohl Thamsen sich nicht sicher war, ob er so nah am Meer leben wollte. Nicht alle Tage gab es Sonnenschein und vor allem im Herbst und Frühjahr wüteten oftmals heftige Stürme. Auch wenn man aufgrund des Deiches heute relativ geschützt wohnte, ganz sicher konnte man sich vor den Naturgewalten nie sein. Das hatte die Vergangenheit immer wieder deutlich gezeigt. Der Blanke Hans ließ sich nicht zähmen. Daher war Thamsen ein klein wenig Abstand zum Meer durchaus lieber als ein direkter Seeblick. Er hörte ein Knarzen auf der Treppe und drehte sich um. Erika Matzen schlurfte geführt von ihrer Tochter ins Wohnzimmer. Der Schlafentzug der letzten Nacht und die Aufregung über das Verschwinden ihres Mannes hatten deutliche Spuren hinterlassen. Ihre Haare standen wirr vom Kopf ab, ihre Augen waren rot und der Blick wirkte glasig. Anscheinend hatte Manuela Groß ihre Mutter auf die Nachrichten vorbereitet.

»Wollen Sie sich lieber setzen?« Erika Matzen nickte und ließ sich leicht seufzend auf das cremefarbene Sofa fallen. »Ja, also«, Thamsen räusperte sich. »Die Hamburger Kollegen haben sich gemeldet. Gestern wurde im Hamburger Volkspark eine männliche Leiche gefunden.«

»Im Volkspark?« Erika Matzen blickte ihn verwirrt an. Wahrscheinlich wusste sie nicht einmal, wo genau der Park lag, geschweige denn, was ihr Mann dort gewollt haben könnte. Doch deswegen war er nicht hier. Noch nicht.

»Ja, also die Kollegen meinen, es könnte sich eventuell um Ihren Mann handeln, und bitten Sie, zu einer Identifizierung nach Hamburg zu kommen.« Er formulierte diesen Satz bewusst vorsichtig, obwohl der Hamburger Kommissar wortwörtlich gemeint hatte: ›Das ist Ihr Vermisster.‹ Doch Irrtümer gab es immer wieder und er wollte nicht derjenige sein, der falsche Annahmen verbreitete, und einen Zusammenbruch der Frau auf gar keinen Fall riskieren. Erika Matzen schien die Tatsache, dass es sich bei der gefundenen Leiche um ihren Mann Heinrich handeln könnte, daher allerdings auch nicht zu realisieren. Sie war mit einem ganz anderen Problem beschäftigt.

»Nach Hamburg? Ja aber, wie soll ich denn …?« Ratlos blickte sie Thamsen an.

»Vielleicht kann Ihre Tochter Sie …?« Manuela Groß schüttelte bereits den Kopf, ehe er seinen Vorschlag ganz ausgesprochen hatte. »Ich habe kein Auto; nicht einmal einen Führerschein.« Thamsen runzelte die Stirn. In dieser Gegend, ohne fahrbaren Untersatz? Das war doch beinahe unmöglich. Wie war sie dann überhaupt hierher gekommen? Der öffentliche Nahverkehr war doch so gut wie nicht vorhanden.

»Ein anderer aus der Familie?« Wieder schüttelte die Tochter den Kopf.

»Gut«, beschloss Thamsen kurzerhand, weil ihm das Raten auf die Nerven ging, »dann fahre ich Sie. Morgen früh um acht hole ich Sie ab.«

»Und Sie haben wirklich nichts gesehen?«

»Sag ich doch.« Zumindest ihre Stimme hatte die Frau, die gestern die Leiche im Volkspark entdeckt hatte, wiedergefunden. Doch das half wenig weiter. Nielsen hatte die Hundebesitzerin ins Präsidium beordert, da sie bisher der einzige Ansatzpunkt für die Ermittlungen war. So lange sie nicht hundertprozentig wussten, wer der Tote aus dem Gebüsch war, konnten sie kaum etwas tun. Zumal die Todesursache nicht geklärt war. Dies war Nielsens erster Fall als Leiter einer Mordbereitschaft, und bisher glänzte er nicht gerade durch Erfolg.

»Und da lag wirklich keine Brieftasche oder ein Handy? Vielleicht ist jemand weggerannt?« Nach der bisherigen Lage ging er von einem Raubüberfall aus, da sie beim Opfer keine Wertsachen gefunden hatten. Aber die Frau auf dem Stuhl vor seinem Schreibtisch schüttelte den Kopf. »Kann ich jetzt gehen? Ich habe die Hunde im Auto.«

Peer seufzte und nickte. Es hatte ganz offensichtlich sowieso keinen Zweck. Wenn sie nichts gesehen hatte, hatte sie halt nichts gesehen. So schlecht das für die Ermittlungen auch war. Er begleitete die Frau hinunter zum Eingang und verabschiedete sich. Auf dem Rückweg in sein Büro holte er sich in der Gemeinschaftsküche einen Kaffee.

»Und Peer, wie läuft's?« Sein Vorgesetzter, der Leiter der Mordkommission, stand plötzlich mit einem Becher im Türrahmen. Nielsen zuckte mit den Schultern. »Nicht so gut. Aber ich erzähl gleich alles in der Besprechung. Du bist doch dabei?« Gerhard Fritsche nickte.

Kaum eine halbe Stunde später hatte sich das Team im Besprechungsraum eingefunden. Besonders begeistert waren die Beamten nicht, schließlich war Freitagnachmittag und draußen bestes Wetter. Da hatte man anderes im Sinn, als in einem Mordfall zu ermitteln. Und so wie es momentan aussah, gab es jede Menge zu tun.

»Ja, also Kollegen«, eröffnete Peer die Sitzung. »Zum jetzigen Zeitpunkt gibt es nicht viel, was wir haben.« Das war wirklich schon übertrieben. Aber vor seinem Chef wollte er sich nicht die Blöße geben, völlig im Dunkeln zu tappen. »Morgen bekommen wir wahrscheinlich die Auswertung der toxikologischen Untersuchung. Wie es aussieht, ist der Mann hinterrücks erschlagen worden. Ebenfalls morgen kommt eine mögliche Angehörige zur Identifizierung der Leiche. Dann wissen wir hoffentlich mehr.«

»Und was können wir im Augenblick dann tun?« Oliver Jansen, einer seiner Mitarbeiter, sah ihn hoffnungsvoll an. Wahrscheinlich spekulierte er insgeheim auf einen frühen Feierabend. Peer wusste nicht so recht weiter.

»Ist denn der Bericht der Spusi schon da?« Alle Anwesenden außer Gerhard Fritsche schüttelten den Kopf. »Tja, dann würde ich vorschlagen, du, Oliver, machst einen Zeugenaufruf für die Presse fertig und ich spreche nachher mit den Kollegen vom PK 25. Die können am Montag eine Zeugenbefragung vor Ort starten.«

»Wieso erst am Montag?«

»Na, ich will, dass ungefähr dieselben Besucher im Park sind. Erfahrungsgemäß zieht es am Wochenende Hinz und Kunz in die Grünanlagen der Stadt. Insbesondere bei diesem Wetter. Am Montag herrschen wieder normale Verhältnisse. Der Mensch ist halt doch ein Gewohnheitstier«, er grinste. »Also ist davon auszugehen, dass wir am Montag etliche Leute antreffen, die sich tagtäglich um die gleiche Zeit im Volkspark aufhalten.«

»Und was machen wir ansonsten?« Seine Mitarbeiter waren in diesem Fall ebenso ratlos wie er.

»Da müssen wir erst einmal abwarten.«

6. KAPITEL

Thamsen bog in Deezbüll auf den alten Außendeich Richtung Dagebüll ab und setzte anschließend seine Sonnenbrille auf. Obwohl es früh am Morgen war, strahlte die Sonne bereits hell vom Himmel. Das war eines jener Dinge, die Thamsen am Norden so sehr liebte. Im Sommer war es abends lange hell, doch bereits in aller Herrgottsfrühe schien die Sonne wieder und tauchte die Landschaft in ein grandioses Licht. Beinahe, als wäre sie gar nicht untergegangen. Eigentlich wäre er lieber Laufen gegangen. Schließlich war Wochenende, und Zeit für Sport blieb ihm meist nur an seinen freien Tagen. Aber da er gestern zugesagt hatte, mit Erika Matzen nach Hamburg zu fahren, mussten auch heute seine sportlichen Aktivitäten ausfallen. Und wenn es keine Dienstfahrt gewesen wäre, hätte er sich auf den Besuch in Hamburg gefreut. Doch der Anlass der Tour in die rund 200 Kilometer entfernte Hansestadt war leider nicht schön. Da halfen auch das tolle Wetter und die wundervolle Landschaft, durch die er fuhr, nicht wirklich drüber hinweg. Kurz darauf stoppte er seinen Wagen vor dem Haus hinterm Außendeich. Erika Matzen schien am Fenster nach ihm Ausschau gehalten zu haben, denn sie öffnete die Haustür, ehe er ausgestiegen war. Eilig stürmte die ältere Frau auf das Auto zu. Während sie näher kam, fiel ihm auf, dass sie noch elender aussah als bei seinem gestrigen Besuch. Verständlich, denn vor Aufregung hatte sie wahrscheinlich die zweite Nacht in Folge nicht geschlafen. Er begrüßte Erika Matzen und half ihr einzusteigen. Dann setzte er sich wieder hinter das Steuer, wendete und fuhr zurück Richtung Niebüll. Die Frau auf dem Beifahrersitz war nicht sonderlich gesprächig, und Thamsen wollte auch nicht so recht etwas einfallen, worüber er sich mit Erika Matzen unterhalten konnte. »Schön wohnen Sie dort am Deich«, versuchte er daher, mit einem Lob über das Haus eine Konversation zu beginnen.

»Ja, aber wer weiß wie lange noch.«

Thamsen runzelte die Stirn. »Wieso, wollen Sie wegziehen?«

»Na, von wollen kann nicht die Rede sein.« Erika Matzen kramte in ihrer Handtasche. »Sagen Sie, wo genau fahren wir hin?«

»Nach Eppendorf.«

»Ins UKE?« In Erika Matzens Stimme keimte Hoffnung auf. Wahrscheinlich dachte sie, Heinrich sei nur verletzt und melde sich deswegen nicht.

»Nicht ganz«, druckste Thamsen herum und versuchte, nun seinerseits das Thema zu wechseln. Er wusste, es wäre besser gewesen, die Frau auf den Besuch in der Rechtsmedizin vorzubereiten, aber er hatte keine Ahnung wie. Außerdem befürchtete er, sie könne einen Zusammenbruch erleiden, wenn er ihr ins Gesicht sagte, dass sie womöglich die Leiche ihres Mannes anschauen fuhren. »Und Ihre Tochter kommt Sie oft besuchen?«

»Och, weniger. Die hat genug eigene Sorgen.«

»Weswegen?«

Erika Matzen schwieg einen Moment, während sie immer wieder den Verschluss ihrer Handtasche auf und zu knipste. Ganz offensichtlich war dies keines ihrer bevorzugten Gesprächsthemen. »Na, wegen Geld und so«, flüsterte sie schließlich.

Haie radelte mit seinem Mountainbike Richtung B 5. Er wollte ein Päckchen zur Bäckerpost bringen und bei der Gelegenheit gleich frische Brötchen zum Frühstück besorgen. Eigentlich machte das Tom immer, doch Niklas war am Morgen in sein Bett gekrabbelt, und als Haie den Kleinen holen wollte, hatten Vater und Sohn selig geschlummert. Die Sonne schien und er genoss die herrlich frische Luft, die im Laufe des Vormittags wieder heiß und stickig werden würde. Wobei wirklich drückend wurde es hier oben im Norden selten, meistens wehte eine leichte angenehme Brise. Er passierte den Bahnübergang und stoppte kurz darauf vor dem kleinen Bäckerladen, der gleichzeitig eine Filiale der Post war – daher auch der Name Bäckerpost. Mit einem massiven Fahrradschloss sicherte er das Gefährt.

»Na, hast du Angst, die klauen deinen Drahtesel?«, witzelte Uwe Mommsen, der mit einer Tüte Brötchen aus dem Laden kam. »Das klaut doch keiner, erkennt ja jeder.« Damit hatte der Mann nicht ganz unrecht. Haie kannte niemanden im Dorf oder der näheren Umgebung, der ein neongelbes Fahrrad besaß. Das würde sofort auffallen. Aber Vorsicht war nun einmal die Mutter der Porzellankiste, und daher schloss er seinen Drahtesel stets ordnungsgemäß ab.

»Und, sind jem torüch aus der großen weiten Welt?«, konterte Haie zurück. Er wusste, dass die Seniorengruppe einen Ausflug nach Hamburg unternommen hatte. Er fühlte sich für derartige Aktivitäten zu jung – schließlich dauerte es noch, bis er in Rente ging. Jedenfalls redete er sich das ein, denn er feierte dieses Jahr bereits seinen 64. und spätestens in eineinhalb Jahren würde auch er in den Ruhestand gehen.

»Jo, alle bis auf einen.« Uwe Mommsen grinste. »Der Heinrich hat sich in Hamburg abgesetzt.« »Wat, wie dat denn?«

»Na, er ist einfach verschwunden. Ohne sich abzumelden. Plötzlich war er weg. Was meinst du, was da los war?«

Haie konnte sich das bildlich vorstellen. »Und dann? Seid ihr ohne ihn …?«

Uwe Mommsen nickte.

»Und was hat Erika dazu gesagt?«

»Ach die«, winkte der andere ab, »wusste wahrscheinlich ganz genau, wo der abgeblieben ist.« Uwe Mommsen trat einen Schritt auf Haie zu und senkte die Stimme, als er sagte: »Also, wenn du mich fragst, hat der sich ins Rotlichtviertel abgesetzt.« Er zwinkerte mit dem linken Auge.

»Wie kommst du denn darauf?«

»Na, weil der schon vor der Fahrt geprahlt hat, dass er in jungen Jahren oft über die Reeperbahn gezogen sei und die eine oder andere Braut klargemacht hätte.«

»Braut?«

»Na, du weißt schon, was ich meine.«

»Und du meinst ernsthaft, der hat sich während

eurer Fahrt mit einer getroffen?« Haie konnte sich das kaum vorstellen. Das hätte doch jeder mitbekommen. Uwe Mommsen hingegen nickte erneut. »Und ist er denn inzwischen wieder aufgetaucht?«

»Wat weiß ich? Vielleicht ist er mit so einem Mädel durchgebrannt.« Der Rentner grinste. Haie hingegen kratzte sich am Kopf. Er kannte Heinrich Matzen nicht sonderlich gut. Halt vom Sehen. Daher konnte er den Vorfall auch schlecht einschätzen. War Heinrich wirklich solch ein Hallodri, der die Seniorenfahrt ausgenutzt hatte, um sich mit Frauen zu vergnügen? Haie schüttelte den Kopf. Aber das machte man doch nicht im Beisein so vieler Zeugen und vor allem nicht, wenn es die Ehefrau mitbekam, oder? Heinrich Matzen fuhr selbst Auto, da hätte er jederzeit nach Hamburg fahren können. Schließlich halste sich bei solch einer Aktion doch keiner freiwillig 50 weitere Rentner auf, die sich anschließend den Mund über einen zerrissen. Außerdem musste man ja nicht bis nach Hamburg fahren, um in den Puff zu gehen. Leck reichte seines Wissens vollkommen aus. Nee, Haie war sich sicher, Heinrich Matzen hatte bestimmt etwas anderes in Hamburg vorgehabt.

»Habt ihr die Leiche aus dem Volkspark schon vorbereitet?« Dr. Choui blickte den Sektionsassistenten fragend an.

»Noch nicht. Mache ich aber gleich.«

Peer Nielsen hatte den Besuch der mutmaßlichen Witwe angekündigt. Die Identifizierung eines Toten führten sie jedoch nicht, wie man es häufig im Fernsehen sah, im Sektionssaal oder vor den Kühlfächern durch, sondern im Institut gab es dafür einen kleinen Andachtsraum. Die Leichen wurden dort entsprechend zurechtgemacht und aufgebahrt.

»Nee lass man, ich will vorher einen Blick drauf werfen.« Der Rechtsmediziner holte sich eine Bahre und öffnete die Tür zu dem entsprechenden Fach. Dann zog er den untersten Leichnam heraus und rollte ihn hinüber in den Sektionsraum. Reglos starrte er einen Moment auf den toten Körper, nachdem er das weiße Tuch zurückgeschlagen hatte. Die Ergebnisse der toxikologischen Untersuchung lagen zwar noch nicht vor, aber er war sich beinahe sicher, dass sie keinerlei Hinweise auf die Todesursache liefern würden. Die ganze Nacht hindurch hatte er gegrübelt, denn die Kopfverletzung erschien ihm nicht tödlich gewesen zu sein. Auch wenn es augenscheinlich keinen anderen Grund dafür gab, warum der Mann tot vor ihm lag. Sie mussten etwas übersehen haben. Nur was? »Sprich mit mir«, murmelte der Mediziner und blickte dem Toten ins Gesicht. Doch der starre Blick schien durch ihn durch zu gehen und machte Dr. Choui ein weiteres Mal bewusst, dass er auf sich gestellt war bei seiner Suche nach der Wahrheit. Selbstverständlich konnte er es sich einfach machen. Sie hatten zu zweit im Beisein des Kommissars die Obduktion ordnungsgemäß durchgeführt. Niemand würde ihm einen Vorwurf machen können, wenn er, sobald die restlichen Ergebnisse vorlagen, die Kopfverletzung als Todesursache in seinem Bericht angeben würde. Niemand – außer ihm selbst. Er drehte sich um und nahm aus einer der Schubladen hinter sich eine Lupe. Zentimeter für Zentimeter suchte er den Körper damit ab. Ganz tief beugte er sich über den Leichnam, dessen Verwesungsgeruch zwar stärker geworden war, den Dr. Choui aber trotzdem aufgrund seiner jahrelangen Tätigkeit in der Rechtsmedizin kaum wahrnahm. Dieser leicht süßliche Geruch, der in jeder Ritze dieser Kellerräume zu sitzen schien, war ihm derart vertraut, gehörte zu seinem Leben dazu, stach ihm nicht mehr als befremdlich in der Nase, erzeugte keinen Ekel.

»Horst, kannst du mir mal eben helfen?« Der Sektionsassistent trat neben den Tisch und half, die Leiche zu wenden. Er stellte keine Fragen, sondern packte mit an. Wieder beugte sich Dr. Choui tief über die Leiche und fuhr langsam mit der Lupe den Körper ab. Gleichmäßig von oben nach unten, bis er plötzlich stockte. Er neigte seinen Kopf noch tiefer, mit der Nasenspitze berührte er beinahe den Rücken des Toten. »Ha«, entfuhr es ihm dann. »Hab' ich's doch gewusst.«

Thamsen bog von der Autobahn ab und fuhr Richtung Zentrum.

»Also hier würde ich mich nie zurecht finden«, bemerkte Erika Matzen, während sie kopfschüttelnd die Blechlawine vor ihnen anschaute. »So viele Autos. Da kracht es doch bestimmt ständig.«

»Ach, das glaube ich nicht. Ist bestimmt Gewöhnungssache«, schwächte Thamsen ihre Bedenken ab. »Wenn man weiß, wo man hin will, ist das alles halb so wild.« Erika Matzen nickte. Sie wusste immer noch nicht, was ihr in wenigen Augenblicken bevorstand, und langsam wurde es wirklich Zeit, dass er sie darauf vorbereitete. Nicht, dass sie ihm gleich in der Rechtsmedizin zusammenbrach. »So, wir sind dann auch gleich in Eppendorf.« Er räusperte sich. »Sie müssen sich dann dort jemanden anschauen.«

»Ja, Heinrich!« Sie schien immer noch zu glauben, sie fuhren in das Universitätskrankenhaus, um einen Patienten zu besuchen.

»Wir wissen nicht genau, wer der Tote ist.«

»Tote?« Das erste Mal schien sie zu begreifen, dass sie zu einer Leichenschau fuhren. Thamsen nickte. Besser nicht dieses schreckliche Wort wiederholen, dachte er. Sonst macht sie womöglich gleich schlapp. Er bog auf den Ring 2 ab. Nun war es nicht mehr weit. Er hoffte, die Leiche war nicht furchtbar entstellt. Vor Jahren hatte er einmal in einem Fall ermittelt, bei dem eine Leiche von einem Maishäcksler aufgegabelt worden war. Einen derartigen Anblick würde die Frau neben ihm, die permanent den Verschluss ihrer Handtasche auf und zu knipste und ihn damit beinahe um seinen Verstand brachte, ganz sicherlich nicht überstehen. Er empfand solch einen Besuch in der Rechtsmedizin auch nicht gerade als angenehm. Er bog in eine kleine Nebenstraße ab, die durch ein Wohngebiet führte, und fragte sich, ob sie hier tatsächlich richtig waren. Kaum vorstellbar, dass sich zwischen diesen malerischen Ein- und Mehrfamilienhäusern das Institut der Rechtsmedizin befand. Doch nach einer Kurve konnte er das Gebäude ausmachen, was vor allem daran lag, dass in diesem Moment ein Leichenwagen von der Auffahrt bog. Erika Matzen schluckte, und auch Thamsen verspürte ein eigenartiges Gefühl in der Magengegend, als er auf den Parkplatz fuhr. Peer Nielsen war bereits da, jedenfalls nahm Dirk an, dass es sich bei dem hochgewachsenen Mann mit Glatze, der vor dem Eingang stand, um den Hamburger Kollegen handelte. Obwohl er für einen Kriminalhauptkommissar recht jung wirkte. Wahrscheinlich ein Überflieger, schoss es ihm in den Sinn, als er mit Erika Matzen aus dem Wagen stieg.

»Hatten Sie eine gute Fahrt?«, fragte Peer Nielsen an Erika Matzen gewandt. Er schien ihr sofort anzusehen, dass sie sich in keiner guten Verfassung befand. Ihr graues Gesicht, die rotgeränderten Augen, ihre gesamte Körperhaltung sprachen Bände. Die Frau nickte lediglich und presste ihre Handtasche fest vor ihre Brust. Ihr schien es endgültig die Sprache verschlagen zu haben.

»Ich sage kurz Bescheid«, flüsterte Peer Nielsen Thamsen nach der gegenseitigen Begrüßung zu, als dieser Erika Matzen zu der Sitzgruppe im Eingangsbereich führte. Langsam ließ die Frau sich auf einen der Sessel sinken. Thamsen blieb daneben stehen und blickte sich um. Die Dame am Empfang, die Peer Nielsen kurz zugewunken hatte, lächelte ihn an. Er nickte ihr leicht zu, sah dann aber schon den Hamburger Kollegen zurück kommen. »Wir gehen außen rum«, erklärte Nielsen und wartete, bis Thamsen Erika Matzen aus dem Sessel aufgeholfen hatte. Hintereinander gingen sie schweigend ins Untergeschoss. Sie blieben vor einer Tür stehen und Nielsen klopfte. Gleich darauf wurde geöffnet. Thamsen vernahm sofort den leichten Verwesungsgeruch, auch Erika Matzen rümpfte die Nase, als sie eintraten. Die Lichtverhältnisse in dem kleinen Raum waren bescheiden. Es dauerte einen Moment, bis sich ihre Augen an die schummerige Umgebung gewöhnt hatten und den aufgebahrten Leichnam sahen. Erika Matzen fing an zu schluchzen. Thamsen griff der Frau unter den Arm, als sie mit unsicheren Schritten auf die Leiche zu ging. Peer Nielsen hingegen blieb neben dem Rechtsmediziner am Eingang stehen. Je näher sie dem Aufgebahrten kamen, umso heftiger wurde Erika Matzen von Schluchzern geschüttelt. »Heinrich«, presste sie schließlich hervor, als sie neben der Bahre stand, auf ihren toten Ehemann blickte und dem unbekannten Toten aus dem Volkspark einen Namen gab.

7. KAPITEL

»Euer Querulant scheint ein ziemliches Früchtchen zu sein«, bemerkte Haie grinsend, als sie am Frühstückstisch saßen und er Tom einen Kaffee eingoss.

»Wieso?« Haie berichtete, was er von Uwe Mommsen über Heinrich Matzen erfahren hatte. »Na, hab ich doch gesagt, dass das ein arrogantes Arschloch ist.«

»Tom!«, ermahnte Haie ihn mit einem Seitenblick auf Niklas.

»Aber stimmt doch«, maulte der Freund. »Erst letzte Woche hat er sich bei uns im Büro wieder aufgeführt. Das kannst du dir nicht vorstellen. Ob wir ihn veräppeln wollten mit dem Angebot.«

»War das denn so schlecht?«

»Ach Quatsch«, verteidigte Tom seinen Chef. »Harry Leibnitz hat sich weiter aus dem Fenster gelehnt, als er es sich erlauben kann.«

»Und das geht?« Haie verstand nicht viel von derlei Geschäften.

»Naja, deswegen ist er am Donnerstag nach Kiel zur Bank gefahren.«

»Aha.« Haie köpfte sein Frühstücksei.

»Wenn der nicht langsam verkauft, wird es nämlich echt eng.«

»Aber vielleicht hätte man das auch vorher klären sollen.« Haie konnte die Einheimischen gut verstehen. Schließlich ging es hier um das Zuhause der Menschen, das durfte man nicht vergessen. »Aber trotzdem finde ich es merkwürdig, dass der so sang- und klanglos in Hamburg verschwunden ist. Nicht mal telefonisch war der mehr erreichbar.«

»Ich finde es viel verwunderlicher, dass seine Frau ohne ihn nach Hause gefahren ist.« Obwohl Tom einen Teil seiner Kindheit in Nordfriesland verbracht hatte und auch jetzt schon wieder einige Jahre hier lebte, verwunderte ihn die sture Art der Friesen. Haie hatte da mehr Verständnis.

»Aber was hätte sie denn tun sollen?«

»Nach ihm suchen?«

»Und wo?«

»Ach«, brach Tom die ihm sinnlos erscheinende Diskussion ab. »Auf jeden Fall passt das Verhalten zu ihm.« Doch Haie beschäftigte nach wie vor die Frage, was der Rentner in Hamburg getrieben hatte. Die Annahme von Uwe Mommsen, der Vermisste hätte sich auf der Reeperbahn vergnügt, erschien ihm recht abwegig. Doch auch Tom traute dem störrischen Rentner solch eine Aktion durchaus zu. »Wer weiß, ob der nicht regelmäßig nach Hamburg gefahren ist. Den halte ich zu allem fähig.«

Dirk Thamsen und Peer Nielsen hatten Erika Matzen untergehakt und trugen sie beinahe aus dem Andachtsraum. Nachdem sie ihren Mann identifiziert hatte, war sie leicht zusammengesackt. Nur Thamsens schnellem Reaktionsvermögen war es zu verdanken, dass sie nicht vornüber auf den Leichnam gekippt war. Im Flur standen zwei Stühle, auf einen davon setzten sie die Rentnerin, die immer noch schluchzte. Peer Nielsen lief los, um ein Glas Wasser zu besorgen, während Thamsen neben der Frau saß und stumm ihre Hand hielt. Der Schock schien tief zu sitzen. Hätte er die Frau vielleicht doch besser vorbereiten sollen auf das, was sie an diesem Tag erwartete? Insgeheim hatten sie gewusst, dass der Tote Heinrich Matzen war.

»Hier.« Peer Nielsen reichte Erika Matzen ein Wasserglas, das sie ihm beinahe aus der Hand riss. Gierig trank sie einige Schlucke, klammerte sich förmlich an das Glas.

Thamsen stand auf, nachdem Erika Matzen seine Hand losgelassen hatte, und zog den Kollegen ein Stück zur Seite. »Nun, da wir wissen, dass der Tote Heinrich Matzen ist – was habt ihr sonst noch?«, fragte er Nielsen flüsternd. »Bisher nicht viel.«

»Hm«, kommentierte Thamsen diesen Umstand und überlegte, ob er seine Unterstützung anbieten sollte. Eigentlich war das hier nicht sein Bereich und seine Leute in Niebüll hatten genug um die Ohren. Aber immerhin stammte das Opfer aus Dagebüll. Was, wenn der Täter aus dem Umfeld des Toten kam? »Soll ich mich mal ein wenig umhören?«, bot er dem Kollegen daher an. »Kann ja nicht schaden. Wie gesagt, bisher haben wir nichts. Keine Zeugen, keine Spuren, nicht einmal die Todesursache ist klar.«

»Aber ich dachte, der Mann ist erschlagen worden?« Peer Nielsen zuckte mit den Schultern. Dr. Choui hatte ihm gleich, als er dessen Büro betreten hatte, gesagt, dass er keine Ergebnisse hatte. »Der Schlag auf den Kopf war angeblich nicht tödlich, meint der Rechtsmediziner.«

»Aber was war dann die Todesursache?«

»Keine Ahnung.« Thamsen runzelte die Stirn, der Fall war wirklich seltsam. Er konnte verstehen, dass der Kollege nicht so recht wusste, wo er ansetzen sollte.

»Meinen Sie, wir können die Witwe befragen?« Peer Nielsen blickte zweifelnd auf Erika Matzen, die zusammengesackt auf dem Stuhl saß.

»Wir können es versuchen«, schlug Thamsen vor, »aber allzu viel würde ich mir davon nicht versprechen.«

Die Fahrt ins Polizeipräsidium verlief schweigsam. Thamsen war ohnehin zu konzentriert auf den Verkehr und musste aufpassen, den Wagen des Kollegen nicht aus den Augen zu verlieren. Doch als die Witwe nicht reagierte, nachdem er geparkt hatte und ihr die Tür aufhielt, machte er sich Sorgen. Vielleicht hätten sie die Frau besser zu einem Arzt bringen sollen? Als er Erika Matzen darauf ansprach, schüttelte sie allerdings vehement den Kopf. »Geht schon«, flüsterte sie und stieg endlich aus. Das Gebäude war im Vergleich zu seiner Dienststelle in Niebüll riesig. Am Empfang, wo sie sich ausweisen mussten, gab es eine Sicherheitsschleuse, die sie aber dank Peer Nielsen schnell passieren durften. Und auch das Büro des Kollegen war im Vergleich zu seinem viel größer und auch moderner eingerichtet. Für einen kurzen Moment war er beinahe neidisch, musste dann aber an die Kollegen, die ihnen im Flur begegnet waren, denken. Die Stimmung – und dafür hatte Thamsen eine gute Nase – schien ihm nicht die beste zu sein. Wahrscheinlich gönnte die Hälfte der

Belegschaft dem jungen Kollegen seinen Posten nicht, und gegen solch ein schlechtes Betriebsklima half auch ein modernes Büro nicht.

»Frau Matzen«, begann Nielsen mit der Befragung, nachdem er für alle einen Kaffee besorgt und sie Platz genommen hatten. »Können Sie mir bitte den genauen Ablauf am Donnerstag schildern?« Erika Matzen hielt sich krampfhaft an dem Becher fest. »Wann ist denn Ihr Mann genau verschwunden?«

»Das weiß ich nicht.«

»Ihr ist bei der Hafenrundfahrt schlecht geworden, deswegen war sie an Deck des Schiffes, während alle anderen unten saßen. Erst im Bus ist ihr aufgefallen, dass ihr Mann nicht mehr da war«, griff Thamsen ein, dem der Ablauf von der Aufnahme der Vermisstenanzeige bekannt war.

Peer Nielsen nickte. »Könnten Sie dann vielleicht die Befragung der Mitreisenden übernehmen?«

Er blickte Thamsen an, der innerlich bei dieser Bitte seufzte. Der Bus war wahrscheinlich voll gewesen, was bedeutete, dass etwa 50 Rentner zum Verbleib von Heinrich Matzen befragt werden mussten. Das würde Stunden dauern und eine Menge Nerven kosten. Trotzdem nickte er, holte aus seiner Tasche sein Merkbuch und begann, sich Notizen zu machen. »Und gab es im Umfeld Ihres Mannes Probleme? Hatte er Streit oder Feinde?« Peer Nielsen benutzte dieses Wort ungern, aber im Fall Erika Matzens musste er deutlich werden, um überhaupt zu ihr durchzudringen. Ihr Gesichtsausdruck verriet ihm, dass die Frau dabei war, sich in eine Art Schneckenhaus zurückzuziehen und er sich beeilen musste, wenn er noch an brauchbare Informationen kommen wollte. Doch zu spät. Erika Matzen schüttelte nur den Kopf und begann unvermittelt, über Hamburg und jegliche Verbrecher zu schimpfen.

»Ich will sofort nach Hause«, schrie die Witwe und sprang auf. »Hier ist man sich seines Lebens nicht mehr sicher. Unbescholtene Bürger werden in dieser Stadt am helllichten Tag erschlagen und die Polizei macht nichts!« Die beiden Kommissare mussten einsehen, dass eine weitere Befragung zum gegenwärtigen Zeitpunkt nichts bringen würde.

»Ich rufe Sie an«, sagte Thamsen, als er aufstand und Erika Matzen aus dem Büro führte, »wenn ich mich ein wenig umgehört habe.«

»Ach guck mal, Niklas, der Papa ist schon zu Hause!«, rief Haie, als er mit dem Kleinen das Haus betrat. Sie waren am Nachmittag spontan ins Freibad gefahren, da die Sonne derart heiß geschienen hatte und beide eine Abkühlung gebrauchen konnten. Leider waren sie nicht die Einzigen gewesen, die auf diese Idee gekommen waren. Es hatte kaum noch einen Platz auf der Liegewiese gegeben. Aber Niklas hatte in dem Planschbecken seinen Spaß gehabt, und das war für Haie die Hauptsache. Nun war der Kleine allerdings müde und knäckelte ein wenig herum. Tom saß am Schreibtisch und war über die Störung sichtlich verärgert. Doch Haie kümmerte das wenig und er drückte dem Freund Niklas auf den Schoß. »Ich mach Abendbrot.« Kaum eine halbe Stunde später saßen sie zusammen am Küchentisch. Niklas hatte vom Schwimmen ordentlich Hunger und aß mit großem Appetit. Tom hingegen knabberte nur an einem Stück Schwarzbrot.

»Is dir nicht gut?« Haies Frage löste eine Jammertirade aus.

»Der Leibnitz hat echt nicht mehr alle Tassen im Schrank. Jetzt soll ich das Problem mit dem Matzen lösen.«

»Und wie?« Haie fragte sich, ob man den Besitzer des begehrten Hauses zwingen konnte, sein Eigentum an den Bauunternehmer zu verkaufen.

»Was weiß ich. Vielleicht umbringen?«

»Damit macht man keine Scherze.«

»Ich weiß.« Tom puhlte weiter an der Scheibe Brot.

»Und wenn du vernünftig mit ihm sprichst?«

»Vernünftig? Mit dem kann man überhaupt nicht sprechen. Leibnitz hat gesagt, dass er ihn am liebsten erwürgen würde.« Haie konnte sich das zwar nicht vorstellen, aber so, wie Tom momentan drauf war, brachte es sowieso nichts, mit ihm zu reden. Er vermutete, dass den Freund irgendetwas an Marlene erinnert hatte und dies der eigentliche Grund war, warum er aggressiv reagierte und gleichzeitig depressiv wirkte. Marlenes Tod hatte Tom sehr verändert. Manchmal erkannte Haie ihn nicht wieder und fragte sich, ob sich das irgendwann ändern würde.

»Niklas muss ins Bett«, bestimmte er, um der ungemütlichen Situation zu entkommen. Er nahm den Jungen auf den Arm und ließ den Freund sitzen. »Was sollen wir nur mit dem Papa machen?«, fragte er mehr sich selbst als Niklas, während er dem Kleinen einen

Nachtanzug anzog. »Ich dachte, die Arbeit bringt ihn auf andere Gedanken.«

Heute brauchte es nicht einmal eine Gute-Nacht-Geschichte. Niklas schlief sofort ein. Die Sonne und das Planschen im Freibad hatten ihn müde gemacht. Eine Weile betrachtete Haie den blonden Jungen schweigend, dann schlich er nicht nur aus dem Zimmer, sondern auch aus dem Haus. Er holte sein Fahrrad aus dem Schuppen und radelte los. Raus aus der bedrückenden Umgebung, weg von der miesen Laune des Freundes. So leid es ihm auch tat, aber heute Abend konnte er Tom nicht ertragen. Irgendetwas musste sich ändern, doch er hatte keine Ahnung, wie er ihm helfen konnte. Er kam ja gar nicht richtig an ihn ran. Tom hatte in seiner Trauer eine dicke Mauer um sich herum aufgebaut. Selbst den Psychologen in der Klinik war es nicht gelungen, diese einzureißen. Sie hatten ihn lediglich einigermaßen stabilisieren können. ›Den Schritt muss er alleine machen‹, hatte die Therapeutin gesagt, als Haie sie in seiner Verzweiflung angerufen hatte. ›Mit Druck erreichen Sie gar nichts.‹ Als Tom den Job annahm, hatte Haie das als gutes Zeichen gewertet, doch nun schien der Freund erneut auf der Stelle zu treten. Er stoppte vor der Gastwirtschaft, die sich zurückgelegen an der Dorfstraße auf einem kleinen Hügel befand. Schon als er die Tür öffnete, hörte er, dass Hochbetrieb herrschte. Für einen Samstagabend nicht ungewöhnlich, denn viele andere Möglichkeiten, im Dorf auszugehen, gab es nicht.

»Moin Max, machst du mir ein Bier?«, begrüßte er den Wirt und blickte sich um. Alle Tische waren besetzt, doch für ihn als Einheimischen war es kein Problem, sich irgendwo dazu zu setzen. Schließlich kannte er so gut wie jeden.

»Na Haie, häst all hört?« Der stämmige Mann, neben den Haie sich setzte, stieß ihn leicht mit dem Ellenbogen an.

»Wat?«

»Na, vun Heinrich.« Haie nickte, runzelte dann aber anschließend gleich die Stirn, als sein Sitznachbar weitersprach. »Gut, dass wir hier so friedlich wohnen. Hamburg muss ein Moloch sein, wenn man da gleich abgemurkst wird.«

»Abgemurkst?«

Der andere nickte fleißig. »Totgehauen. Musst du dir mal vorstellen. Das hätte jeden treffen können. Also, so etwas gibt's doch hier nicht!«

»Naja.« Haie wiegte den Kopf leicht hin und her und erinnerte die Anwesenden an die Morde im Dorf. »Is ja noch nicht so lange her.«

»Ja«, gab sein Sitznachbar zu, »aber da hatten die Täter wenigstens einen Grund. Denk mal an Kalli, den sie damals im Maisfeld gefunden haben. Der hatte das auch verdient. Aber einfach so, wildfremde Leute niederschlagen? Das machen die hier nich.« Haie sah die Sache allerdings anders. Durch seine Freundschaft zu Dirk Thamsen hatte er viel dazu gelernt – vor allem galt für ihn der Grundsatz: Nichts ist, wie es scheint.

»Aber wer sagt denn, dass der Täter keinen Grund hatte, Heinrich zu erschlagen?«

8. KAPITEL

Der Pulsmesser von Thamsens Uhr schlug Alarm und piepste wie verrückt, als er einen Endspurt hinlegte. Er war früh am Morgen aufgestanden und hatte beschlossen, laufen zu gehen. Die Sonne schien seit Tagen von einem strahlend blauen Himmel, sodass man sich ohnehin nur bei Tagesanbruch sportlich betätigen konnte. Ansonsten war es viel zu heiß. Er verringerte sein Tempo kurz vor dem Eingang zur Badewehle. Gern wäre er zur Abkühlung kurz hineingesprungen, aber er wollte rechtzeitig wieder zu Hause sein. Wenngleich er nicht jedes Wochenende komplett mit seinen Kindern verbrachte, das gemeinsame Frühstück war heilig.

»Da hat eine Frau für dich angerufen«, empfing Anne ihn. Sie lief im Nachthemd und verwuschelten Haaren herum, war wahrscheinlich gerade erst aufgestanden.

»Und?« Aus den wenigen Informationen konnte er keine Schlüsse ziehen.

»Sie hat was von einer Versammlung gesagt.« Thamsen dämmerte es. Gleich nachdem er aus Hamburg zurück gewesen war, hatte er die Vorsitzende des Seniorenvereins kontaktiert.

»Und wann?«

»Drei Uhr.«

»Und wo?«

»Weiß ich doch nicht. Bin doch nicht deine Sekretärin.« Typisch Teenager. Hatten ihre Gedanken überall, nur nicht da, wo man sie gebrauchen konnte. Und dann diese Launen. Er rollte mit den Augen, als Anne sich umdrehte und in ihr Zimmer verschwand.

»Aber aufstehen jetzt!«, ermahnte er sie. »Gibt gleich Frühstück.«

»Ja, ja.«

Er zog sich das verschwitzte T-Shirt aus und rieb sich mit einem Handtuch ab. Duschen hatte momentan keinen Zweck. Er schwitzte viel zu sehr nach. Dann griff er zum Telefon. Zum Glück hatte er die Nummer, denn Anne hatte mit Sicherheit nichts notiert.

»Das ging aber schnell mit der Versammlung«, lobte er Erna Hansen. »Wie haben Sie es nur geschafft, in so kurzer Zeit alle Mitglieder zu verständigen?«

»Na, wir haben da eine Telefonkette. Für Notfälle. Und das ist schließlich einer, oder?« Thamsen ließ sich die Uhrzeit bestätigen und erklären, wo die Versammlung stattfinden sollte. »Ich habe Kuchen bestellt. Ist ja Kaffeezeit, näch?« Er seufzte leise. Na, das konnte ja heiter werden. 50 schnatternde, aufgeregte nordfriesische Rentner sollten von ihm während eines Kaffeeklatsches verhört werden. Prost Mahlzeit.

Peer Nielsen wälzte sich im Bett herum, aber er konnte nicht mehr schlafen. Dabei war er erst wenige Stunden im Bett und hatte im Prinzip kein Auge zu getan. Er war gestern Abend mit seinem Freund Sören als Wiedergutmachung für die geplatzte Verabredung auf dem Kiez um die Häuser gezogen und dabei in einer Kellerkneipe versackt. Der kleine Laden war vor lauter Gästen fast aus allen Nähten geplatzt, aber die

Stimmung war gigantisch gewesen. Sie hatten nicht gemerkt, wie spät es war – oder besser wie früh, denn als sie über die schmale Treppe wieder an der Oberfläche Hamburgs aufgetaucht waren, wurde es schon hell. Der Fischmarkt war im vollen Gange gewesen. So hatten sie sich zum Abschluss ihrer durchzechten Nacht zwischen Horden von Touristen und anderen Nachtjacken ein Matjesbrötchen gegönnt. Todmüde war er anschließend ins Bett gefallen und hatte doch keinen Schlaf finden können. Er schlug die leichte Sommerdecke zurück und setzte sich auf. Sein Schädel brummte, und schwindelig war ihm auch. Langsam schlurfte er in die Küche und stellte die Kaffeemaschine an. Anschließend holte er sich aus dem kleinen Spiegelschrank über dem Waschbecken im Badezimmer ein Aspirin und löste die Brausetablette in einem Glas Wasser auf. Während er die sprudelnde Flüssigkeit Schluck für Schluck trank, blickte er auf den Alsenplatz hinunter. Dort, wo man ansonsten nur mit viel Glück einen Parkplatz fand, waren etliche Lücken frei. Die Menschen nutzten das gute Wetter und waren wahrscheinlich aus der Stadt an die Nord- oder Ostseeküsten geflüchtet. Seine Vermutung bestätigte sich, als er das Radio anstellte.

»A 1 Hamburg Richtung Lübeck zwischen Kreuz Bargteheide und Reinfeld sechs Kilometer Stau. A 23 Hamburg Richtung Heide zwischen Pinneberg und Elmshorn zähfließender Verkehr auf einer Länge von circa zehn Kilometern.« Peer Nielsen goss sich einen Kaffee ein und ging zurück ins Schlafzimmer, das gleichzeitig auch als Wohnzimmer diente. »Und was machen wir heute, Fritzchen?«, fragte er seinen Leguan, während er ihm ein Stück Apfel reichte. Das Tier vertilgte das Obst mit großem Appetit, obwohl das Fruchtfleisch bereits braun war. Aber der Leguan war die sehr unregelmäßigen Fütterungszeiten gewohnt und nahm daher alles, was ihm geboten wurde. Auch ein Stück Apfel vom Vortag. Während Peer beobachtete, wie das Tier genüsslich sein Frühstück vertilgte, wanderten seine Gedanken zu dem Toten aus dem Volkspark. Außer dem Namen hatten sie bisher keinen Ansatzpunkt. Und Dr. Choui hatte ihn gestern vertröstet. Er hatte etwas entdeckt, brauchte aber die Ergebnisse aus dem Labor. Worauf der Rechtsmediziner wohl gestoßen war? Handelte es sich vielleicht doch nicht um einen profanen Raubmord? Davon ging jedenfalls die Witwe aus, denn Feinde hatte ihr Mann angeblich keine gehabt. Für sie war irgendein krimineller Totschläger aus Hamburg, die ihrer Meinung nach massenhaft hier rumliefen, der Mörder ihres Mannes. Wobei man diese Möglichkeit durchaus in Betracht ziehen musste, denn die Wertsachen des Opfers waren verschwunden und der Schlag auf den Kopf zeugte auch eher von einer unüberlegten Tat. War der Mann tatsächlich zur falschen Zeit am falschen Ort gewesen? Aber was hatte Heinrich Matzen überhaupt im Volkspark gewollt? Warum war er nicht wie die anderen Rentner auf dem Ausflugsschiff gewesen? Nielsen fuhr sich mit der Hand über das unrasierte Kinn. Also, wenn einer eine Ahnung hatte, dann die Witwe. Oder hatte das Opfer sich einem anderen Mitreisenden anvertraut? Ob der Niebüller Kollege schon etwas herausgefunden hatte? Immerhin hatte Dirk Thamsen sehr kompetent und erfahren gewirkt. Den ließ der Fall unter Garantie auch nicht in Ruhe. Obwohl heute Sonntag war. Er ging in den Flur und angelte aus seiner Jackentasche die Visitenkarte des anderen Kommissars. Kurz zögerte er, dann aber griff er zum Telefonhörer und wählte die angegebene Nummer. Egal, ob Wochenende war. Morgen früh war die nächste Besprechung und er wollte auf keinen Fall mit leeren Händen dastehen.

»Ja, hier Peer Nielsen«, meldete er sich, als Thamsen den Anruf annahm. »Ich wollte kurz hören, ob Sie gestern wieder gut nach Hause gekommen sind.« Wenngleich das nicht der eigentliche Grund seines Anrufs war, wusste er, dass es besser war, nicht gleich mit der Tür ins Haus zu fallen. Doch Thamsen ging auf die freundliche Nachfrage nicht ein. Er war es nicht gewohnt, Zeit mit Smalltalk zu verschwenden.

»Gut, dass Sie anrufen. Heute Nachmittag ist ein Treffen der Senioren und ich habe gedacht, vielleicht möchten Sie dazukommen?« Nielsen sah auf seine Uhr und musste dann an die Staus denken. Das würde eng werden. »Am besten Sie nehmen den Zug. Ich kann Sie in Niebüll aufsammeln.«

»Okay!«

Kaum eine halbe Stunde später stieg Nielsen in Altona aus der S-Bahn und sprintete die Treppen zur Fernbahn hinauf. Der nächste Zug ging in zwei Minuten, wenn er den verpasste, musste er eine Stunde warten und würde dann zu spät zum Seniorentreffen kommen.

Die Gleise endeten in Altona in einem Kopfbahnhof. Auf Gleis 8 wartete der Zug nach Westerland. Peer Nielsen schwang sich in den letzten Wagen und atmete erleichtert aus. Nur wenige Sekunden darauf schlossen sich die Türen, ein Pfiff gellte über den Bahnsteig und der Zug setzte sich Richtung Sylt in Bewegung. Nielsen drängelte sich durch die Horden von Touristen und Ausflüglern. Mit riesigen Koffern und Rucksäcken beladen, blockierten sie die Gänge und machten ein Durchkommen kaum möglich. Freie Plätze gab es so gut wie keine mehr. Nur in der 1. Klasse fand Nielsen ein Abteil, wo er sich setzen konnte. Er musste ohnehin eine Fahrkarte nachlösen, da er sich in der Eile am Bahnhof keine hatte mehr kaufen können. Und auf ein paar Euro, die der Klassenunterschied ausmachte, kam es bei ihm nicht an. Lieber zahlte er mehr, als zwischen all den schwitzenden Leuten dicht an dicht im Gang bis nach Niebüll zu stehen. Er lehnte sich zurück und blickte hinaus durch das Fenster, hinter dem die Landschaft vorüberflog. Stellingen und Elbgaustraße, bis die Umgebung langsam weiter wurde und sie schließlich die Elbmarsch durchquerten. Hier in Glückstadt hinter dem Deich war Peer Nielsen geboren und aufgewachsen. Doch er kam nur selten hierher. Seine Eltern hatten sich getrennt, als Peer 13 war. Sein Vater war damals schon weggezogen und seine Mutter wohnte seit gut zehn Jahren in Elmshorn bei ihrem neuen Partner. Freunde von damals hatte er keine mehr und wenn, dann wohnten auch sie nicht mehr in diesem kleinen Nest. Es gab also keinen Grund für ihn, nach Glückstadt zu fahren. Außerdem fühlte er sich in Hamburg sauwohl, sah sich als Einheimischen und nicht als Quiddje, wie Neu-Hamburger und Zugezogene von den Bewohnern der Hansestadt gern genannt wurden. Er war angekommen in Hamburg und liebte diese kühle, aber heimische Atmosphäre, die von der Stadt ausgestrahlt wurde. Hier musste man sich wohlfühlen – und das tat er auch. Sie hatten Itzehoe passiert und er schloss die Augen. Die durchgezechte Nacht forderte ihren Tribut und augenblicklich war er eingeschlafen.

9. KAPITEL

»Die Fahrkarten bitte!« Erschrocken fuhr Peer Nielsen auf und blickte geradewegs in das Gesicht des grinsenden Schaffners, der vor ihm stand.

»Wo sind wir?«

»Niebüll.«

»Waaaas? Dann muss ich hier raus!« Er sprang von seinem Sitz auf und wollte sich an dem Mann vorbeizwängen, doch der wich keinen Zentimeter zur Seite. »Aber nicht, ohne mir vorher Ihren gültigen Fahrausweis zu zeigen.«

»Ich hab' keinen.«

»Ach, der Herr hat keine Fahrkarte. Und nun wollen Sie schnell raus, um Geld zu sparen, was?« Das Grinsen war dem Schaffner schlagartig vergangen. Beim Schwarzfahren kannte er kein Pardon. So etwas duldete er in seinem Zug nicht. »Personalausweis«, forderte er in scharfem Ton. Peer Nielsen zückte seinen Dienstausweis. »Ach, auch noch von der Polizei. Das wird ja immer schöner. Recht und Ordnung predigen und selbst nichts einhalten. Das haben wir gern.«

»Hören Sie, ich muss dringend zu einer Zeugenbefragung und jetzt aussteigen.«

»Am Sonntag?« Der Bahnangestellte blickte ihn höhnisch an. »Ich lass mich doch nicht für dumm verkaufen!« Seine Stimme wurde lauter und ein paar Mitreisende aufmerksam. Neugierig reckte ein Mann seinen Kopf aus dem Nachbarabteil. Peer Nielsen spürte, wie ein Kloß aus der Magengegend langsam seinen Hals hinauf wanderte. Er bedauerte, seine Dienstwaffe nicht eingesteckt zu haben, denn vielleicht hätte der Mann ihm dann Platz gemacht. Immerhin hatte er es im Guten versucht, aber was sollte er machen, wenn dieser aufgeblasene Wichtigtuer ihm nicht glaubte?

»Weg da!«, schrie er den Schaffner an. »Sie behindern polizeiliche Ermittlungen und wenn Sie Ihren Arsch nicht sofort wegbewegen, lasse ich Sie verhaften!« Nicht nur der Bahnangestellte, auch die anderen Fahrgäste erstarrten vor Schreck. Dabei war es nicht einmal das laute Gebrüll, das ihnen Furcht einjagte, sondern vielmehr der Ausdruck in seinen Augen, der sie in Salzsäulen verwandelte. Peer Nielsen nutzte die Schockminute und schubste den Schaffner zur Seite. Eilig hechtete er durch den Gang zum Ausgang und schaffte es gerade noch hinaus zu springen, ehe er den Abpfiff der Bahn durch den Zugchef hörte und die Türen zu fielen. Unsanft landete er direkt vor Thamsens Füßen, der auf dem Bahnsteig nach ihm Ausschau gehalten hatte.

»Da sind Sie ja«, begrüßte Dirk den Kollegen. »Dachte schon, Sie hätten den Zug verpasst.«

»Nein, nein«, versuchte Peer zu erklären, während er sich aufrappelte, »es gab nur ein paar Komplikationen.« Er blickte sich um und sah den Schaffner mit erhobenem Arm und geballter Faust hinter der geschlossenen Tür des anfahrenden Zuges. Nielsen winkte ihm zu.

»Ja, wollen wir dann?«, fragte Thamsen leicht irritiert.

»Aber gerne!«

Im Gemeindesaal der Dagebüller Kirche herrschte emsiges Treiben. In der Mitte des Raumes war eine lange Tafel gedeckt, mehrere Frauen huschten mit Kaffeekannen umher und schenkten den Gästen ein.

»Moin!«, rief Thamsen laut in den Raum, doch keiner beachtete ihn. Die Senioren schnatterten alle aufgebracht durcheinander, genau so wie er es befürchtet hatte. Wie sollte er da an brauchbare Informationen kommen? Und was dachte der Hamburger Kollege von dieser seltsamen Versammlung? Er blickte zu Peer Nielsen, der sich mit gerunzelter Stirn umblickte. Endlich nahm eine Frau in Kittelschürze Notiz von ihnen. In der Hand hielt sie eine Tortenplatte.

»Auch ein Stück Butterkuchen?« Während Thamsen dankend ablehnte, griff der Hamburger Kollege beherzt zu. Schließlich hatte Peer Nielsen noch nicht gefrühstückt, da kam ihm der Kuchen gerade recht.

»Wo ist denn Frau Hansen?«, erkundigte sich Thamsen. Als Antwort schwang die Frau den Kuchenteller Richtung Kaffeetafel. Dort beugte sich Erna Hansen über eine andere Dame, um eine Platte Butterkuchen auf dem Tisch zu platzieren. Während Peer Nielsen sich ein zweites Stück Kuchen nahm, steuerte Thamsen auf die Vorsitzende des Seniorenvereins zu. »Moin, Frau Hansen!« Er reichte ihr die Hand, die sie lächelnd drückte.

»Ja setzen Sie sich doch«, forderte sie ihn auf, doch Thamsen hob sofort abwehrend die Hände.

»Wir sind nicht zum Kuchenessen hier«, erinnerte er Erna Hansen an den eigentlichen Anlass des Treffens. »Wie haben Sie sich das überhaupt mit der Befragung vorgestellt?« Statt einer Antwort holte sie aus der Tasche ihrer Kittelschürze eine kleine Glocke und schwang diese aufgeregt hin und her. Augenblicklich war es still im Raum. Thamsen war mehr als erstaunt. So viel Disziplin hätte er den Rentnern gar nicht zugetraut.

»So Leute, wie ihr wisst, sind wir nicht allein zum Kuchenessen hier.« Erna Hansen grinste in die Runde und die Anwesenden taten es ihr gleich. Besonders bestürzt oder traurig über den Tod Heinrich Matzens schien keines der Mitglieder zu sein. »Der Kommissar und sein Kollege«, die Vorsitzende deutete auf Peer Nielsen, der sich gerade ein großes Stück Butterkuchen in den Mund geschoben hatte und ordentlich kaute, »wollen euch ein paar Fragen zu unserer Fahrt nach Hamburg stellen. Dazu gehen sie der Reihe nach mit euch hinten ins Büro.« Sie nickte Thamsen zu, der nun das Wort übernahm.

»Wie Sie alle wissen, ist Heinrich Matzen leider Opfer eines Gewaltverbrechens geworden. Wir ermitteln zusammen mit den Hamburger Kollegen, und jedes Detail, das Ihnen zum Ausflug, zu Heinrich Matzen oder sonst was einfällt, könnte wichtig sein. Daher möchte ich Sie bitten, uns jede Kleinigkeit zu erzählen, auch wenn Sie sie für nichtig halten.« Es war mucksmäuschenstill im Raum, alle Augen auf Thamsen und Peer Nielsen gerichtet, der zwischenzeitlich neben Dirk getreten war. Er hatte das Gefühl, auch etwas sagen zu müssen, aber die etwa 50 Augenpaare, die ihn anstarrten, ließen ihm nichts Passendes in den Sinn kommen. »Also, wer möchte als Erster?« Thamsen blickte in die Runde. Schlagartig setzte ein leises Gemurmel ein, jeder schaute nun auf seinen Nachbarn, schließlich erhob sich eine Frau in hellblauem Kostüm.

»Ich«, sagte sie und ging selbstbewusst auf die Kommissare zu. Die Dame stellte sich als ehemalige Nachbarin der Matzens vor. Ihr Name war Lina Umbrecht.

»Ist Ihnen denn etwas an dem Tag aufgefallen?«, fragte Thamsen, nachdem sie sich in das Büro zurückgezogen hatten, und war erstaunt, als die ältere Frau nickte.

»Der Heinrich, der war irgendwie seltsam.«

»Inwiefern?«

»Na ja«, Lina Umbrecht zuckte mit den Schultern. »Generell ist Heinrich schon immer ein komischer Vogel gewesen. Das kann ich Ihnen sagen, schließlich habe ich über 30 Jahre neben ihm gelebt. Da kriegt man jede Menge mit. Kennt den anderen.« Thamsen nickte. »Und auf der Fahrt war der anders als sonst. So als bedrücke ihn etwas. Ich habe gedacht, das hinge mit dem Haus zusammen.« Thamsen runzelte die Stirn, ließ die Frau aber ohne Unterbrechung weitersprechen. »Erika hat mir nämlich am ZOB erzählt, dass Harry Leibnitz am Vorabend bei ihnen gewesen sei und fuchsteufelswild geworden war, weil Heinrich sein Angebot wieder abgelehnt hatte.«

»Was für'n Angebot?«, mischte sich Peer Nielsen ein.

»Na, wegen dem Hausverkauf.«

»Die Anwohner müssen zum Teil ihre Häuser verkaufen, um für die Ferienanlage Platz zu machen«, erklärte Thamsen dem Hamburger, der noch nichts von dem Bauprojekt gehört hatte.

»Ja, ich habe mein Haus gleich verkauft. Obwohl mir das weiß Gott nicht leicht gefallen ist«, bemerkte Lina Umbrecht. »Aber man muss für seine Heimat auch mal Opfer bringen und diese Ferienanlage ist gut für Dagebüll. Schafft eine Menge Arbeitsplätze und bringt Touristen hierher.«

Das bezweifelte Thamsen gar nicht, aber er fragte sich, ob man dafür so viele Menschen aus ihrer gewohnten Umgebung reißen musste. Er konnte verstehen, dass Heinrich Matzen sein Haus nicht verkaufen wollte. »Also Erika hat mir erzählt, dass der Leibnitz ihnen sogar gedroht hat«, fuhr Lina Umbrecht fort. Peer notierte einige Informationen, während Thamsen weiterbohrte. »Aber Harry Leibnitz ist nicht mit nach Hamburg gefahren, oder?«

»Ach was«, winkte die Frau ab. »Der ist zu jung für unseren Verein. Außerdem hält der sich ohnehin für etwas Besseres, seit er den Ferienpark baut.«

»Aber er hätte ja auch privat nach Hamburg fahren können«, hakte Peer ein.

»Klar, aber was weiß ich, seit dem Hausverkauf habe ich mit dem nichts mehr zu tun. Gott sei Dank! Kann der Erika auch nur raten, das Haus zu verkaufen. Nun, wo Heinrich tot ist. Was will sie mit dem riesigen Kasten? Mit dem Geld kann sie es sich endlich mal gutgehen lassen.«

»Wieso, ging es ihr denn vorher schlecht?« Thamsen blickte die ehemalige Nachbarin fragend an.

»Na, leicht hat die es nicht gehabt. Und sicherlich steht die Manuela schon auf der Matte und will ihren Erbteil haben.«

»Die Tochter?« Auf Thamsen hatte die Frau nicht den Eindruck einer raffgierigen Erbin gemacht, doch Lina Umbrecht nickte fleißig.

»Mama, wir müssen das nun entscheiden.« Manuela Groß fasste ihre Mutter leicht am Arm. Sie saßen am großen Esszimmertisch und wühlten sich durch den Papierkram. Bereits am gestrigen Abend war der Bestatter gekommen und hatte ihnen ein Angebot gemacht. Zwar war Heinrich Matzens Leiche noch nicht freigegeben, aber es war klar, dass zu den üblichen Kosten einer Beerdigung die Überführung von Hamburg nach Dagebüll kommen würde. Der Voranschlag hatte es daher auch in sich. Erika Matzen wusste nicht, wie sie das bezahlen sollte.

»Du musst verkaufen, dir bleibt nichts anderes übrig«, mischte sich nun der Schwiegersohn ein.

»Ich kann das nicht«, flüsterte Erika Matzen und starrte weiter auf das Angebot des Bestattungsunternehmens. Sie konnte gar nicht glauben, dass Heinrich tot war, obwohl sie es mit eigenen Augen gesehen hatte. Aber alles um sie herum erschien ihr wie im Traum. Die Bilder waren verschwommen, die Stimmen um sie herum weit weg. Manuela Groß stand auf und ging in die Küche. In der Spüle stand das Geschirr vom Frühstück und sie machte sich daran, es abzuspülen. Die letzten Tage waren auch für sie sehr aufwühlend gewesen und sie wusste nicht so recht, mit der Situation umzugehen. Von einem Tag auf den anderen war ihr Vater aus ihrem Leben verschwunden. Gut, er war früher, als sie ein Kind war, auch oft wochenlang weg gewesen, doch damals war er immer wieder nach Hause gekommen. Von seinen Reisen hatte er ihr kleine Geschenke mitgebracht. Einige von ihnen besaß sie heute noch. Zum Beispiel die kleine Negerpuppe mit den Locken. Als kleines Mädchen hatte sie diese besonders geliebt und hatte sich im Erwachsenenalter nicht von ihr trennen können. Nun jedoch war alles anders. Jetzt war er tot und würde niemals wieder dieses Haus betreten. Die Vorstellung daran ließ ihr die Tränen in die Augen schießen. Mit der nassen Spülhand fuhr sie sich über das Gesicht.

»Du musst sie dazu bringen zu verkaufen.« Jost war hinter sie getreten und fasste sie an den Schultern. Sie seufzte leise.

»Aber wie denn? Das hier ist ihr Zuhause. Ich kann sie doch hier nicht rausreißen.« Sie drehte sich zu ihrem Mann um und blickte ihn an.

»Warum denn nicht? Ein Teil des Hauses gehört nun auch dir.«

»Ich weiß.« Trotzdem fiel es Manuela schwer, ihre Mutter unter Druck zu setzen. »Wo soll sie denn hin?«

»Was weiß ich, aber das Haus muss verkauft werden.« Im Grunde genommen hatte Jost recht und sie wusste das. Sie hatte zwischen den Unterlagen bisher keine weiteren Hinweise auf Sparguthaben oder Versicherungen gefunden, die man nutzen konnte, um die anstehenden Kosten zu bezahlen. Obwohl es Manuela unerklärlich war, dass außer dem Eigentum kein Vermögen da war. Ihr Vater hatte immer gut verdient. Jedenfalls war sie davon ausgegangen. Und besonders verschwenderisch lebten ihre Eltern nicht. Gut, das Haus war top in Schuss, und vor Kurzem hatten sie Geld in eine neue Sofagarnitur investiert, aber aus Kunstleder, nichts Exklusives. Und einen Urlaub hatten sie sich seit Jahren nicht gegönnt. Nur die Fahrten mit der Seniorengruppe – und die kosteten nicht die Welt. Wo also war das Geld geblieben?

»Sag mal Mama, sind das wirklich alle Unterlagen von der Bank?«, fragte sie daher, als sie zurück ins Wohnzimmer ging.

»Und können Sie sich vorstellen, was Heinrich Matzen im Volkspark gewollt hat?« Die beiden Kommissare saßen nach wie vor mit Lina Umbrecht im Büro des Gemeindehauses der Dagebüller Kirche und befragten sie zu dem Verschwinden des Mitreisenden. »Warum hat er sich überhaupt weggeschlichen, denn Bescheid gesagt hat er keinem, oder?« Die Seniorin schüttelte den Kopf.

»Aber wissen Sie, das war eh ein echter Windhund. Wer weiß, vielleicht wollte er mal wieder sein eigenes Ding machen. Wahrscheinlich hat er sich dabei verlaufen, oder kannte er sich in Hamburg aus?« Die Frage war eher an sie selbst gerichtet, denn kurz darauf zuckte Lina Umbrecht mit den Schultern. »Keine Ahnung.«

»Das ist ’ne Frage, mit der wir uns auf jeden Fall beschäftigen müssen«, stellte Peer Nielsen fest, nachdem die ehemalige Nachbarin das Büro verlassen hatte.

»Vielleicht kann uns die Witwe etwas darüber sagen«, spekulierte Thamsen. »Kann ja sein, dass er jemanden in Hamburg kannte.«

»Hm, dann bleibt aber die Frage, warum die sich im Volkspark getroffen haben. Da gibt es weiß Gott schönere Plätze in Hamburg, und besonders verkehrsgünstig gelegen ist das auch nicht.«

Thamsen wusste nicht genau, wo die Leiche entdeckt worden war und hatte sich daher darüber keine Gedanken gemacht. Doch von A nach B in Hamburg zu kommen, stellte er sich nicht besonders schwierig vor.

»Ich habe Heinrich in ein Taxi steigen sehen!« In der Tür zum Büro stand plötzlich ein gebückter blonder Mann.

»Und das sagen Sie erst jetzt? Wann und wo?« Peer war aufgesprungen und ging auf den Rentner zu, der langsam zurückwich.

»Bei den Landungsbrücken. So um elf Uhr?« Nielsen zückte sofort sein Handy und wählte die Nummer vom Kriminaldauerdienst.

»Ja, ruft sämtliche Taxizentralen an und fragt, wer am Donnerstag einen Mann um elf in den Volkspark gefahren hat«, wies er die Kollegen an. Mit etwas Glück hatte der Fahrer gesehen, mit wem sich der Ermordete getroffen hatte. Zumindest aber würden sie herausbekommen, wo genau sich Heinrich Matzen hatte hinfahren lassen.

Sie befragten die anderen Senioren, was sich reichlich in die Länge zog. Jeder hatte etwas über Heinrich Matzen zu sagen, wobei sich die Aussagen zum größten Teil deckten. Der Dagebüller Rentner war unter den Mitgliedern des Vereins nicht sonderlich beliebt, vor allem weil er ein Schnacker gewesen war, wie viele der Befragten angaben. Seine ewigen Prahlereien waren den Senioren ziemlich auf den Geist gegangen, und seine Frau hatte er auch nicht gut behandelt.

»Trotzdem hat die Erika immer zu ihm gehalten, aber fragen Sie mich bloß nicht warum«, hatte eine der Frauen, die den Kaffee ausschenkten, zu Thamsen gesagt.

»Am besten wir fahren gleich bei der Witwe vorbei«, schlug er daher vor, als sie ihre Sachen zusammenräumten. »Oder müssen Sie gleich zurück?« Peer Nielsen schüttelte den Kopf. Außer Fritzchen wartete in Hamburg niemand auf ihn. Jedenfalls nicht mehr, denn bis vor Kurzem hatte er noch eine Freundin gehabt. Aber Beate hatte wenig Verständnis für seine Arbeit gezeigt, ihn ständig angekeift und war am Schluss sogar fremdgegangen. Auf solch eine Beziehung konnte er gut verzichten. Das erzählte er Thamsen nicht, sondern antwortete, dass es bei ihm auf ein oder zwei Stunden nicht ankäme. Er müsse nur den letzten Zug bekommen, da für morgen früh eine Besprechung wegen des Falls angesetzt war, bei der er selbstverständlich dabei sein musste. Sie verabschiedeten sich von den Senioren, die wild quasselnd an der Kaffeetafel saßen, und bedankten sich bei Erna Hansen für die schnell organisierte Versammlung. Thamsen fuhr nach Dagebüll-Hafen, bog aber vor der Mole ins Baugebiet ab.

»Mensch, ist das riesig«, bemerkte Nielsen, als er die Baustelle sah. »Da steckt bestimmt eine Menge Geld drin.«

Thamsen nickte. »Ja, Nordfriesland ist eine der beliebtesten Urlaubsgebiete Deutschlands«, bemerkte er nicht ohne Stolz. »Da lohnt es sich zu investieren. Schließlich hat das Land jede Menge zu bieten. Ruhe und Weite, die unglaublich frische Luft und die Nordsee, die man mit nichts anderem vergleichen kann.«

»Ich weiß, was Sie meinen. Bin selbst hinterm Deich groß geworden. Auch wenn's nur die Elbe war.« Thamsen parkte den Wagen und sie stiegen aus. Das Haus wirkte verlassen, trotzdem gingen sie zum Eingang und klingelten. Nichts tat sich. Thamsen drückte den Knopf erneut. Erika Matzen war verständlicherweise nicht beim Seniorentreffen gewesen, aber wo steckte sie?

»Vielleicht beim Bestatter?«

Peer Nielsen schüttelte den Kopf. »Die Leiche ist doch noch gar nicht freigegeben.«

»Wieso eigentlich nicht?«

»Dr. Choui untersucht noch etwas.« Während Thamsen ein drittes Mal schellte, in der Hoffnung die Witwe habe sich wie bei seinem letzten Besuch hingelegt, lief Peer Nielsen den angrenzenden Deich hinauf. Thamsen folgte ihm schließlich. Für einen Moment starrten sie beide schweigend auf das auflaufende Wasser, das seinen Höchststand fast erreicht zu haben schien. Die Sicht war klar, in der Ferne konnte man Föhr und die Halligen erkennen.

»Wirklich paradiesisch«, seufzte Nielsen.

»Ja«, bestätigte Thamsen. »Ich kann mir auch nicht vorstellen, irgendwo anders zu leben. Ich glaube, wenn man am Wasser groß geworden ist, dann kann man nirgendwo anders zu Hause sein, oder?« Peer Nielsen nickte. Hamburg hatte ein sehr maritimes Flair. Der Hafen, die Menschen, der Elbstrand, alles vermittelte einem das Gefühl, als lebe man direkt am Meer. Und obwohl er schon so manches Mal Fernweh verspürt hatte, wenn er die Schiffe aus aller Herren Länder die Elbe hatte hinab schippern sehen, zu Hause war er nur im Norden. »Aber wahrscheinlich sagen das die Bayern von ihren Bergen auch«, sagte Thamsen grinsend und brachte auch Nielsen mit dieser Bemerkung zum Schmunzeln. Irgendwie mochte Dirk den Hamburger Kollegen und fand ihn trotz seiner eher verschlossenen Art sympathisch.

»Und, wie sieht's aus? Trotz Butterkuchen noch Hunger? Ich kenne da nämlich ein nettes Restaurant in Niebüll«, schlug er deshalb vor.

10. KAPITEL

Die Nachricht über Heinrich Matzens Tod breitete sich wie ein Lauffeuer aus. Solch eine Neuigkeit war eine Sensation in der Gegend und in aller Munde. Als Haie am Montagmorgen den kleinen Supermarkt an der Dorfstraße betrat, war die Gerüchteküche in vollem Gange. Helene sah es wie immer als ihre Pflicht an, ihre Kunden auf den neuesten Stand zu bringen, und stand mit glühenden Wangen hinter dem Verkaufstresen, vor dem sich eine lange Schlange gebildet hatte. Haie schnappte sich einen Einkaufskorb, um vor Arbeitsbeginn ein paar Dinge für das Mittagessen zu besorgen. Tom kümmerte sich darum generell nicht, obwohl der Kleine seine geregelten Mahlzeiten brauchte. Haie packte Butter, Milch und Eier in den Korb und stellte sich an der Fleischtheke an. Vor ihm standen zwei ältere Damen, die sich über Erika Matzens Schicksal unterhielten.

»Was die nun macht. So ganz alleine.«

»Na, die Manuela wird sich um ihre Mutter kümmern, oder?«

»Die? Ach was«, winkte die eine der Frauen ab, »die hat doch wahrlich genug um die Ohren. Mit dem Restaurant und dem Hotel. Hätt' man lieber ihren Job beim Zahnarzt behalten sollen. Hab' gehört das läuft nicht so doll.«

»Na, wer soll da draußen auch schon hinkommen? Außerdem gehen in dem Haus immer noch die Geister um.«

Haie griente leicht. Manchen Einheimischen verging die Spökenkiekerei wohl nie. Diese Geschichte von einer erdrosselten Magd, die angeblich durch das alte Landgut geisterte, das Manuela und Jost Groß gekauft und zu einem Restaurant und Hotel umgebaut hatten, hielt sich jedenfalls beharrlich.

»Brauchst gar nicht so ungläubig tun«, giftete ihn eine der beiden an, als sie merkte, dass er sich lustig über die Spukgeschichten machte. »Manuela hat selbst vertellt, dass es in dem Haus unheimlich ist.«

»Kein Wunder, dass die fast pleite sind. Gäste kommen so gut wie keine«, bemerkte nun die andere Frau.

»So schlimm?« Haie hätte nicht gedacht, dass es finanziell so schlecht um Heinrich Matzens Tochter stand. Immerhin fuhr der Schwiegersohn mit einem dicken Mercedes durchs Dorf. Doch der Umbau des Gebäudes hatte sicherlich eine Menge Geld gekostet. Und wie sollte das alles bezahlt werden, wenn keine Gäste kamen?

»Und, was kriegst du, Haie?« Er hatte nicht bemerkt, wie die Frauen weitergegangen waren. »Ein Kilo gemischtes Hack!«

Peer Nielsen war an diesem Montagmorgen als Erster im Besprechungsraum. Er hatte die Versammlung für acht Uhr angesetzt, um die bisherigen Ergebnisse sowie die weiteren Schritte mit seinem Team zu besprechen. Er setzte sich an den langen Tisch und stellte seine Kaffeetasse ab. Erstaunlicherweise fühlte er sich ausgeschlafen, obwohl er gestern Abend erst spät zu Hause gewesen war. Zusammen mit Thamsen hatte er in einem kleinen Bistro in Niebüll gegessen und über den Fall gesprochen. Dabei hatten sie sich das eine oder andere Bier gegönnt und beschlossen, sich zu duzen. Sie waren schließlich Kollegen und ermittelten im selben Fall. Da konnten sie das alberne Gesieze auch weglassen, hatte Thamsen gemeint und ihm zugeprostet. Langsam trudelten seine Mitarbeiter ein und er eröffnete die Besprechung mit einer kurzen Zusammenfassung über den Toten.

»Habt ihr schon Ergebnisse aus den Taxizentralen?«

»Nee«, entgegnete sein Gegenüber. »Da war am Wochenende auch ständig Schichtwechsel, und bisher haben wir den Fahrer nicht ausfindig machen können. Aber wir sind dran.«

»Gut«, nickte Peer und wies dann einen anderen Mitarbeiter an, die Kollegen aus Bahrenfeld bei der Zeugenbefragung im Volkspark zu unterstützen. »Wann erscheint der Presseaufruf?«

»Heute.«

Peer war zufrieden. Auch wenn sie noch keine nennenswerten Ergebnisse vorweisen konnten, die Zusammenarbeit im Team klappte. »Ich fahre gleich in die Rechtsmedizin. Falls etwas ist, gebt mir sofort Bescheid.«

Die anderen am Tisch nickten und erhoben sich. Peer Nielsen sammelte seine Unterlagen zusammen und ging hinüber ins Büro. Schnell checkte er seine Mails, aber Neues aus Niebüll gab es nicht. »Er wird sich schon melden«, murmelte er vor sich hin. Thamsen wollte heute noch einmal die Witwe besuchen. Vielleicht hatte sie doch eine Ahnung, was ihr Mann im

Volkspark gewollt haben könnte. Mittlerweile dürfte sie sich von dem Schock erholt haben und konnte wahrscheinlich auch wieder klarer denken. Außerdem war interessant, was sie zu den Aussagen von Lina Umbrecht in Bezug auf den Hausverkauf zu sagen hatte. Angeblich hatte der Baulöwe den Matzens gedroht. Er griff nach den Autoschlüsseln und fuhr mit dem Aufzug hinunter in die Tiefgarage. Den Weg nach Eppendorf kannte er mittlerweile auswendig, und diesmal regte er sich kaum über die zahlreichen roten Ampeln auf. Dr. Choui empfing ihn heute in seinem Büro, was Peer mehr als recht war. Doch ganz verschont vom Leichenanblick blieb er trotzdem nicht.

»Sehen Sie hier?« Der Rechtsmediziner hielt ihm ein Foto unter die Nase. Doch außer einem blassen Oberschenkel konnte er wenig erkennen. »Na hier!« Dr. Choui tippte mit dem Zeigefinger auf das Bild. Peer Nielsen beugte sich ein wenig vor, hielt das Foto leicht ins Licht. Auf der mit schwarzen Härchen bevölkerten Haut zeichneten sich zwei kleine Punkte ab.

»Was ist das?«

»Winzige Einstichstellen.«

Nielsen hob die Augenbraue. »Gift?«

»Jein«, druckste der Mediziner herum und ließ sich auf einen Stuhl fallen. »Mir hat das keine Ruhe gelassen mit der Kopfwunde, die nicht tödlich gewesen sein kann«, holte er dann aus und griff hinter sich nach einem Stück Papier, das auf einem der zahlreichen Stapel lag, die sich auf jeder verfügbaren Ablagefläche in diesem Büro befanden. »Ich habe den Leichnam mit einer Lupe Zentimeter für Zentimeter untersucht und bin dabei auf diese Einstichverletzungen gestoßen. Sie sind winzig. Eine normale Spritze kann das nicht gewesen sein.«

»Sondern?« Wieder machte es den Anschein, als wolle Dr. Choui seine Entdeckung nicht preisgeben. Peer hatte den Mediziner so noch nie erlebt und fragte sich, was bei den Untersuchungen herausgekommen war.

»Haben Sie schon einmal vom perfekten Mord gehört?«

»Dem Film?« Nielsen verstand den Rechtsmediziner wirklich nicht.

»Nein, es gibt durchaus Möglichkeiten, einen Menschen umzubringen, ohne dass es uns Rechtsmedizinern auffällt.« Daher weht also der Wind, schoss es Peer durch den Kopf und nickte stumm. »Also es gibt Substanzen, die in unseren Standardtests nicht berücksichtigt werden und die eine ganz natürlich wirkende Todesursache vortäuschen können.«

»Und an solch einer Substanz ist Heinrich Matzen gestorben?«

»Mir ist es gelungen, in dem Gewebe rund um die Einstichstellen dieses Mittel zu extrahieren und analytisch nachzuweisen.«

»Und woran ist das Opfer gestorben?« Peer war gespannt, welche Todesursache der Rechtsmediziner ans Licht gebracht hatte.

»Heinrich Matzen ist an einer Hypoglykämie gestorben.«

»Hypoglykämie?«

Dr. Choui nickte. »Dem Mann wurde eine Überdosis Insulin gespritzt.«

Haie hatte einen herzhaften Hackfleischtopf aufgesetzt, der in der Küche vor sich hin blubberte, während er durch das Fenster im Büro Ausschau nach Tom und Niklas hielt. Eigentlich müssten die beiden jeden Augenblick da sein, dachte er, denn Tom hatte nur kurz etwas im Dagebüller Büro abholen wollen. Viel Zeit blieb ohnehin nicht, denn Haie musste nach dem Mittagessen wieder zur Arbeit und war daher ein wenig in Eile. Doch auf der Straße tat sich so gut wie gar nichts. Nur vereinzelt fuhr dann und wann ein Auto oder Trecker vorbei, ansonsten war es eher ruhig. Haie ging zurück in die Küche und rührte seinen Eintopf um. Ob er Manuela Groß anrufen sollte? Helene hatte ihm bestätigt, dass es finanziell um Heinrichs Tochter schlecht stand und sie daher nun zusätzlich als Tagesmutter arbeitete, da der Zahnarzt sie wohl nicht wieder hatte einstellen wollen. Vielleicht konnte sie Niklas betreuen. Zumindest stundenweise. Eigentlich war es ihm unangenehm, in dieser Situation bei der Tochter des Ermordeten anzurufen, aber er konnte ja erst einmal kondolieren. Das gehörte sich schließlich.

»Ja, moin, hier ist Haie Ketelsen«, meldete er sich, als am anderen Ende abgehoben wurde. »Ich wollte euch gerne mein Beileid aussprechen.«

»Danke.«

»Das mit deinem Vater ist schrecklich. Kommt ihr zurecht oder braucht ihr Hilfe?«

»Nein, danke.« Haie wusste nicht so recht, wie er auf den Grund seines Anrufs kommen sollte.

»Und Muttern, kommt sie zurecht? Was soll denn nun werden?« Er musste unweigerlich an Tom denken, der nach Marlenes Tod überhaupt nicht alleine klargekommen war.

»Wir verkaufen das Haus und sie zieht zu uns.«

»Hm.« Haie verspürte ein eigenartiges Gefühl im Bauch. Der Tod Heinrich Matzens kam einigen Leuten anscheinend nicht ungelegen. Das Geld aus dem Hausverkauf konnte Manuela Groß bestens gebrauchen, wie er im SPAR-Markt erfahren hatte. Und auch Harry Leibnitz würde froh sein, wenn sein Bauprojekt endlich fertiggestellt werden würde. Ob er darüber einmal mit Dirk sprechen sollte? Er kratzte sich am Ohr.

»Is noch was?«, Manuela Groß wurde ungeduldig, zumal Haie schwieg.

»Wann ist denn Beerdigung?«

»Wissen wir nicht genau, erst muss die Leiche freigegeben werden.«

»Insulin?« Peer Nielsen runzelte die Stirn. Er hatte schon davon gehört, dass ein Mord mit diesem Hormon so gut wie nicht nachweisbar war, da sich das Insulin im Körper sehr schnell abbaute.

»Ja, früher war das auch weitaus schwieriger. Da hatte man keine entsprechenden Methoden«, bestätigte Dr. Choui. »Aber das eigentliche Problem ist, erst einmal darauf zu kommen. Die Nadeln sind derart dünn, da können Sie die Einstichwunden mit dem bloßen Auge nicht erkennen.«

»Und wie sind Sie dann darauf gekommen?«

Der Rechtsmediziner reichte ihm nun das Blatt von dem Stapel. »Diesen Bericht habe ich vor Kurzem gelesen.« Der Artikel ›Der ideale Mord‹ handelte von einem Fall aus den 50er Jahren. Kenneth Barlow war in England erstmalig eines Insulin-Mordes überführt und zu lebenslanger Zuchthausstrafe verurteilt worden. Die Polizei hatte Barlows Frau tot in der Badewanne gefunden. Zwar hatte Kenneth Barlow die Polizei gerufen und den erschrockenen Ehemann gespielt, doch den Beamten war sofort aufgefallen, dass die Trauer nicht echt wirkte. Außerdem hatte sich die Polizei erst vor rund einem Jahr mit dem Tod von Barlows erster Frau beschäftigt, wobei damals ein anonymer Anrufer behauptet hatte, dass irgendetwas nicht mit rechten Dingen zugegangen war. Die Leichenschau ergab jedoch eine natürliche Todesursache, aber aufgrund dieses Vorfalls schaute man bei der zweiten Ehefrau genauer hin. Was neben den unnatürlich geweiteten Pupillen vor allem auffiel, war der friedliche Anblick der Toten. Normalerweise schlug ein Ertrinkender um sich, wenn Wasser in die Lungen drang. Doch Barlows Ehefrau schien sanft ins Badewasser gesunken und friedlich ertrunken zu sein. Die Mediziner vermuteten, dass die Frau bewusstlos gewesen sein musste. Doch trotz aller Untersuchungen fand man nichts. Erst fünf Tage später bei einer zweiten Leichenschau, die bei Tageslicht stattfand, entdeckte man die Einspritzungsmerkmale am Gesäß der Toten. Schnell war klar, dass sich Betty Barlow dort die Injektionen kaum selbst verabreicht haben konnte. In einem aufwendigen Verfahren extrahierte man aus Gewebeproben, die man an den Einstichstellen entnahm, eine Substanz, die man Labormäusen injizierte. Die Resultate aus diesen Versuchen ergaben letztendlich, dass Betty Barlow mindestens 84 Einheiten Insulin verabreicht worden waren. Zwar konnten die Mediziner vor Gericht nicht aussagen, Insulin im Leichnam gefunden zu haben, aber sie beschworen, die Leiche habe einen Stoff enthalten, der allen bekannten Eigenschaften des Insulins entsprach. Barlow leugnete freilich alles, aber die Geschworenen kamen zu einem einstimmigen Urteil, welches der Richter damals verkündete: ›Sie sind eines kalten, grausamen, berechneten Mordes für schuldig befunden worden.‹

Peer Nielsen gab Dr. Choui den Bericht zurück und nickte anerkennend.

»Heute können wir das analytisch nachweisen und müssen nicht Hunderte von Versuchstieren dafür umbringen.« Er grinste.

»Aber trotzdem muss man darauf erst kommen«, bemerkte Nielsen anerkennend.

»Nun ja, wie gesagt, der Kopfschlag hat mir keine Ruhe gelassen.«

»Aber wieso hat der Täter überhaupt auf Heinrich Matzen eingeschlagen, wenn er ihn doch mit Insulin umbringen wollte?«

»Wahrscheinlich, um ihn außer Gefecht zu setzen. Wer lässt sich ansonsten freiwillig etwas spritzen?«

Peer Nielsen wiegte den Kopf. »Und warum hat er ihn nicht erschlagen?«

»Dafür bedarf es schon einer Menge Kraft. Und

vor allem dem richtigen Tatwerkzeug. Vielleicht war kein entsprechend großer Stein da.« Das überzeugte Peer Nielsen wenig. Der Mord schien geplant gewesen zu sein. Oder hatte man als Diabetiker immer derart viel Insulin bei sich? Wahrscheinlich hatte der Täter gewollt, dass alles nach einem Raubmord aussah, um von sich abzulenken. Denn eines wussten sie nun auf jeden Fall: Der oder die Täterin waren Diabetiker oder kamen aufgrund ihres Berufes oder privaten Umfeldes auf jeden Fall an Insulin.

»Da seid ihr ja endlich!«, begrüßte Haie die beiden. »Ich habe mir schon Sorgen gemacht.« Es war weit nach Mittag und der Hackfleischtopf leicht verkocht.

Tom stöhnte. »Wenn ich den Kleinen mitnehme, dauert alles halt ein wenig länger.« Er setzte Niklas in seinen Hochstuhl, der sofort nach seinem Löffel vor ihm auf dem Tisch angelte.

»Ich habe vielleicht eine Stelle bei einer Tagesmutter für ihn.«

»Tatsächlich? Wo?« Toms Gesicht entspannte sich sofort, doch Haie war sich nicht sicher, ob dem Freund der Betreuungsplatz recht sein würde.

»Bei der Tochter von Heinrich Matzen.«

»Was?« Tom blickte Haie mit großen Augen an. Glaubte er allen Ernstes, er würde seinen Sohn der Tochter eines ermordeten Querulanten überlassen? Er hatte Haie doch erzählt, für was für ein arrogantes Arschloch er den Hausbesitzer gehalten hatte. Und dass er jetzt tot war, machte die ganze Sache nicht besser. Er schüttelte den Kopf. »Ich weiß nicht.«

»Aber die Manuela hat doch mit der Sache nichts zu tun. Die will so schnell wie möglich das Haus verkaufen.«

»Na«, kommentierte Tom diese Neuigkeit. »Dann kriegt Harry endlich seinen Willen.« Er schluckte bei dem Gedanken daran, dass dem Bauunternehmer der Mord an Heinrich Matzen mehr als gelegen kam. »Ich habe da kein gutes Gefühl bei.« Haie konnte den Freund gut verstehen. Er hatte schon darüber nachgedacht, den befreundeten Kommissar über diese Entwicklung zu informieren. »Zumal er neulich wieder gebrüllt hat, er bringt den Matzen um, wenn der nicht endlich verkauft«, begründete Tom sein mieses Baugefühl.

»Der Manuela kommt die Erbschaft auch nicht ungelegen«, ergänzte Haie, konnte sich aber nicht vorstellen, dass die junge Frau mit dem Mord an ihrem Vater zu tun hatte. Aber man konnte den Leuten eben immer nur bis vor den Kopf gucken. Auch etwas, das er in den Jahren seiner Freundschaft mit Thamsen gelernt hatte. »Ich denke, es ist besser, wir rufen Dirk an.« Haie ging hinüber ins Büro, Tom folgte ihm. Sie hörten Niklas mit seinem Löffel auf den Tisch trommeln, als sie schweigend darauf warteten, dass Thamsen sich meldete. »Ist bestimmt unterwegs.« Haie legte den Hörer auf. »Dann versuch es mal auf dem Handy.« Tom trat von einem Fuß auf den anderen, während Haie erneut wählte. »Besetzt.«

»Insulin?« Thamsen war ebenso überrascht von den Neuigkeiten aus der Rechtsmedizin wie sein Hamburger Kollege. Auch er hatte bisher nur davon gehört, selbst jedoch noch nie solch einen Fall bearbeitet. Peer Nielsen hatte gleich, nachdem er sich bei Dr. Choui bedankt und verabschiedet hatte, den Niebüller Kommissar angerufen.

»Ja, vielleicht kannst du die Witwe fragen, ob es in der Familie Diabetiker gibt. Oder warst du schon bei ihr?«

»Nee, stehe gerade vor meinem Wagen und wollte losfahren.« Am Vormittag hatte er einige Mitarbeitergespräche führen müssen und war daher noch nicht dazu gekommen, Erika Matzen aufzusuchen. »Aber ich melde mich dann gleich danach.« Er stieg in seinen Wagen und fuhr vom Parkplatz der Dienststelle. Montags war in der Stadt immer eine Menge los und es dauerte, bis er sich durch den Verkehr gequält hatte und in Deezbüll Richtung Dagebüll abbiegen konnte. Die Neuigkeiten aus Hamburg brachten sie bei der Suche nach dem Mörder ein ganzes Stück weiter. Ähnlich wie Nielsen glaubte er, mit dieser Information den Täterkreis bedeutend einschränken zu können. Als Normalsterblicher kam man nicht so leicht an Insulin, oder? Da musste man selbst Diabetiker sein oder einen kennen, der zuckerkrank war. Denkbar war allerdings auch, dass der Mörder beruflich die Möglichkeit hatte, an das Hormon zu kommen. Vielleicht war er oder sie in der Krankenpflege tätig oder im Altersheim beschäftigt? Trotz des Ansatzpunktes gab es noch keinen Verdächtigen, aber es war ein erster Ermittlungserfolg. Er bog wie gestern vor dem Hafen rechts ab und folgte der durch die schweren Baufahrzeuge beschädigten Straße bis zum Haus der Matzens. Seltsamerweise herrschte überhaupt kein Betrieb auf der Baustelle. Die schweren Bagger und Laster standen still. Und Bauarbeiter waren auch nicht zu sehen. Komisch, dachte Thamsen, als er ausstieg, stand der Bauunternehmer nicht unter Zeitdruck? Er ging zur Eingangstür und klingelte. Doch auch heute tat sich nichts im Haus. »Das gibt es doch nicht«, murmelte er und drückte erneut den Knopf neben der Haustür. Diesmal etwas länger. Aber auch das nützte nichts. Die Witwe schien nicht zu Hause zu sein. Während er zum Wagen zurückging, rief er die Auskunft an und ließ sich mit dem Landhotel Groß in Fahretoft verbinden.

»Das verstehe ich nicht«, antwortete Manuela Groß auf seine Frage, ob sie wüsste, wo ihre Mutter sei. »Die muss da sein. Vielleicht schläft sie?« Thamsen erklärte, dass er bereits gestern Nachmittag mehrere Male und auch heute Sturm geklingelt hatte. »Also gestern Mittag waren wir bei ihr. Da hat sie nichts davon gesagt, dass sie weg wollte.«

11. KAPITEL

»Wir haben ihn!«, wurde Peer Nielsen von einem seiner Mitarbeiter empfangen.

»Wen?«

»Den Taxifahrer!« Der andere reichte ihm einen Zettel mit einer Telefonnummer. »Du willst bestimmt selbst …«

Peer nickte und griff sofort zum Telefonhörer.

»Taxi Wohlers, Emke guten Tag.«

»LKA Hamburg, Mordkommission Peer Nielsen. Moin!« Er hörte den Mann am anderen Ende der Leitung schlucken. Eine Reaktion, die er oft erlebte. Insgeheim schien jeder Mensch eine Art schlechtes Gewissen zu haben. Anders konnte er sich dieses Verhalten jedenfalls nicht erklären. »Sie haben am Donnerstag einen Mann von den Landungsbrücken in den Volkspark gefahren. Erinnern Sie sich?« Peer nahm an, der Mann nickte, da er nur ein raschelndes Geräusch hörte. Dann aber schien dem Mann bewusst zu werden, dass man seine Geste nicht sah.

»Ja, ich glaube schon.«

»Wohin haben Sie ihn denn genau gefahren?«

»Zu diesem Kiosk unten am Stadion.«

»Das Trafo?« Von dort war es ein gutes Stück bis zum Fundort der Leiche zu gehen. Peer hatte in der Nähe des Büdchens geparkt, als er zu dem Leichenfund gerufen worden war. »Haben Sie gesehen, ob er sich mit jemandem dort getroffen hat?«

»Nee.«

Peer seufzte. Viel war der Zeuge nicht wert. Wahrscheinlich konnte der Fahrer sich nicht einmal an das Gesicht von Heinrich Matzen erinnern. Trotzdem unternahm er einen letzten Versuch. »Hat er denn etwas gesagt?«

»Ach, das war so ein Schnacker«, konnte sich zu Peers Erstaunen der Taxifahrer nun doch äußern. »Hat die ganze Fahrt über erzählt, was für ein toller Hecht er doch sei und so und dass die Frauen ihm halt auch nach 30 Jahren nicht widerstehen können. Aber ich habe da gar nicht so hingehört.«

Mist, fluchte Peer innerlich. »Denken Sie nach!« Tiefes Schnaufen war zu hören.

»Ich meine, er hat irgendetwas von einem Liebestreff gesagt.«

»Und, hast du Dirk erreicht?« Haie stürmte ins Büro, wo Tom am Schreibtisch saß und Niklas auf dem Fußboden mit Holzklötzen spielte.

»Ja, er kommt nachher gleich vorbei.«

»Gut«, nickte Haie und nahm sein Patenkind auf den Arm. »Warst du gar nicht draußen mit ihm?« Tom schüttelte den Kopf, während er weiter auf der Tastatur seines Computers tippte. »Und gewickelt hast du ihn auch nicht«, stellte Haie fest, als ihn die Duftwolke aus Niklas Pampers erreichte. Tom reagierte nicht, doch diesmal ließ Haie dem Freund das nicht durchgehen. Wenn es um das Wohl des Jungen ging, kannte er kein Pardon. »Das geht nicht, der ist dann wieder total wund. Und angenehm ist das für den Kleinen weiß Gott auch nicht.«

»Soll er halt nicht in die Windel scheißen.« Tom hatte weder Zeit noch Lust auf diese Diskussion. Doch so einfach kam er Haie nicht davon. Energisch drückte der dem Freund seinen Sohn auf den Schoß.

»Dann musst du halt dafür sorgen, dass er trocken wird. Von alleine lernt er das nicht. Das ist deine Verantwortung!« Haie drehte sich um und stapfte wütend aus dem Zimmer und geradewegs in Thamsens Arme.

»Na ihr drei«, grüßte er lächelnd. Er spürte die schlechte Stimmung sofort, wollte sich aber auf keinen Fall einmischen. Doch Haie kam der alleinerziehende Kommissar gerade recht.

»Kannst ihm mal sagen, dass man als Vater gewisse Pflichten hat«, wendete Haie sich an den Kommissar.

Thamsen schluckte. »Naja«, druckste er herum. »Ich kann das ja mal machen.« Er pflückte Niklas von Toms Schoß und ging mit ihm ins Kinderzimmer. Haie folgte ihm dicht auf den Fersen.

»Das ist keine Lösung«, zischte er Thamsen zu, während der sich an der vollgeschissenen Pampers zu schaffen machte.

»Puh, mein lieber Herr Gesangsverein«, kommentierte Thamsen den Inhalt der Windel und sprach lieber mit Niklas als auf Haies Bemerkung einzugehen. Der Kleine war begeistert und gluckste immer wieder: »Didi, Didi!« Doch auch bei Thamsen verursachte der Anblick des Jungen immer wieder schmerzliche Erinnerungen an die Freundin. Diese blauen Augen, der blonde Schopf – alles an ihm glich Marlene so sehr, dass es manchmal weh tat, ihn anzuschauen. »Klauter! Klauter«, forderte Niklas nun, nachdem Dirk ihn saubergemacht und eine frische Windel verpasst hatte. Er verstand jedoch nicht, was der Kleine wollte und blickte fragend zu Haie. Der reichte ihm eine Stoffpuppe, die tatsächlich wie der Klabautermann aus einem der Bilderbücher aussah.

»Hat die Textillehrerin für ihn genäht«, erklärte Haie.

»Sag mal«, Thamsen setzte Niklas auf den Boden und beobachtete, wie er mit der Puppe spielte, »ihr habt versucht, mich zu erreichen, warum?«

»Na wegen Harry Leibnitz!«

»Dem Bauunternehmer?« Haie nickte und erzählte von den Drohungen gegen die Matzens.

»Davon habe ich gehört und wollte Erika Matzen dazu befragen, aber die ist nicht zu Hause. Hast du eine Ahnung, wo die stecken könnte?«

Haie überlegte einen Moment, schüttelte dann aber den Kopf. »Also, wenn die nicht bei Manuela ist, weiß ich auch nicht«, entgegnete er, während er die dreckige Windel in den Müll stopfte und in die Küche hinüber ging. »Aber der kommt die Erbschaft auch nicht ungelegen, habe ich inzwischen gehört.«

»Die hat finanzielle Probleme. Haben mir auch schon einige Leute erzählt.«

»Magst du was essen? Es ist Hackfleischtopf von heute Mittag übrig.«

Thamsen blickte zur Uhr. »Nee, bin nachher gleich mit Dörte beim Chinesen verabredet.«

»Ach, wie geht es ihr denn?«, erkundigte sich Haie nach Thamsens Freundin, während er einen Eistee einschenkte.

»Gut, aber durch den neuen Fall kommt sie mal wieder zu kurz«, seufzte Thamsen. »Am Samstag musste ich nach Hamburg, da blieb dann auch am Wochenende wenig Zeit.« Er nahm einen großen Schluck von dem kühlen Getränk.

»Ja, Hamburg. Wissen die denn nun, woran Heinrich gestorben ist?«

»Überdosis Insulin.«

Haie runzelte die Stirn. »War Heinrich denn Diabetiker?«

Der befreundete Kommissar zuckte mit den Schultern.

»Muss er ja nicht zwangsläufig gewesen sein«, mischte sich Tom ein, der sich nun zu ihnen gesellte. »Hat Haie dir von Harry erzählt?« Thamsen nickte. »Also, irgendwie habe ich ein seltsames Gefühl. Der hat schließlich ordentlich Druck. Finanziell, wegen der Bauverzögerung.«

»Verzögerung? Ich würde eher sagen, da herrscht totaler Stillstand. Heute hat da jedenfalls keiner auf der Baustelle gearbeitet.«

»Was?« Tom blickte Dirk erstaunt an. Dann war die Situation ernster, als er bisher gedacht hatte. »Wahrscheinlich war der Leibnitz wirklich am Donnerstag unterwegs und hat mit den Banken gesprochen.«

»Der war Donnerstag nicht da?« Thamsen runzelte die Stirn. Bestand ein Zusammenhang zwischen dem Bauprojekt und dem toten Rentner? Tom jedenfalls hielt seinen Chef durchaus für verdächtig. »Ich fahre da morgen mal vorbei«, beschloss Thamsen und erhob sich. »Jetzt muss ich aber los. Dörte wartet.«

Er bog auf den Parkplatz im Lecker Industriegebiet ab, als sein Handy klingelte.

»Ja, Thamsen?«

Es war Peer Nielsen, der sich nach der Witwe erkundigte. »Das ist ja seltsam. Telefonisch kann ich die auch nicht erreichen«, kommentierte er Thamsens Ermittlungsstand. »Und sonst etwas Neues bei euch?«

Thamsen erzählte, dass es gegen den Bauunternehmer weitere Verdächtigungen gab. »Ich rede morgen mal mit dem. Anschließend versuche ich es bei Erika Matzen.«

»Gut«, bestätigte Peer die Vorgehensweise. »Wir haben übrigens den Taxifahrer ausfindig machen können.«

»Und?«

Nielsen seufzte. »Viel konnte der nicht sagen. Hat auch nichts gesehen. Ich gehe morgen mal zu diesem Kiosk im Volkspark, wo der Fahrer Heinrich Matzen abgesetzt hat. Vielleicht haben die dort etwas bemerkt.« Bei der Gelegenheit konnte er gleich bei den Kollegen in Bahrenfeld vorbeischauen und hören, wie man bei der Zeugensuche vorankam. Der Presseaufruf jedenfalls hatte bisher nicht viel gebracht. Außer ein paar Wichtigtuern, die aber keine nennenswerten Hinweise liefern konnten, hatte sich niemand gemeldet, der zur Aufklärung des Falls beitragen konnte.

»Gut, dann lass' uns morgen telefonieren«, beendete Thamsen das Gespräch, da er Dörte auf den Parkplatz fahren sah. Er stieg aus und begrüßte seine Freundin mit einem Kuss. Sofort spürte er, dass etwas nicht stimmte.

»Was ist los?«

»Ach nichts«, versuchte sie, seine Bedenken zu zerstreuen. »Ich hatte einen anstrengenden Tag.« Thamsen nickte, obwohl er ihr nicht glaubte. Aber wenn sie nicht mit ihm sprechen wollte, hatte das wohl seinen Grund. Sie ließen einander immer viel Freiraum in ihrer Beziehung, daher drängte er sie nicht.

»Wollen wir uns einen halben Liter Weißwein teilen?«, fragte er, nachdem sie im Restaurant Platz genommen hatten und in der Speisekarte stöberten. Er trank lieber Bier, aber Dörte zuliebe, die passionierte Weintrinkerin war, bestellte er oftmals ein Glas mit. »Vielleicht den Riesling?« »Nee, lieber nicht. Ich möchte heute nur ein stilles Wasser.«

12. KAPITEL

Haie war wie immer früh auf den Beinen. Und das war nicht erst so, seit er sich um Niklas kümmerte. Der Harndrang trieb ihn meist gegen halb sechs aus dem Bett. Er stellte die Kaffeemaschine an und deckte den Frühstückstisch.

»Haia. Haia!«, hörte er nach wenigen Augenblicken Niklas rufen, der immer kurz nach ihm wach wurde.

»Na, mein Sonnenschein!«, begrüßte Haie den Kleinen, als er ihn aus dem Gitterbett hob. »Gut geschlafen?« Er wickelte Niklas, zog ihn an und schmierte ihm ein Marmeladenbrot, das er anschließend in kleine Quadrate schnitt. Dann goss er dem Kleinen eine Milch und sich selbst einen Kaffee ein. »Guten Morgen«, rief Haie fröhlich, als Tom schlurfend die Küche betrat. Im Gegensatz zu ihm, war der Freund ein richtiger Langschläfer. Dafür arbeitete er oft bis in die Nacht, während Haie für gewöhnlich zeitig ins Bett ging. Er füllte Tom einen Becher Kaffee ein, der durch das Koffein langsam auf Betriebstemperatur kam.

»Ich habe mir das mit der Tagesmutter überlegt«, sagte er, während er sich eine Scheibe Brot aus dem Korb in der Mitte des Tisches angelte. »Ich möchte zumindest mal mit ihr sprechen.« Haie war sofort begeistert. Nicht so sehr wegen Niklas, aber vielleicht ließ sich in einem Gespräch mit Manuela Groß etwas über den Mord an ihrem Vater herausfinden. Wenn es in der letzten Zeit Anfeindungen gegen Heinrich Matzen gegeben hatte, wusste sie sicherlich davon.

»Was hältst du davon, wenn wir heute Mittag zum Essen in das Restaurant fahren? Dann kannst du dir gleich mal einen Eindruck verschaffen, wo Niklas betreut werden würde«, schlug Haie deshalb vor.

»Warum nicht?«, entgegnete Tom, allerdings weitaus weniger enthusiastisch als der Freund.

Peer Nielsen versuchte, rückwärts in eine winzige Lücke zwischen zwei Autos auf dem kleinen Platz vor dem Kiosk im Volkspark einzuparken und fragte sich, warum sich um diese Zeit derart viele Leute in der Grünanlage aufhielten. Gut, das Wetter war auch heute bombastisch, aber mussten die denn nicht arbeiten? Er stieg aus und trat beinahe auf einen Rehpinscher, der zeitgleich aus dem Nachbarwagen gehüpft war. Vor Schreck jaulte der Hund laut auf.

»Können Sie nicht aufpassen?«, raunzte ihn ein älterer Mann an, der an der Kofferraumklappe seines Wagens stand, hinter der vier weitere Hunde bellend darauf warteten, hinausgelassen zu werden.

»In Hamburg gilt Leinenzwang, das ist Ihnen bekannt?«

»Sagt wer?« Der Mann stemmte seine Hände in die Hüften.

»Ich!«

»Und wer ist ich?« Der Hundebesitzer beugte sich zu ihm vor. Eigentlich hätte er dem anderen liebend gern die Leviten gelesen und war versucht, mit seinem Dienstausweis Eindruck bei dem Mann zu schinden. Doch was brachten solche Provokationen schon? Peer hätte sich kaum umgedreht und die Hunde liefen wieder frei herum. Er winkte daher ab und drehte sich ohne ein weiteres Wort um. Aber den Kollegen vom Ordnungsamt würde er trotzdem mal einen Hinweis geben, dachte er grinsend, während er auf den Kiosk zu ging. Die wenigen Tische rund um das kleine Gebäude waren gut besucht. Vor allem Mütter mit kleinen Kindern und Senioren bevölkerten die Stühle und Bänke und unterhielten sich angeregt bei einer Tasse Kaffee oder einem Kaltgetränk. Ein Jogger, der seine Kondition überschätzt hatte, stand an den Kiosk gelehnt und trank gierig aus einer Flasche Wasser. Peer ging auf den Eingang zu und stellte sich seitlich an den Tresen.

»Moin«, grüßte er den Mann im Inneren des Kiosk. »Kann ich Sie mal kurz sprechen?« Der Besitzer guckte fragend, als er aber Peers nicht gerade dezent erhobene Dienstmarke sah, drehte er sich um.

»Gisela, kannst du mal eben übernehmen?« Einen kurzen Moment später trat der Mann aus der Tür seitlich des kleinen Gebäudes.

»Haben Sie diesen Mann letzten Donnerstag hier gesehen?« Peer Nielsen hatte einen Ausdruck des Fotos aus der Vermisstenanzeige dabei und hielt ihn seinem Gegenüber unter die Nase. Der Kioskbetreiber betrachtete das Bild eingehend, fingerte sich dann eine Zigarette aus der Schachtel in seiner Hand und zündete diese an. Langsam sog er an dem Glimmstängel und stieß dann Peer Nielsen den Rauch entgegen.

»Ja, der war hier. Ist das etwa der Tote aus dem Gebüsch?« Der Leichenfund hatte sich herumgesprochen.

»Ja. Und was können Sie mir zu dem Mann sagen?«

»Ich?« Der andere tat, als verstünde er nicht.

»Na, ich denke er war hier.«

»Ja und?«

Nielsen schaute den rauchenden Kerl mit zusammengekniffenen Augen an. Verstand der Typ ihn wirklich nicht oder wollte er ihn bei seiner Arbeit nicht unterstützen? Irgendwie kam ihm die Visage auch bekannt vor, nur konnte er das Gesicht nicht recht einordnen. »Ja, also, haben Sie ihn nun hier gesehen oder nicht? Hat er sich mit jemandem getroffen? Vielleicht mit einer Frau?« Der Taxifahrer hatte angedeutet, Heinrich Matzen hätte etwas in diese Richtung geäußert.

»Was weiß ich. Bespitzel doch meine Gäste nicht.« Der Mann warf die Zigarette auf den Boden und trat die Glut aus. Er wirkte nervös. Oder lag das am Hochbetrieb, der hier herrschte? Geschäftsschädigend schien solch ein Leichenfund in der Nähe jedenfalls nicht zu sein.

»Paul kannst du kommen?«, meldete sich eine Stimme aus dem Kiosk. »Ich muss gleich los. Hab' doch den Arzttermin.«

Der Besitzer zuckte mit den Schultern. »Sorry, aber ich muss weitermachen.« Er drehte sich um. »Und zu dem Mann kann ich Ihnen nur sagen, dass ich den mit einem anderen habe weggehen sehen.«

»Was?«, entfuhr es Peer bei dieser beiläufig geäußerten Information. »Ja, und was war das für einer? Wie sah er aus?«

»Keine Ahnung«, der Mann grinste, »habe den nur von hinten gesehen.«

Dirk Thamsen kannte den Weg nach Dagebüll mittlerweile beinahe im Schlaf. Er war kurz auf der Dienststelle gewesen, um nach dem Rechten zu schauen, hatte sich aber dann schnell auf den Weg zu Harry Leibnitz gemacht. Er fuhr wie immer über den alten Außendeich und ließ seinen Blick über die herrlich weite Landschaft schweifen. Dörte war gestern Abend wirklich seltsam gewesen. Nicht einmal übernachten wollte sie bei ihm. Sie habe momentan viel um die Ohren und sei müde, hatte sie auf seine Frage, ob sie die Nacht gemeinsam verbringen wollten, geantwortet. So kannte er sie gar nicht. Eigentlich war er es immer, der von der Arbeit gestresst war und wenig Zeit hatte. Oder fühlte sie sich von ihm vernachlässigt, war beleidigt und schob die Müdigkeit nur vor? Er spürte plötzlich einen Stich in der Brust. Was, wenn sie ihn verlassen, ihre Beziehung beenden wollte? Er war schon einmal von einer Frau enttäuscht worden, ein zweites Mal würde er das nicht überstehen. Über die Freisprechanlage seines Wagens wählte er Dörtes Nummer, doch es meldete sich nur die Mailbox. »Ich bin's. Wollte fragen, ob ich später vorbeischauen soll. Bin nämlich heute nicht im Büro, sondern unterwegs und hätte Zeit für einen Kaffee. Melde dich bitte. Hab' dich lieb.« Er legte auf. Das ungute Gefühl in seinem Bauch verstärkte sich. Doch statt weiter über seine

Beziehung zu grübeln, musste er den Bauunternehmer in Dagebüll befragen. Er hatte den Container, der Harry Leibnitz als Baubüro diente, erreicht und parkte seinen Wagen direkt davor. Forsch klopfte er an und trat ein. Im Inneren des Baucontainers war es leicht schummrig. Die Luft hing abgestanden im Raum und roch nach Schweiß und Zigarettenrauch.

»Moin«, begrüßte ihn ein bulliger Mann hinter einem breiten Schreibtisch.

»Moin.« Thamsen trat weiter in den Raum. »Herr Leibnitz?«

Der Bullige nickte. »Persönlich und leibhaftig. Was kann ich für Sie tun?«

»Mein Name ist Thamsen. Ich komme von der Polizei Niebüll. Habe gehört, Sie hätten Ärger mit Heinrich Matzen?«

»Ach, das ist ja ein Ding.« Ein Grinsen machte sich auf dem Gesicht des Bauunternehmers breit. »Und da kommt neuerdings gleich die Polizei?«

Thamsen ging nicht auf die Äußerung ein. »Stimmt es denn, dass Sie Streit mit Herrn Matzen hatten?«

»Wat heißt Streit?« Harry Leibnitz winkte ab. »Der is halt schwierig. Will partout das Haus nicht verkaufen.«

»Und da haben Sie ihm gedroht, ihn umzubringen.«

Das Grinsen verging dem anderen schnell. Er stand auf und stützte sich dabei auf der Schreibtischplatte ab. »Ach, daher weht der Wind. Will der mich nun auch noch anzeigen, oder was?«

»Wissen Sie nicht, dass er tot ist?« Dirk beobachtete die Reaktion des anderen genauestens. Er konnte sich nicht vorstellen, dass der Bauunternehmer nichts von dem Mord gehört hatte. Doch von der Miene des Mannes war kaum etwas abzulesen.

»Nee, habe ich nix von gehört.« Egal, ob das nun stimmte oder nicht, der tote Heinrich Matzen kam dem Bauherrn sehr gelegen. Und daraus machte er auch keinen Hehl. »Na, aber die Frau wird dann ja wohl verkaufen. Dann geht das endlich wieder voran.« Das Grinsen kehrte, wenn auch zögerlich, zurück.

»Wo waren Sie am Donnerstagnachmittag?«

»Fragen Sie mich gerade nach meinem Alibi?« Thamsen nickte. Harry Leibnitz ließ sich zurück auf seinen Stuhl fallen und verschränkte die Arme vor der Brust. »Hier.«

»Wo der Papa bloß bleibt?« Haie hatte Niklas mit zur Schule genommen und wartete nun mit dem Kleinen auf dem Schulhof auf Tom, der die beiden zum Mittagessen in Manuela Groß' Restaurant abholen wollte. Doch von dem Freund war weit und breit nichts zu sehen. »Was in dem nur immer vorgeht?«, fragte Haie mehr sich selbst als Niklas, der ihm ohnehin keine Antwort auf die Frage geben konnte. Endlich hörten sie ein Auto über die Herrenkoogstraße näher kommen und kurz darauf stoppte Toms Wagen vor der Risumer Grundschule.

»Entschuldigung, aber da war ein wichtiges Telefonat«, versuchte Tom seine Verspätung zu erklären. Haie nickte nur, obwohl er sich fragte, ob es dieses Telefonat tatsächlich gegeben hatte oder ob der Freund sich wieder in seinem Büro eingeigelt und seinen Depressionen hingegeben hatte. Er setzte Niklas in den Kindersitz und nahm dann neben Tom Platz. »Du musst mir aber sagen, wo es lang geht.« Trotzdem Tom schon etliche Jahre in Risum wohnte und auch einen Teil seiner Kindheit hier verbracht hatte, kannte er sich nicht halb so gut aus wie Haie.

»Rechts rum«, wies Haie Tom auch sogleich an. Sie fuhren über die Herrenkoogstraße hinaus Richtung Fahretoft.

»Gut, dass Mittach is und nich nachts!«, bemerkte der Hausmeister, als sie auf den Holländerdeich abbogen.

»Wieso?« Tom blickte ihn kurz von der Seite an.

»Na, wenn man hier weiterfährt, gibt es angeblich einer alten Sage nach zwischen Ockholm und Fahretoft eine Spinnerin, die sich in der Nacht zeigt.« Haie ließ seinen Blick über die Felder schweifen. Er liebte solch alte Geschichten, lebten in ihnen doch ein Teil ihrer Tradition, Kultur und Vorfahren weiter. Und für Haie nun auch Marlene, denn die Freundin hatte sich wie er für alte Märchen und Spukgeschichten begeistern können. Ihm fehlte der Austausch mit ihr, zumal sie durch ihre Arbeit am Nordfrisk Instituut auf neue Dinge aus ihrer Heimat gestoßen war.

»Ja, und was macht die dann da?«, fragte Tom nach einer Weile, da Haie schwieg und er auf eine Fortsetzung der Sage wartete.

»Wer?«

»Na, die Spinnerin?«

»Spinnen?«

Wenig später fuhren sie die breite Auffahrt zu dem

renovierten Resthof hinauf. Tom, der mittlerweile durch seinen Job in Dagebüll ein gutes Gefühl für Baupreise bekommen hatte, nickte anerkennend.

»Das muss eine Stange Geld gekostet haben, den Hof so hübsch herzurichten«, bemerkte er, als er ausstieg und sie sich umschauten. »Nur ein bisschen wenig Gäste, oder?«, flüsterte er dann Haie zu, während er Niklas aus dem Wagen hob. Haie nickte. Auf dem Hof standen kaum andere Fahrzeuge – und das war kein gutes Zeichen. Wie sonst sollte man das Restaurant erreichen, wenn nicht mit dem Auto? Hatten die Klatschtanten aus dem SPAR-Markt wohl recht gehabt. Nicht, dass auf dem alten Hof ein Geist spukte, aber der Betrieb lief ganz offensichtlich schlecht. Sie gingen zum Eingang hinüber und betraten das Restaurant. Gleich im Flur befand sich der Empfangstresen für das Hotel, doch weit und breit war niemand zu sehen. Daher stapften sie weiter geradeaus direkt in das Restaurant. Doch der Gastraum war leer.

»Wollen wir uns raussetzen?« Haie deutete auf eine hübsch angelegte Terrasse, die sich vor einer breiten Fensterfront erstreckte. Alle Tische waren eingedeckt und es hatte den Anschein, als erwarte man eine große Anzahl von Gästen.

»Vielleicht arbeiten die mit einem dieser Reiseveranstalter zusammen?« Tom blickte sich um. Er war unsicher, ob sie sich setzen konnten. Haie hatte da weitaus weniger Skrupel.

»Der ist doch nett.« Er zeigte auf einen kleinen runden Tisch, der direkt im Zugang des Gartens stand. »Da kann Niklas ein wenig auf dem Gras spielen.« Er stellte die Wickeltasche auf den Rasen. Niklas kam sofort angewackelt und verlangte nach seinem Spielzeug, das sich neben Windeln, Ersatzklamotten und einer Tupperdose mit Salzstangen in dem Beutel befand. »Echt schön zurecht gemacht alles«, bemerkte er, als er sich kurz darauf an den Tisch setzte. »Nur wie hält sich solch ein Betrieb? Machen die keine Werbung?«, wunderte sich Tom. Haie zuckte mit den Schultern und winkte dann zur Terrassentür, von wo aus sich Manuela Groß näherte.

»Moin«, begrüßte sie die beiden. »Was kann ich für euch tun?« Sie bediente selbst, um Kosten für das Personal zu sparen. Haie kam das sehr recht.

»Helene hat mir erzählt, dass du nebenbei als Tagesmutter arbeitest?« Manuela schaute ihn mit großen Augen an. Ihr war sofort klar, dass die Kaufmannsfrau dies wahrscheinlich in Verbindung mit dem Tratsch über die finanzielle Lage des Landhotels erwähnt hatte.

»Ab und zu«, schwächte sie daher Helenes Auskunft ab.

»Ja, wir suchen nämlich für Niklas«, Haie deutete auf den Kleinen, »eine Betreuung.«

»Aha. Was darf ich euch bringen?« Tom blickte Haie mit gerunzelter Stirn an, doch der bestellte beherzt zweimal den Mittagstisch und eine Portion Nudeln für Niklas. »Und zwei Cola.« Manuela Groß notierte alles auf einen Block, als ob sie sich die Bestellung nicht merken konnte.

»Die ist merkwürdig«, flüsterte Tom, nachdem die Besitzerin verschwunden war. Er war sich nicht sicher, ob er seinen Sohn in die Obhut dieser komischen Person geben wollte. Haie vermutete jedoch, dass Manuela Groß sich so seltsam verhielt, weil ihr die ganze Situation unangenehm war, und versuchte, Tom zu beruhigen. Schließlich war der selbst oft sonderbar. »Wart mal ab.«

13. KAPITEL

Thamsen trat hinaus in die Sonne und holte tief Luft. Ihm war schlecht. In seinem Bauch brodelte ein derart ungutes Gefühl, doch letztendlich konnte er dem Bauunternehmer nichts nachweisen. Auch wenn er wusste, dass Harry Leibnitz log, aber Tom konnte nicht hundertprozentig sagen, wo sein Chef gewesen war. Er hatte ihm gegenüber angegeben, er wolle nach Kiel zur Bank. Sollte er den Freund mit hineinziehen und den Bauunternehmer mit dieser Aussage konfrontieren? Dirk war unsicher. Eigentlich wollte er Tom raushalten. Er hatte in der letzten Zeit wirklich genug durchgemacht. Und daran war Thamsen nicht ganz unschuldig. Jedenfalls sah er es so. Er ging hinüber zum Wagen und stieg ein. Sein erster Blick galt dem Display seines Handys, doch dort war kein Anruf in Abwesenheit verzeichnet. Was war mit Dörte los? Er zögerte kurz, wählte dann erneut ihre Nummer. Wieder meldete sich nur die Mailbox. Er legte auf, ohne eine Nachricht zu hinterlassen. Durch die Windschutzscheibe sah er eine Reihe Autos Richtung Mole fahren. Sicherlich Urlauber, die mit der Fähre auf eine der Inseln reisen wollten. Er seufzte. Wenn doch bloß schon Ferien wären. Er sehnte sich so nach ein paar freien Tagen. Doch vorher musste er dem Hamburger Kollegen helfen, diesen Fall zu klären. Und wenn er weiter hier saß und vor sich hin starrte, würde das ziemlich lange dauern. Dirk beschloss, die wenigen Meter zu Erika Matzen zu Fuß zu gehen. Den Wagen ließ er vor dem Baucontainer stehen. Das würde Harry Leibnitz zusätzlich nervös machen, denn so war ganz offensichtlich, dass Thamsen hier rumschnüffelte. Das Haus der Matzens sah genauso aus wie bei seinem letzten Besuch. Die Fenster mit den adretten Gardinen und den Blumenkästen davor lagen im Sonnenlicht und unterstrichen die Idylle dieses traumhaften Plätzchens. Hoffentlich ist sie heute da, ging es ihm durch den Kopf, während er vor die Haustür trat. Bestimmt hatte die Witwe eine Menge Formalitäten zu erledigen, insbesondere weil die Leiche aus Hamburg hierher überführt werden musste, aber irgendwann musste Erika Matzen auch mal zu Hause sein. Er drückte den Klingelknopf und wartete. Nichts. Vielleicht im Garten? Er ging um das Haus herum. Das Grundstück wirkte verlassen. An der Wäscheleine flatterten keine Kleidungsstücke im Wind und auf den Gartenmöbeln lagen keine Polster ausgebreitet. Er trat ans Küchenfenster und blickte hindurch. Auf dem Tisch stand Geschirr, ansonsten wirkte der Raum sehr aufgeräumt und ähnlich wie der Rest des Hauses eher unbewohnt. Thamsen presste seine Nase noch dichter an die Scheibe. Durch die offene Küchentür konnte man ins Wohnzimmer blicken. Dort lag Erika Matzen auf dem Sofa und schlief.

»Frau Matzen!« Er pochte gegen das Glas. »Frau Matzen!« Die Frau rührte sich nicht. »Frau Matzen?« Er klopfte heftiger gegen das Fenster. Erika Matzen schien fest zu schlafen und hörte ihn nicht. Oder konnte sie ihn nicht hören? Hatte sie vielleicht einen

Zusammenbruch erlitten? Sein Herz schlug plötzlich bis zum Hals. Noch einmal klopfte er fest gegen die Scheibe, dann drehte er sich um und nahm einen der großen Steine, die neben dem Gartentisch lagen und der dafür gedacht war, eine Tischdecke am Wegfliegen zu hindern. Er schlug den Stein gegen die Scheibe, die durch die Wucht splitterte und nach einem weiteren Schlag ganz zersprang. Erika Matzen lag reglos auf dem Sofa. Thamsen entfernte vorsichtig einige Splitter und kletterte dann durch das eingeschlagene Fenster.

»Frau Matzen?«, rief er, während er vom Küchentisch sprang und ins Wohnzimmer hastete. Ein abscheulicher Geruch stach ihm in die Nase. »Frau Matzen?« Er fasste die Frau an der Schulter und rüttelte sie. Doch vergebens, der Körper war kalt und steif.

»Und Kollegen, habt ihr was für mich?« Peer Nielsen stand im Eingangsbereich des PK 25 und wollte sich nach dem Stand der Zeugenbefragungen erkundigen. Doch der junge Polizist zuckte nur mit den Schultern. Das Gesicht seines Gegenübers kannte er nicht. Er hatte erst vor ein paar Tagen seinen Dienst auf dem Hamburger Polizeirevier angetreten.

»Nee, aber Timmermann und Lucht sind noch unterwegs«, drang es plötzlich aus dem Hinterzimmer. Gleich darauf erschien Polizeihauptkommissar Franke hinter dem Empfangstresen. »Möchten Sie einen Kaffee?«, lud er Nielsen ein und winkte ihn zu sich. »Aber wirklich etwas Brauchbares ist bei den Befragungen nicht rausgekommen«, erklärte Franke, während er ihm eine Tasse reichte. Er war am Vortag selbst im Volkspark gewesen. »Aber auch die Betreuerinnen vom Waldkindergarten haben nichts bemerkt. Und die streunen dort fast immer mit den Kindern durchs Gelände. Und bei euch?« Peer erzählte von der Todesursache und dem ausfindig gemachten Taxifahrer. Während der Bahrenfelder Polizist ihm eine weitere Tasse eingoss, erkundigte sich Peer nach dem Besitzer des Kiosks im Volkspark.

»Ach, der Paul Schlüter. Ja, der ist seit ein paar Monaten wieder raus«, wusste Franke zu berichten. Plötzlich machte es in Peers Kopf Klick und es fiel ihm wie Schuppen von den Augen. Paul Schlüter. Vor gut zwei Jahren hatte er den Mann zusammen mit Kollegen der Drogenfahndung wegen Rauschgiftbesitzes einfahren lassen. Damals war es um einen Mord in St. Georg gegangen, und durch einen Zufall waren sie bei ihren Ermittlungen auf Paul Schlüter gestoßen, der in den Fall verwickelt gewesen war. Wie genau, das wusste Peer nicht mehr, aber das Gesicht war ihm gleich bekannt vorgekommen.

»Und nun betreibt er ganz anständig diesen Kiosk da, oder was?« Nielsen zweifelte, dass Schlüter sich durch die Haft verändert hatte, doch Franke konnte nichts Gegenteiliges berichten.

»Also bisher gab es keinen Ärger.«

Thamsen hatte sich von seinem ersten Schreck erholt und den Notarzt gerufen, obwohl er wusste, dass dies sinnlos war. Allein der Geruch, der durch den Raum zog, verriet, dass die reglose Frau schon länger tot auf dem Sofa lag. Daher hatte er gleich die Spurensicherung und den Rechtsmediziner aus Kiel angefordert. »Aber bitte Türen und Fenster geschlossen halten«, hatte Dr. Becker verlangt und darauf hingewiesen, wie enorm wichtig die Raumtemperatur für die Bestimmung des Todeszeitpunktes war. Nun stand Thamsen auf dem Außendeich, blickte über das Watt und holte tief Luft, während die Kollegen im Haus nach Spuren suchten. Wie friedlich die Gegend wirkte. Der weite Himmel, an dem einige Möwen mit der Leichtigkeit eines Flügelschlages ihre Kreise zogen. Die sanfte Brise, die schüchtern seine Haut streichelte. Nur das Rauschen des Meeres und ein gedämpftes Rufen einiger Kinder in der Ferne waren zu hören. Sonst störte nichts diese himmlische Idylle – doch der Schein trog. Er ging schon jetzt davon aus, dass Erika Matzen nicht eines natürlichen Todes gestorben war. Wenngleich er noch keine erste Einschätzung von Dr. Becker hatte. Aber an derartige Zufälle glaubte er nicht. Erst stirbt Heinrich Matzen, dann stirbt Erika Matzen. Zumal Heinrich Matzen nicht einfach so gestorben war, sondern hinterhältig ermordet worden war. Mit Insulin. Thamsen hatte den Rechtsmediziner gleich beim Eintreffen über diesen Umstand informiert. »Das können wir nur im Labor untersuchen, aber der friedliche Gesichtsausdruck könnte darauf hinweisen, dass auch die Witwe an einer Überdosis Insulin gestorben ist.« Wer tat so etwas? Der Bauunternehmer war nach wie vor sehr verdächtig. Harry Leibnitz hatte ein sehr großes Interesse an dem Haus und durch den Tod des Eigentümers enorme Vorteile. Warum aber sollte er auch Erika Matzen umgebracht haben? Sie wollte doch, soweit er wusste, das Haus verkaufen. Jedenfalls hatte das die Tochter behauptet und auch ein Wörtchen mitzureden. Oder hatte Manuela Groß etwas mit dem Tod der Eltern zu tun? Sie stand wegen des Hotels und der damit verbundenen Schulden enorm unter Druck. Auch ihr kam der Hausverkauf mehr als gelegen. Außerdem war ein Mord mit Insulin eine Methode, die der Handschrift einer Frau entsprach. Mörderinnen überraschten nicht selten durch eine gewisse Raffinesse. Allein dadurch kam ihnen eine größere Aufmerksamkeit zuteil als den männlichen Tätern. Er erinnerte sich an einen Fall aus den 80er Jahren, der in den Medien damals großes Interesse genoss. Das Blaubeer-Mariechen hatte Anfang der 60er Jahre ihren Vater mit vergiftetem Blaubeer-Pudding umgebracht und später auch auf diese Weise zwei Ehemänner und einen Lebensgefährten ins Jenseits befördert. Giftmord war eine der häufigsten Tötungsmethoden von Frauen. Bis auf den Schlag auf den Kopf von Heinrich Matzen. Das war für ihn eine eher weniger weibliche Art zu töten. Vielleicht hatte er deswegen die Tochter nicht nach ihrem Alibi befragt. Ganz in Gedanken merkte er nicht, wie Dr. Becker plötzlich an seine Seite trat, und zuckte daher zusammen, als der Mediziner neben ihm seufzte.

»Wie herrlich!«

Thamsen nickte. Der Moment war so friedlich, er wollte nichts über die Tote wissen – jedenfalls nicht in dieser Minute. Dr. Becker schien das zu spüren und schwieg. Allerdings nur kurz, dann räusperte er sich: »Du hast wahrscheinlich recht. Sieht ganz so aus, als wäre die Frau ebenfalls an einer Hypoglykämie gestorben.«

»Wann?«

»Das kann ich nicht genau sagen, aber ich habe Einstichwunden am Oberschenkel gefunden. Weiteres müssen die Tests und die Sektion ergeben.«

»Gut, dann mache ich mich auf zur Tochter«, stöhnte Thamsen und drehte sich zeitgleich mit Dr. Becker um. Vom Deich aus sahen sie das Haus mit den Blumenkästen vor den Fenstern im Sonnenlicht daliegen. Die Idylle wurde jedoch von dem Einsatzwagen der Polizei und einem Leichenwagen gestört, in den zwei Männer in dunklen Anzügen einen metallenen Sarg schoben. Er verabschiedete sich von Dr. Becker und ging über die Baustelle zurück zum Container, wo sein Auto stand. Der Wagen des Bauunternehmers allerdings war verschwunden. Thamsen setzte sich hinters Steuer und startete den Motor. Von unterwegs rief er Peer Nielsen an, erreichte allerdings nur die Mailbox.

»Ja, ich bin's Dirk. Ruf mich bitte umgehend zurück. Erika Matzen ist tot!« Er legte auf und überlegte, ob er es bei Dörte versuchen sollte. Sie hatte sich noch nicht gemeldet. Das passte überhaupt nicht zu ihr. Irgendetwas stimmte nicht. Er hatte jedoch keine Ahnung, was sie verärgert haben könnte, und beschloss daher, dass es vermutlich besser war, sie erst einmal in Ruhe zu lassen. Sie würde schon irgendwann damit rausrücken.

»Mann, das dauert aber lange«, maulte Tom. Manuela Groß hatte ihnen zwar relativ zügig die Getränke gebracht, sich anschließend aber nicht mehr blicken lassen. »Vielleicht ist das der Grund, warum es so leer ist?« Er grinste. Haie genoss es, den Freund aus seinem

Schneckenhaus herauskommen zu sehen. So hatte er Tom schon lange nicht mehr erlebt. »Ob die die Pute erst schlachten?« Haie schmunzelte, obwohl er die Wartezeit ebenfalls als zu lang empfand. Schließlich musste er wieder zur Arbeit.

»Ich gehe mal eben aufs Klo und schaue, ob ich Manuela irgendwo sehe«, beschloss er daher und stand auf. Durch die gläserne Verandatür ging er zurück ins Restaurant und suchte nach dem Hinweisschild für die Toiletten. Es dauerte einen Moment, ehe sich seine Augen an die wesentlich dunklere Umgebung gewöhnt hatten, dann aber sah er den dezenten Wegweiser. Kurz vor dem Treppenabgang hörte er plötzlich Stimmen.

»Es tut mir wirklich sehr leid.« Haie stoppte. Das war doch Dirk, oder? Er war sich ziemlich sicher. Vorsichtig lugte er um die Ecke und sah Thamsen mit Manuela Groß an einem kleinen Tisch sitzen. Die Inhaberin knetete ein Taschentuch in der Hand, während der Kommissar sie bedauernd anblickte.

»Hallo Dirk«, platzte Haie in den Raum und nicht nur Thamsen, sondern auch Manuela Groß zuckte zusammen. Anschließend sprang sie sofort auf.

»Ach, euer Essen!«

Thamsen sah die Frau leicht irritiert an. »Aber das muss doch nun nicht sein. Setzen Sie sich doch.«

»Is was passiert?« Haie kam die Situation merkwürdig vor.

Thamsen hob den Blick. »Erika Matzen ist tot.«

»Was?«, entfuhr es Haie. Seine Gedanken wirbelten durcheinander. »Aber wie denn, wer denn, wann?« Mit großen Augen starrte er Thamsen an.

»Nun ja«, druckste Dirk herum und blickte dabei flüchtig auf Manuela Groß. Haie verstand.

»Wir sitzen auf der Terrasse«, entgegnete er rasch, drehte sich um und eilte zurück zu seinem Tisch. Tom hatte zwischenzeitlich Niklas auf einen der Stühle gesetzt. Der Kleine hatte Hunger und klopfte fordernd mit einem Löffel gegen die weiße Blumenvase mit den Kornblumen, die in der Mitte des Tisches platziert war.

»Und, wann kommt das Essen?«, fragte Tom, mittlerweile leicht genervt von Niklas' Radau.

»Stell dir mal vor. Erika ist tot!«, platzte es aus Haie heraus.

»Erika?«

»Ja«, nickte Haie aufgebracht. »Dirk kommt gleich.«

»Dirk?« Tom wusste nicht, dass Haie den befreundeten Kommissar bei seinem Gang zum Klo getroffen hatte. Ehe er weiter nachfragen konnte, erschien Thamsen auf der Terrasse. Als er Tom mit Niklas dort erblickte, schluckte er. Es war ihm unangenehm, mit ihm über den Tod einer Frau zu sprechen.

»Was ist denn nun mit Erika?«, rief Haie, der auf Dirks Bericht gespannt war. Thamsen zuckte mit den Schultern, als er sich zu ihnen an den Tisch setzte. »Ich war heute Morgen bei Harry Leibnitz und wollte anschließend bei Erika Matzen vorbeischauen. Da habe ich sie tot im Haus gefunden.«

»Auch ermordet?« Haie war ganz mulmig zumute, als er überlegte, wer das Rentnerpaar umgebracht haben könnte. Harry Leibnitz war sicher nicht traurig über den Tod Erika Matzens und Manuela Groß hatte nun das gesamte Erbe für sich. Er schluckte.

»Das wissen wir nicht genau.«

Haie runzelte die Stirn. »Selbstmord?«

»Eher nicht«, entgegnete Thamsen mit einem vorsichtigen Seitenblick auf Tom. Der saß aufrecht auf seinem Stuhl und schwieg. »Dr. Becker vermutet dieselbe Todesursache wie bei Heinrich Matzen, allerdings müssen wir erst die Obduktion und einige Tests abwarten.« Haie nickte. Dennoch sprach für ihn alles für Mord.

»Und was ist bei Leibnitz rausgekommen?«, mischte sich nun Tom endlich ein. Thamsen berichtete von seinem Besuch bei dem Bauunternehmer. »Wäre gut, wenn du die Augen und Ohren ein wenig offen halten könntest«, bat er Tom. »Vielleicht kriegst du heraus, warum der lügt.«

14. KAPITEL

Peer ließ sich stöhnend auf seinen Schreibtischstuhl fallen und lehnte sich zurück. Bisher hatten sie nicht eine poplige Spur, nur Bruchstücke, mit denen sie wenig anfangen konnten. Nichts passte zusammen – jedenfalls nicht hier in Hamburg. In Nordfriesland hingegen gab es wesentlich mehr Leute, die ein Motiv gehabt hatten, den Rentner umzubringen. Und seine Frau. Peer Nielsen hatte die Nachricht auf der Rückfahrt ins Präsidium abgehört und hätte vor Schreck beinahe einen Fahrradfahrer umgenietet, weil er eine rote Ampel übersehen hatte. Das gab es doch wirklich nicht. Nun hatte jemand die Witwe ermordet. Wenngleich er nichts Genaues wusste, ging Peer davon aus, dass es sich um ein und denselben Täter handelte, der aus ein und demselben Motiv gemordet hatte. Er hatte versucht, Dirk Thamsen anzurufen, um weitere Details zu erfahren, aber bisher hatte er den Niebüller Kollegen nicht erreicht. Er schloss die Augen. Bilder von dem Toten, der Hundefrau und Paul Schlüter wirbelten vor seinem inneren Auge durcheinander. Er stand auf und trat an das Whiteboard an der Wand rechts neben seinem Schreibtisch. Mit einem schwarzen Stift begann er, Heinrich Matzen, Harry Leibnitz, Manuela Groß, Erika Matzen, Paul Schlüter auf die Tafel zu schreiben. Dann zog er Verbindungslinien. Der Einzige, der nicht in das Schema passte, war Paul Schlüter. Aber konnte es denn Zufall sein, dass der Rentner ausgerechnet in der Nähe vom

Kiosk des Ex-Knackis umgebracht worden war? Gab es vielleicht doch eine Verbindung zwischen den beiden? Straffällig war Heinrich Matzen seines Wissens nie gewesen. Also, dass die beiden sich aus dem Gefängnis kannten, schloss Peer deshalb aus. Aber vielleicht waren sich die beiden einmal woanders begegnet. »Mist«, murmelte er, während er jeweils ein Kreuz hinter Heinrich und Erika Matzens Namen setzte. Die Person, die das hätte wissen können, war nun leider ebenfalls tot.

»Du, du, du«, neckte Helene vom SPAR-Markt Niklas und reichte ihm dabei einen Kirschlolli. Tom hatte Haie an der Schule abgesetzt und kurz beim Supermarkt gehalten, um ein Babygläschen zu kaufen. Niklas hatte Hunger, denn in dem Restaurant war ihnen nach der Todesbotschaft nichts mehr serviert worden. Wenigstens die Getränke hatten sie nicht zahlen müssen. Tom war sich jedoch ziemlich sicher, dass er Manuela Groß nicht seinen Sohn anvertrauen wollte.

»Kennen Sie jemanden im Dorf, der als Tagesmutter arbeitet?«, fragte er daher Helene, während er seinen Einkauf auf den Tresen stellte. Neben einigen Fruchtgläschen und dem Glas fürs Mittagessen hatte er vorsichtshalber noch eine Packung Pampers und Feuchttücher geholt, die waren bei ihnen immer Mangelware. Die Kaufmannsfrau schaute ihn überrascht an.

»Hat Haie denn nichts von Manuela erzählt? Die nimmt doch Kinder in Pflege.«

Tom nickte. »Ja, aber die hat momentan echt andere Dinge im Kopf. Nun, wo so kurz hintereinander beide Elternteile ermordet worden sind.«

»Was?« Helene ließ die Feuchttücher fallen. Anscheinend hatte sich Erika Matzens Tod noch nicht bis zu ihr herumgesprochen. Eine ungewohnte Situation, denn eigentlich war es immer Helene, die über die Neuigkeiten aus der Umgebung als Erste Bescheid wusste. »Was ist denn mit Erika?«, fragte sie nach, da Tom von sich aus nichts erzählte. Und auch auf ihre Frage hielt er sich reichlich bedeckt. Er zuckte mit den Schultern.

»Habe nur gehört, dass sie heute Vormittag tot in ihrem Haus aufgefunden worden ist.« Er griff nach einer Plastiktüte und packte seine Einkäufe ein. Helene kniff die Augen zusammen. Sie glaubte nicht, dass das alles war, was ihr Gegenüber so zögerlich erzählte. Sie wusste nur zu gut von der Freundschaft zwischen Tom und dem Kommissar und witterte sensationelle Neuigkeiten, mit denen sie vor allem ihre Stammkundschaft würde beglücken können.

»Und sie ist auch ermordet worden?« Tom konzentrierte sich darauf, die Gläschen vorsichtig in dem Plastikbeutel zu verstauen, und schwieg. Doch die Ladenbesitzerin ließ sich nicht irritieren und äußerte lauthals erste Verdächtigungen.

»Wenn das man nicht irgendeiner aus Heinrichs windiger Vergangenheit war.«

Tom blickte erstaunt auf. »Was für eine windige Vergangenheit?«

Helene grinste. Schneller als gedacht hatte sie wieder Oberwasser gewonnen. »Na, aus seiner Zeit in Hamburg.«

»Ach, der hat mal in Hamburg gewohnt?«

Helene tippte nun scheinbar hochkonzentriert den Preis für die Pampers in die Kasse und schwieg dabei. Geduldig wartete Tom, bis sie ihm die Summe für seine Einkäufe genannt und das Geld kassiert hatte. Er kannte die Frau, früher oder später würde sie sowieso reden. Und kaum hatte er sein Wechselgeld eingesteckt, platzte es auch schon aus ihr heraus. »Gewohnt ist nicht richtig. Soweit ich weiß ist der früher zur See gefahren.«

Thamsen hatte heute früher Feierabend gemacht. Er musste ohnehin auf die Ergebnisse aus Kiel warten, und vor morgen früh würde er weder den Bericht von Dr. Becker noch den der Spurensicherung auf seinem Schreibtisch haben. Er hatte ein paar Einkäufe erledigt und die Kinder versorgt. Dann war er mit einer Flasche Wein und weiteren Accessoires für einen romantischen Abend im Gepäck Richtung Ladelund aufgebrochen. Dörte war zu Hause. Jedenfalls stand ihr kleiner roter Flitzer auf der Auffahrt zu dem Haus, in dem sie eine kleine Einliegerwohnung gemietet hatte. Zusammenziehen war bisher kein Thema zwischen ihnen gewesen, obwohl sie beinahe zwei Jahre ein Paar waren. Auch hatte Thamsen keinen Schlüssel zur Wohnung und legte daher seinen leicht zitternden Finger auf den Klingelknopf. Es dauerte eine Weile, ehe er Schritte hörte und anschließend die Tür geöffnet wurde. Dörte stand vor ihm in einem weiten Wollpullover, Jogginghosen und verwuscheltem Haar. Ihre Augen wirkten leicht gerötet, so als habe sie geweint.

»Hallo!« Thamsen trampelte von einem Fuß auf den anderen, während sie ihn anstarrte. »Darf ich reinkommen?« Dörte trat zögernd einen Schritt zur Seite und drehte sich um. Thamsen schloss die Tür hinter sich und folgte ihr ins Wohnzimmer. »Ich habe uns Wein und ein paar Leckereien …« Der Rest des Satzes blieb ihm vor Schreck im Hals stecken, als er das Chaos in der Wohnung erblickte. Überall lagen Klamotten herum. Auf dem Couchtisch türmten sich gebrauchte Tassen und Gläser und dazwischen überall zerknüllte Tempotaschentücher. Langsam ging er zum Sofa und setzte sich neben Dörte, die dort wie ein Häufchen Elend hockte. »Was ist denn los?« Sie griff nach einer Packung Taschentücher und fingerte umständlich eines heraus. Ihr Schnäuzen erinnerte ihn leicht an Benjamin Blümchen und er musste unweigerlich schmunzeln.

»Was lachst du?«, fuhr Dörte ihn an. Dirk zuckte zusammen. Was war denn mit ihr los? Derart aggressiv hatte er sie noch nie erlebt.

»Nichts«, wollte er sie beruhigen, doch der Versuch ging nach hinten los.

»Was willst du dann hier? Kannst du mich nicht in Ruhe lassen? Ich will dich nicht sehen.«

»Und warum nicht? Was habe ich dir getan? Sag es mir!«

Dörte schwieg, zog ihre Knie an und igelte sich völlig ein. Thamsen wusste sich nicht zu helfen und legte seinen Arm um sie. Da sprang sie abrupt auf, stieß dabei heftig gegen den niedrigen Tisch.

»Scheiße«, zischte sie und rannte aus dem Zimmer. Er blieb auf dem Sofa sitzen und blickte sich suchend um. Was war hier los? Wieso benahm sich Dörte so seltsam? Nahm sie Medikamente oder schlimmer –

Drogen? Er stand auf und kramte zwischen den Sachen auf dem Tisch, dann ging er hinüber zur Schrankwand und schaute in die Schubladen und Fächer.

»Dörte?« Er klopfte leise gegen die Badezimmertür, hinter der sie sich verschanzt hatte. Er hörte sie schluchzen. »Mach doch auf, mein Schatz. Ich will dir doch nur helfen!«

»Geh' weg. Du kannst mir nicht helfen!«

»Warum nicht?«

»Du kannst es einfach nicht! Verschwinde!«

»Egal was passiert ist, wir finden eine Lösung!«

»Nein!«

»Doch, bestimmt!«

Plötzlich wurde der Schlüssel herumgedreht und die Tür aufgerissen. Thamsen trat einen Schritt zurück und blickte in Dörtes tränenüberströmtes Gesicht. Sie wirkte müde und hilflos. »Du willst mir helfen?« Ihre Stimme klang leer. Sämtliche Energie schien aus ihrem Körper entwichen zu sein. Er nickte stumm.

»Ich bin schwanger!«

»Aber wenn das stimmt, was Helene gesagt hat, dann kannte Heinrich vielleicht seinen Mörder.« Tom und Haie saßen zusammen beim Abendbrot auf der Veranda.

»Und du meinst, der Täter ist dann auch nach Dagebüll gefahren, um Erika Matzen umzubringen? Warum?«

Haie zuckte mit den Schultern. »Aber auf jeden Fall passt es, dass Heinrich sich mit einem Bekannten im Volkspark getroffen hat.«

»Das hätte aber auch der Leibnitz sein können«, gab Tom zu bedenken, musste sich aber eingestehen, dass die beiden für ein Treffen nicht bis nach Hamburg hätten fahren müssen.

»Vielleicht hat es etwas mit Heinrichs Vergangenheit zu tun. Er soll ein Windhund gewesen sein, und das behauptet nicht nur Helene,« gab Haie zu bedenken.

»Stimmt, aber was könnte das sein?«

»Na, alles Mögliche!« Haie war völlig in seinem Element. Er liebte es, Detektiv zu spielen, und bei seiner ausgeprägten Neigung war es verwunderlich, warum er nicht Kommissar geworden war. »Vielleicht hat der krumme Dinger gedreht. Geschmuggelt oder gedealt?«

»Traust du dem das zu?«

Tom war sich nicht sicher. Eine große Klappe zu haben, war etwas anderes, als mit Drogen zu handeln oder in kriminelle Geschäfte verwickelt zu sein. Haie nahm einen Schluck Bier. »Warum nicht?« Auf dieser Welt geschahen so viele grausige Dinge. Er musste unweigerlich an den Anschlag auf das griechische Restaurant denken, bei dem Marlene ums Leben gekommen war. Keiner von ihnen hatte mit solch einem Attentat gerechnet. Zwar hatten sie gewusst, dass die Neonazis gefährlich waren, aber so etwas hatten sie denen nicht zugetraut. Oder nicht zutrauen wollen. Vielleicht verhielt es sich bei Heinrich Matzen ähnlich. Wer sagte denn, dass er nicht in irgendwelche kriminellen Machenschaften verwickelt gewesen war?

»Und dann hat es Ärger gegeben und sie haben ihn umgebracht.« Haie konnte sich durchaus Zusammenhänge vorstellen.

»Und Erika Matzen? Wieso haben sie die umgebracht?«, wollte Tom von Haie wissen.

»Vielleicht wusste sie von den Geschäften ihres Mannes?« Haie malte sich gedanklich aus, wie Erika im Angesicht des Todes den Tätern immer wieder versichert hatte, nichts zu sagen. Es fiel ihm ganz leicht, sich die Frau, um ihr Leben bettelnd, vor den Mördern vorzustellen. Er hatte diesbezüglich wirklich eine blühende Fantasie.

»So oder so«, beschloss Tom, dem diese Spekulationen nun doch zu weit gingen, »ich informiere Dirk über diese Verbindung nach Hamburg.« Er stand auf und lief ins Haus. Haie schob sich eine kleine Frikadelle mit Senf in den Mund und dachte weiter über Heinrich Matzens Vergangenheit nach. Er kannte den Mann aus Dagebüll nicht sonderlich gut. Und dass er einst zur See gefahren sein sollte, daran konnte Haie sich nicht erinnern. Er wusste nur, Heinrich Matzen hatte bis zu seiner Pensionierung im Dagebüller Hafen gearbeitet und war als Molenpapst bekannt gewesen. Aber vielleicht hatte er seine kriminellen Geschäfte auch nach seiner Zeit auf See weitergeführt? Genügend Verbindungen dürfte er gehabt haben. Und auch wenn Dagebüll kein Hafen von Welt war, aufs Meer hinaus kam man dort trotzdem. Haie kratzte sich am Ohr. Vielleicht sollte er sich mal im Hafen umhören? Oder generell in Dagebüll? Auch wenn er die Leute nicht alle so gut wie in Risum kannte, vom Sehen her waren sie ihm vertraut. Gleich morgen würde er mit Niklas zum Baden an den Deich fahren und dabei ein paar Erkundigungen einziehen. Vielleicht konnte er Dirk in dem Fall unterstützen.

»Und hast du ihn erreicht?« Tom war an den Tisch getreten und räumte das Geschirr zusammen.

»Nein, nur die Mailbox.«

15. KAPITEL

Peer Nielsen saß kaum an seinem Schreibtisch, da klingelte sein Telefon.

»Ja, hier Franke. Meine Kollegen haben Paul Schlüter festgenommen.«

»Was? Warum?« Nielsen kippte beinahe rückwärts vom Stuhl.

»Er wollte im Einkaufszentrum mit Heinrich Matzens EC-Karte zahlen.«

»Ich komme!«

Knapp eine halbe Stunde später saß er zusammen mit Franke in dessen Büro und verhörte Paul Schlüter.

»Also noch einmal. Sie haben die Brieftasche und das Handy in dem Mülleimer vor Ihrem Kiosk gefunden?« Peer Nielsen traute dem Mann nicht. Obwohl seine Version, wie er an die Wertsachen von Heinrich Matzen gekommen war, nicht ganz abwegig klang. Paul Schlüter hatte, wie er bereits gestern ausgesagt hatte, Heinrich Matzen am letzten Donnerstag an seinem Kiosk gesehen. Er hatte dem Rentner sogar – wie ihm zwischenzeitlich eingefallen war – eine Flasche Wasser verkauft. Anschließend hatte er beobachtet, wie Heinrich Matzen mit einem anderen Mann in Richtung Tutenberg gegangen war.

»Aber wie gesagt: Den anderen habe ich nur von hinten gesehen. Da kann ich nichts weiter zu sagen.« Erst am Abend, als Paul Schlüter den Vorplatz seines Kiosks aufgeräumt und dabei liegengelassenen Müll seiner Gäste in den Müllkorb hatte werfen wollen, war ihm die Geldbörse angeblich in die Hände gefallen.

»Und das Handy?«

»War auch dabei, hab ich aber auf 'n Kiez verscherbelt.«

»Also ich weiß nicht«, überlegte Peer laut, nachdem der Verdächtige wieder abgeführt worden war. »Ich glaube dem nicht.«

Kommissar Franke zuckte mit den Schultern. »Also wir hatten mit dem sonst seit seiner Entlassung keinen Ärger. Und möglich ist es doch, dass der Täter die Wertsachen am Kiosk entsorgt hat.« Da hatte der Bahrenfelder Kollege natürlich recht.

»Aber wären Sie als Täter nach dem Mord zurück zum Kiosk gelaufen? Dem Mörder muss doch klar gewesen sein, dass das ein Risiko war. Schließlich hätte Paul Schlüter oder jemand anderes ihn auch sehen und anschließend vielleicht beschreiben können«, gab Peer zu bedenken.

»Und wenn er dort geparkt hatte?«, warf Franke ein. Irgendwie musste der Verbrecher in den Volkspark gekommen sein, und da der Treffpunkt nicht verkehrsgünstig lag, war es nicht unwahrscheinlich, dass er mit dem Auto gefahren war.

»Ich weiß nicht«, wiederholte Nielsen. »Außerdem passt das alles nicht zu dem, was der Taxifahrer angegeben hat.«

»Wieso?«

»Na, der hat gesagt, er habe das Gefühl gehabt, Heinrich Matzen wolle sich mit einer Frau treffen.

Jedenfalls habe er etwas von einem Liebestreff gefaselt.« Da passte der andere Mann nicht ins Bild.

»Vielleicht war er schwul?« Franke schaute Nielsen mit hochgezogenen Augenbrauen an.

»Was soll denn nun bloß werden?« Manuela Groß saß am Frühstückstisch und schob die Krümel auf dem Teller vor ihr zusammen.

»Na, was soll schon werden?« Ihr Mann schaute sie skeptisch an. »Das Haus wird so schnell wie möglich verkauft, und von dem Erlös bezahlen wir die Beerdigungen und unsere Schulden.«

Manuela nickte. »Wird wohl das Beste sein. Der Bestatter kommt nachher, dann können wir das besprechen.«

»Vielleicht kriegen wir ja Rabatt?« Jost unterdrückte ein Schmunzeln, während Manuela Groß aufstand und das Geschirr abräumte. Er hatte kein sonderlich gutes Verhältnis zu seinen Schwiegereltern gehabt, was hauptsächlich an Heinrich Matzen gelegen hatte, dem er – so sah Jost es – als Ehemann für seine Tochter nicht gut genug gewesen war. Daher hielt sich seine Trauer in Grenzen. »Ich rufe mal eben beim Anwalt an«, verkündigte er und erhob sich. »Dann können wir Harry Leibnitz Bescheid geben. Je eher wir das Haus verkaufen, umso schneller sind wir unsere Schulden los.« Manuela Groß nickte stumm, während sie Teller und Tassen in die Spülmaschine räumte. Jost hatte recht, auch wenn ihr das alles viel zu schnell ging. Schließlich hatte sie ihre Kindheit in dem Haus hinterm Deich verbracht, der Ort gehörte zu ihrem

Leben, das plötzlich auseinandergerissen wurde. Ihr war klar, sie mussten das Haus verkaufen, aber noch waren ihre Eltern nicht einmal begraben, geschweige denn, dass man überhaupt wusste, wer Heinrich und Erika Matzen ins Jenseits befördert hatte. Wer tat so etwas? Die beiden hatten nun weiß Gott niemandem etwas zuleide getan; jedenfalls ihre Mutter nicht. Bei ihrem Vater war sich Manuela Groß nicht so sicher. Vorstellen konnte sie sich nicht, dass ihr Vater Feinde gehabt hatte. Obwohl er aus einem anderen Holz als ihre Mutter war, aber trotzdem, Manuela schüttelte den Kopf, nichts, was ihr Vater jemals getan hatte, rechtfertigte einen Mord, oder?

»Ja, Herrn Fiebig bitte«, hörte sie durch die offene Küchentür, wie ihr Mann am Telefon nach dem Anwalt verlangte. Sie bückte sich, um die Frühstücksmesser in den Besteckkorb zu sortieren. Plötzlich wurde ihr schwarz vor Augen. Sie sank auf den Fußboden und lehnte sich gegen den Küchenschrank. Ihr war furchtbar schlecht und schwindelig. Das alles war zu viel für sie. Die wochenlangen finanziellen Ängste, die sie nächtelang kein Auge hatten zumachen lassen. Dann die Morde. Sie konnte nicht mehr und schloss die Augen. Aus dem Flur hörte sie Josts Stimme. »Was soll das heißen, so einfach ist das nicht?«

Thamsen wachte von Kopfschmerzen geplagt auf. Er konnte sich kaum bewegen, sein Hals war steif und sämtliche anderen Knochen spürte er auch. Dörtes Couch war nicht sonderlich bequem, jedenfalls nicht zum Schlafen. Und schon gar nicht zu zweit. Er hatte den Kopf ein wenig gedreht und Dörte neben sich erblickt. Sie schlief. Gestern Abend hatten sie bis tief in die Nacht hinein diskutiert. Nachdem Dirk sich von dem ersten Schock über die Schwangerschaft erholt hatte, wollte er Dörte beweisen, dass das alles doch kein Problem sei. Sehr überzeugend hatte er freilich nicht geklungen. Schließlich hatte er mit der Familienplanung abgeschlossen und war froh darüber, dass Anne und Timo erwachsen wurden. Ein Baby passte ihm nicht in den Kram. Dörte hatte ihn durchschaut und wieder angefangen zu weinen. Sie hatte sich immer ein Kind gewünscht, allerdings mit einem Mann, der auch Vater sein konnte und wollte. Beide Voraussetzungen erfüllte Thamsen in ihren Augen nicht. Er war bereits Vater und hatte ihr gegenüber oftmals betont, dass er seine Kinder zwar liebe, aber auch sehr erleichtert war, dass die beiden aus dem Gröbsten raus waren. Außerdem war er so gut wie nie daheim, arbeitete viel und hatte als Leiter der Polizeidienststelle jede Menge um die Ohren. Er hätte gar keine Zeit, sich um ein weiteres Kind zu kümmern. Doch nun war es passiert und eine Abtreibung kam für Dörte überhaupt nicht in Frage. Daher überlegte sie, sich von Dirk zu trennen. Trotz des stundenlangen Gespräches waren sie zu keiner Lösung gekommen und irgendwann vor Müdigkeit auf dem Sofa eingeschlafen. Dirk schob vorsichtig Dörtes Arm zur Seite und setzte sich auf. Im Badezimmer suchte er im Schrank über dem Waschbecken nach einer Kopfschmerztablette, dabei fiel sein Blick auf sein Spiegelbild. »Bist du nicht zu alt für ein Baby?«, fragte er den Mann, dem er gegenüberstand und der wider Erwarten auf seine Frage mit den Schultern zuckte. Es war kein Ausdruck von Ratlosigkeit, eher eine Trotzreaktion. Dirk wunderte sich über sich selbst. Eigentlich fühlte sich der Gedanke nicht so schlecht an. Dörte und er und ein Baby. Nur, was würden Anne und Timo sagen? Er steckte die Tablette in den Mund, beugte sich zum Wasserhahn vor und trank ein paar Schlucke. Anne würde sich riesig freuen. Ebenso wie seine Mutter, die nicht mehr mit einem weiteren Enkelkind gerechnet hatte. Magda Thamsen war mit Leib und Seele Oma. Mit ihrer Unterstützung konnte er rechnen. Aber Timo? Dirk war sich unsicher, wie sein fast erwachsener Sohn auf ein Geschwisterchen reagieren würde. Er ging hinüber in die Küche und bereitete ein Frühstück für Dörte und sich, das er auf einem Tablett ins Wohnzimmer trug. Dörte war mittlerweile aufgewacht und sah ihn ängstlich an. Er stellte das Servierbrett auf dem Tisch ab, beugte sich zu ihr und strahlte sie an.

»Guten Morgen, Geliebte« flüsterte er, während er ihr tief in die Augen blickte. »Und Mutter meines Kindes!«

»Soweit zu Paul Schlüter«, schloss Peer Nielsen den Bericht über die Neuigkeiten. Er hatte gleich nach seiner Rückkehr aus Bahrenfeld eine Besprechung einberufen und seine Mitarbeiter über die Festnahme des Kioskbesitzers informiert. »Ich möchte, dass ihr versucht, das Handy aufzutreiben. Angeblich hat Schlüter es an einen Händler auf der Reeperbahn verkauft.« Vielleicht hatten sie Glück und konnten über die gespeicherten Daten herausfinden, mit wem Heinrich Matzen sich im Volkspark getroffen hatte. »Gibt es sonst etwas Neues?« Die anderen Beamten hatten die Köpfe geschüttelt. »Hat der Niebüller Kollege sich gemeldet?« Wieder Kopfschütteln. Sie warteten in dem Fall der toten Witwe auf die Obduktionsergebnisse. Sollte sich herausstellen, dass die Frau auf die gleiche Art und Weise wie ihr Mann ums Leben gekommen war, würden sie noch enger zusammenarbeiten müssen. Er beendete die Versammlung und ging in sein Büro. Ein Anruf in Abwesenheit blinkte auf dem Display seines Handys, doch es war nicht Thamsen, der versucht hatte ihn zu erreichen, sondern Sören.

»Ich habe heute Nachmittag einen Termin in Alsterdorf. Wollen wir vorher zusammen etwas essen?« Peer war dankbar für den Vorschlag. Momentan konnte er nicht viel mehr tun, als zu warten, da kam ihm ein Treffen mit seinem besten Freund gerade recht.

»Halb eins beim Italiener?«

Haie machte heute schon mittags Feierabend und radelte mit Niklas und Badesachen im Gepäck nach Dagebüll. Tom musste heute Nachmittag arbeiten, aber wollte eventuell an den Badedeich nachkommen. Das Wetter war herrlich, wieder ein Tag ohne ein Wölkchen am tiefblauen Himmel und nur leichtem Wind. Haie radelte durch den Kleiseerkoog, vorbei an Blocksberg. Kurz vor Dagebüll Kirche stoppte er am Bahnübergang, da die Kleinbahn pfeifenderweise ihren Weg querte. Er musste unweigerlich an die Sagensammlung von Rudolf Muuß denken, die er sich vor Kurzem ohne

Toms Wissen aus Marlenes Regal genommen hatte. In dem Büchlein schrieb der einstige Pastor, dass jemand in Deezbüll lange, bevor es die Bahnverbindung zwischen Niebüll und Dagebüll gegeben hatte, die Kleinbahn wie eine Kette von Lichtern hatte vorbeifahren sehen. Der Betreffende konnte sich diese Erscheinung jedoch nicht erklären und starb noch vor dem Baubeginn der Bahnstrecke. Die Kleinbahn ein Geisterzug? Er grinste. Das Warnsignal erlosch und Haie stieg wieder auf sein Fahrrad. Seit Niklas groß genug für den Kindersitz war, fuhr er ein Hollandrad, wenn er den Kleinen mitnahm. Er hatte es gebraucht erstanden, da eine Montage des Fahrradsitzes auf sein Mountainbike nicht möglich war. Im Hafen angekommen, bog er jedoch nicht vor dem Strandhotel zum Badedeich ab, sondern fuhr weiter auf die Mole. Hier herrschte emsiger Betrieb. Eine Fähre aus Wyk hatte angelegt und die Passagiere verließen das Schiff – zu Fuß oder mit dem Wagen. Zeitgleich warteten wieder etliche Reihen von Autos auf eine Verladung. Es war Sommer und in einigen Bundesländern Ferien. Föhr und Amrum waren beliebte Urlaubsziele und zu dieser Zeit so gut wie ausgebucht. Haie stieg ab, hob Niklas aus dem Sitz und schloss das Fahrrad an einem Geländer an. Dann ging er mit dem Jungen hinüber zum Anleger. Eine Weile betrachteten sie das bunte Treiben im Hafen. Dann jedoch sah Niklas ein anderes Kind mit einem Eis vorübergehen.

»Hm, Eia, Eia!« Mit seinem kurzen speckigen Finger deutete er auf die kühle Leckerei.

»Ja, ja«, gab Haie sich sofort geschlagen, »Onkel

Haie kauft dir auch eins.« Er konnte dem niedlichen Wicht nichts abschlagen. Sie gingen zum Kiosk und Haie kaufte Niklas ein kleines Milcheis.

»Hm, hm«, tönte der Kleine neben ihm an der Kasse.

»Na, ist das der Junge von Tom Meisner?« Die Frau hinter dem Verkaufstresen kannte Haie flüchtig und wusste, dass er mit dem Berater von Harry Leibnitz befreundet war. Der Verkäuferin waren die Umstände über Marlenes Tod bekannt, doch dieses Thema mied sie, wie beinahe alle in der Gegend. Man war froh, dass Gras über die Sache gewachsen war, die Täter gefasst und nach den aufregenden Wochen vor gut zwei Jahren wieder Ruhe in Nordfriesland eingekehrt war.

»Ja, das ist Niklas«, bestätigte Haie und besann sich gleichzeitig des eigentlichen Grundes seines Molenbesuchs. »Dat mit Heinrich und Erika ist aber furchtbar, watt?« Die rundliche Frau blickte ihn verwundert an, nickte dann aber. »Nu scheinen die Großstadtkriminellen schon bis hierher zu kommen«, fuhr Haie fort. »Schlimm genug, dass man sich in Hamburg seines Lebens nicht mehr sicher ist, aber hier?« Er drehte sich und wies auf das Hafengebiet. Die Frau folgte seiner leicht theatralischen Geste.

Ihr Gesichtsausdruck wirkte leicht erschrocken, als sie fragte: »Meinst du, das war Mord?« Bisher hatte es keine offizielle Bestätigung seitens der Polizei gegeben. Nur Haie wusste von den Einstichstellen.

»Meinst du denn, das ist Zufall?«, entgegnete Haie .

Die Kioskdame zuckte mit den Schultern und runzelte die Stirn. Es machte den Anschein, als käme ihr die Möglichkeit eines Zusammenhangs zwischen dem

Tod von Heinrich Matzen und seiner Frau das erste Mal in den Sinn.

»Vielleicht hat das was mit Heinrichs Zeit auf See zu tun«, bohrte Haie weiter. »Oder vielleicht hat er in Dagebüll krumme Geschäfte gemacht.« Sein Gegenüber wurde bei jeder weiteren Vermutung bleicher. »Ist dir nicht gut?«, fragte er daher nach einer Weile. Die Frau hinter dem Tresen schluckte.

»Naja«, entgegnete sie zögernd. »Vor ein paar Tagen war hier so ein Typ. Aber ich habe mir echt nichts dabei gedacht!«, verteidigte sie sich, noch ehe klar war, wofür. »Der hat gefragt, wie er zum Haus der Matzens kommt.«

16. KAPITEL

Thamsen kam heute später als üblich ins Büro. Viel später, denn normalerweise war er einer der Ersten, die die Dienststelle betraten. Aber heute war eben alles anders – nicht nur der Beginn seiner Arbeitszeit. »Moin Ansgar«, begrüßte er gutgelaunt seinen Mitarbeiter, während er pfeifend in sein Büro stiefelte. Sein Zuspruch am Morgen hatte Dörte überzeugt. Gemeinsam wollten sie versuchen, eine Familie zu sein. Auch wenn alles recht ungewohnt war, so fühlte es sich dennoch gut an. Sie hatten gemeinsam gefrühstückt und dabei erste Pläne geschmiedet. Wie zwei verliebte Teenager hatten sie sich voneinander verabschiedet, als Thamsen erst gegen Mittag aufgebrochen war.

»Moin Chef!« Der andere Polizist steckte seinen Kopf zur Tür hinein und beobachtete, wie Thamsen an seinem Schreibtisch Platz nahm. »Berichte von Dr. Becker und Spusi sind da. Wollen wir uns nachher zusammensetzen?« Thamsen nickte. Er fuhr seinen Rechner hoch und öffnete als Erstes das Mailprogramm.

»Ich mach dann erst mal Mittag!«, grinste Ansgar Rolfs und verdrückte sich. Dirk las den Bericht der Spurensicherung. Einbruchspuren hatte man keine gefunden, dafür jede Menge Fingerabdrücke. Die meisten gehörten dem toten Rentnerpaar. Die anderen hatte man nicht zuordnen können. Vermutlich von der Tochter und deren Mann, überlegte Thamsen und vielleicht vom Täter. Er klickte auf die Nachricht von Dr. Becker, doch ehe er den Anhang geöffnet hatte, klingelte sein Telefon.

»Hier is Haie!«, hörte er den befreundeten Hausmeister ins Telefon pusten. »Ich habe eine Spur!« Thamsen musste unweigerlich lächeln. Es war nicht das erste Mal, dass Haie sich zum privaten Ermittler berufen fühlte. Immer wenn es in der Gegend ein Verbrechen gab, war Haie mit von der Partie und besonders im Fall eines Mordes nicht zu bremsen. Das war zwar heikel und nicht ganz ungefährlich, aber Thamsen hatte inzwischen aufgegeben, den Freund von seinen Alleingängen abhalten zu wollen. Er schaffte es sowieso nicht und ehrlicherweise musste er sich eingestehen, dass er von Haies Ermittlungen profitierte. Kaum einer kannte sich derart gut aus in der Gegend. Und seine zahlreichen Kontakte zu den Bewohnern Risum-Lindholms und Umgebung hatten sich das eine oder andere Mal als sehr hilfreich erwiesen. »Hier war neulich so ein Typ und hat sich nach den Matzens erkundigt!«

»Wo?«

»Na, hier in Dagebüll am Kiosk.« Haie hatte ganz vergessen, dass der Kommissar nicht wusste, wo er sich gerade befand. Aber er war derart aufgeregt über diese heiße Spur, hatte die Kioskbesitzerin sogar gefragt, ob sie ein Phantombild anfertigen könnte. »Sie meint aber, das sei schwierig, weil jeden Tag so viele Leute in der Saison vorbeikommen. Da kann sie sich nicht an jedes Gesicht erinnern. Außerdem hat der, so meint sie, Kappe und Sonnenbrille getragen.«

»Aber das ist trotzdem eine heiße Spur!« Thamsen sprang vom Stuhl auf. »Ich komme!«

Keine halbe Stunde später stoppte er seinen Wagen direkt vor dem Kiosk auf der Dagebüller Mole. Haie stand noch immer vor dem Tresen, Niklas lutschte mittlerweile an seinem zweiten Eis.

»Wann war der Mann denn hier?«

»Sonntag?«

»Sind Sie sich sicher?«

Die Frau wiegte den Kopf hin und her. »Sie sehen ja, was momentan los ist – und das jeden Tag. Da kommt man schnell mal mit den Wochentagen durcheinander.« Sie machte eine kurze Pause und schloss die Augen. »Doch«, nickte sie nach einer Weile, »es war Sonntag, ich hab die Margot mittags abgelöst, weil sie mich vormittags vertreten hat. Da hatte ich es so schlimm mit dem Kreislauf, dass ich nicht in die Gänge kam – und das war am Sonntag.«

»Welche Margot?«, fragte Haie, aber Thamsen fuhr dazwischen.

»Is doch völlig egal. Wichtiger ist, haben Sie etwas gesehen, bemerkt, woran erinnern Sie sich?«

Wieder schloss die Verkäuferin die Augen, schüttelte aber dieses Mal kurz darauf den Kopf. »Tut mir leid. Der war dann auch ganz schnell wieder weg.«

»Ich möchte trotzdem, dass Sie später in die Dienststelle kommen und mit einem meiner Kollegen ein Phantombild anfertigen.« Viel Hoffnung hatte er zwar nicht, aber dies war bisher eine der heißesten Spuren, die sie hatten.

»Wie stellen Sie sich das denn vor? Ich kann hier unmöglich weg! Is doch Hochsaison«, krakeelte die Kioskbesitzerin.

»Dann bitten Sie Margot, Sie abzulösen«, beendete Thamsen das Gespräch und drehte sich um. »Und du bist rein zufällig zum Eis essen hier vorbeigekommen?« Er blickte Haie an, dessen Wangen vor Aufregung glühten.

»Naja, wir wollten baden, aber is ja kein Wasser da«, grinste er Thamsen an und deutete mit einem Kopfnicken Richtung Watt.

»Und einen Gezeitenplan habt ihr nicht zu Hause?«

»Doch, aber Helene hat gestern Tom erzählt, dass Heinrich früher zur See gefahren ist. Eigentlich habe ich mich mal umhören wollen, ob er im Hafen noch Kontakte zur Seefahrt gehabt hat.«

»Zur See?« Thamsen kratzte sich am Kinn. »Ich rufe gleich mal Peer an. Der soll sich in Hamburg mal umhören!«

Tom schob die Finanzunterlagen zusammen und packte die Akten in seine Tasche.

»Die neue Kalkulation mache ich heute Abend fertig und maile Sie Ihnen.« Er wollte eine längere Pause einlegen, um Haie und Niklas am Badedeich zu treffen. Später konnte er dann zu Hause weiterarbeiten. Harry Leibnitz nickte. Tom stand auf und verabschiedete sich. Während er den Baucontainer verließ, klingelte das Telefon.

»Ach, hallo Jost.« Tom verlangsamte seinen Schritt und blieb vor der Tür stehen. Würden die Erben nun dem Hausverkauf zustimmen? Gespannt lauschte er. »Was soll das heißen?«, schnaubte Harry Leibnitz, und sofort spürte Tom, dass es Probleme gab. Den wenigen

Bemerkungen entnahm er, dass das Haus nicht verkauft werden konnte, solange die Ermittlungen nicht abgeschlossen waren. »Ja, aber wie lange soll das dauern?« Anscheinend war Jost Groß' Prognose schlecht, denn kurz darauf hörte Tom, wie der Bauunternehmer den Hörer aufknallte. »Mist, der ganze Scheiß umsonst!«

Peer hatte sich gerade einen Espresso bestellt, als sein Handy summte. Er blickte Sören entschuldigend an.

»Nielsen?«

Es war Thamsen, der ihn nicht nur über die Obduktionsergebnisse informierte, sondern ganz aufgeregt auch von der neuen Spur erzählte.

»Also mit etwas Glück, ist das unser Mann!«, zählte Peer eins und eins zusammen.

»Mit etwas Glück?«, lachte Thamsen höhnisch. Die Kioskbesitzerin konnte sich kaum an den Typen erinnern. Ein hilfreiches Phantombild würde es daher nicht geben – und wie sonst sollten sie ihn ausfindig machen? »Aber vielleicht kannst du dich mal im Hafen umhören?«

»Wieso?«

»Wir haben rausgefunden, dass Heinrich Matzen früher zur See gefahren ist. Gut möglich, dass die Morde etwas mit dieser Zeit zu tun haben, zumal er bis zu seiner Pensionierung im Dagebüller Hafen gearbeitet hat.«

»Hm«, überlegte Peer. Krumme Geschäfte. Da passte auch Paul Schlüter ins Bild. »Gut, ich fahre gleich nachher mal zum Hafen. Vielleicht kannst du vorher im Haus nach Unterlagen schauen? Vielleicht gibt es Papiere oder Abrechnungen. Wäre gut, wir wüssten, bei welcher Reederei er angeheuert hatte. Ansonsten wird es schwierig.«

»Wir kommen mit!« Haie nahm Niklas auf den Arm und demonstrierte so, er war bereit. Thamsen wollte nach dem Telefonat mit Peer Nielsen gleich zum Haus der Matzens fahren. Und wie es aussah, würde Haie sich nicht abschütteln lassen.

»Das geht nicht«, versuchte er es trotzdem. »Das ist kein Platz für ein Kleinkind, sondern ein Tatort.« Außerdem, bemerkte er, rieche es fürchterlich dort. Er nahm an, dass der Leichengeruch nach wie vor in der Luft hing, obwohl man die Tote abtransportiert hatte. Aber da das Haus versiegelt war, zog der Gestank nun mal nicht ab. Und bei der Wärme? Puh, ihm ekelte davor, das Haus zu betreten. Doch Haie ließ sich nicht so schnell abwimmeln.

»Niklas kann im Garten spielen, oder …«

»Hier seid ihr«, rief Tom und kam leicht keuchend zu ihnen hinübergelaufen. Er hatte den gesamten Badedeich nach Haie und dem Kleinen abgesucht. Zwischendurch hatte er versucht, Thamsen zu erreichen, aber auf dem Handy war besetzt gewesen. Als er dann die Treppe vom Strandhotel hinuntergegangen war, hatte er Haies Fahrrad am Molengeländer gesehen und sich erinnert, dass der Freund sich ein wenig umhören wollte. Warum Thamsen allerdings hier war, wunderte ihn. Hatte Haie bereits etwas herausgefunden?

»Wir haben eine heiße Spur!«, platzte der Hausmeister auch gleich heraus und berichtete von dem

Mann, der sich am Sonntag am Kiosk nach den Matzens erkundigt hatte. »Und nun müssen wir ins Haus, um nach Unterlagen aus Heinrichs Vergangenheit zu suchen.« Thamsen verdrehte die Augen. »Kannst du Niklas nehmen?« Tom fühlte sich völlig überrumpelt und blickte von Haie zu dem Kommissar und zurück.

»Ja, aber ich dachte …«, Tom räusperte sich. »Also, ihr habt den Täter?«

»So kann man das nicht sagen«, stellte Thamsen richtig. »Aber es ist möglich, dass der Kerl von Sonntag etwas mit den Morden zu tun hat.« Außerdem war die Neuigkeit über Heinrich Matzens Zeit bei der See ebenfalls ein heißer Hinweis. »Zumal die Kollegen in Hamburg einen Mann festgenommen haben, der in Besitz der Wertsachen des Opfers war und verbrechenstechnisch so einiges auf dem Kerbholz hat. Drogenhandel und so.«

Haie machte große Augen. »Was? Drogenhandel? Meinst du denn, der Heinrich hatte damit zu tun?« Er hatte dem Rentner zwar krumme Geschäfte unterstellt, aber an Drogen nicht ernsthaft gedacht.

»Kann ja auch etwas anderes gewesen sein. Aber ich muss jetzt zum Haus, der Kollege in Hamburg wartet auf Hinweise zu Matzens Zeit im Hamburger Hafen.« Haie reichte Niklas an Tom weiter.

»Aber das geht nicht«, stammelte Tom. »Ich wollte noch zur Bank.«

»Zur Bank?«

Tom nickte und gab Haie das Kind zurück. Niklas war das Hin-und Her-Gereiche langsam leid und fing an zu weinen. Thamsen schaute mit gemischten

Gefühlen auf den Kleinen. Er fand Niklas niedlich und er mochte ihn wirklich sehr, aber heute stellte sich ihm beim Anblick des Jungen unweigerlich die Frage, ob er bereit war, noch einmal Vater zu werden? Er liebte Dörte – keine Frage, aber würde ihre Beziehung dem Stress mit einem Säugling gewachsen sein? Aus Erfahrung wusste er, dass sie als Paar auf eine harte Probe gestellt wurden, da ab nun das Kind ihr Leben bestimmte. Er seufzte.

»Dirk?« Haie blickte ihn fragend an.

»Was?«

»Hast du gehört, was Tom gesagt hat?«

»Nein, Entschuldigung. Ich war völlig in Gedanken.«

»Das hat man gemerkt«, grinste Haie und wiederholte, was Tom über das belauschte Telefonat berichtet hatte.

»Ich glaube, der Leibnitz steht ganz schön unter Druck. Daher wollte ich mal zur Bank und mit dem Filialleiter über die Finanzierung des Bauprojektes sprechen«, erklärte Tom. Thamsen nickte. Obwohl sie aktuell eine heiße Spur verfolgten, durften sie andere Hinweise nicht aus den Augen lassen. Der Unternehmer war ohnehin verdächtig.

»Gut, dann schau mal, was du da herausbekommst. Haie und ich gehen zum Haus und suchen nach Hinweisen auf Heinrichs Seefahrerzeiten.«

»Und Niklas?« Die drei Männer blickten hinunter zu dem kleinen Kerl, der auf dem Boden zu ihren Füßen hockte und bitterlich weinte.

»Nehmen wir mit«, gab Dirk sich geschlagen.

17. KAPITEL

»Aber die Rechnung muss heute unbedingt raus.« Der Mann am Schalter flüsterte, doch trotzdem verstand Tom jedes Wort. Diskretion war in der kleinen Bankfiliale in der Dorfstraße kaum möglich, denn selbst wenn man sich anstrengte, die Ausmaße des Schalterraumes ließen es nicht zu, die Gespräche der anderen Kunden nicht mitzubekommen. In diesem Fall kam hinzu, dass Tom und der Mann vor ihm die einzigen Kunden in der Filiale waren, was den Geräuschpegel sehr dämpfte.

»Aber Herr Groß, was soll ich tun? Es ist nun mal kein Limit mehr verfügbar.« Der Bankmitarbeiterin schien die Situation gleichfalls unangenehm. Immer wieder blickte sie verstohlen zu Tom, der tat, als sei er in eine Werbebroschüre vertieft.

»Aber es kommt demnächst Geld. Viel Geld!« Die Stimme des Mannes wurde lauter. Wahrscheinlich dachte er, die Frau in dem weinroten Kostüm verstünde ihn akustisch nicht.

»Woher?«

»Na, aus dem Hausverkauf!«

»Welchem Hausverkauf?« Die Bankmitarbeiterin kniff die Augen zusammen. Tom räusperte sich. War die Dame wirklich so schwer von Begriff? Ihm war sofort klar, wer der Kunde vor ihm war, der nun empört »Na, von den Schwiegereltern!« rief. Der Angestellten war bewusst, wovon Jost Groß sprach. Ihre nächste Frage machte dies deutlich.

»Aber da wird doch noch ermittelt, oder?«

»Schon«, musste Heinrich Matzens Schwiegersohn eingestehen, »aber anschließend wird das Haus sofort verkauft.« Der Filialleiter trat aus dem angrenzenden Raum und nickte der Mitarbeiterin leicht zu. Dann winkte er Tom zu sich.

»Schrecklich«, kommentierte er das vorangegangene Schaltergespräch, während er die Tür zu seinem Büro schloss. »Die Schwiegereltern sind noch nicht unter der Erde und er will schon einen Kredit auf das Erbe.«

»Ja, aber das Geld wird kommen«, ergriff Tom nun Partei für Jost Groß. »Sie kennen die Situation in Dagebüll. Harry Leibnitz wird das Haus so oder so kaufen.« Nach Toms Kenntnisstand hatte die Bank einen Teil der Ferienanlage mitfinanziert, daher mussten dem Bankkaufmann die Umstände um das Haus der Matzens eigentlich bekannt sein. Und es konnte auch nur im Interesse der Bank sein, dass es schnellstmöglich in den Besitz des Bauunternehmers überging, damit das Projekt fertiggestellt werden konnte.

»Aber solange die Polizei ermittelt, wird es schwierig werden mit dem Hausverkauf. Wer sagt denn, dass die Erben da nicht selbst etwas gedeichselt haben? So klamm wie die sind?« Tom fand die Unterstellung des Bankdirektors nicht nur indiskret, sondern seiner Ansicht nach grenzten die Äußerungen beinahe an üble Nachrede. Außerdem empfand er den Gedanken, der Mann könne auch hinter seinem Rücken Gerüchte über ihn in die Welt setzen, nicht als besonders angenehm. Wer wusste schon, was man über ihn nach Marlenes Tod in der Bank getuschelt hatte?

»Ja, also ich habe ein paar Rechnungen, die im Auftrag von Herrn Leibnitz bezahlt werden müssen.« Aus seiner Tasche holte er einige Belege. Der Filialleiter nickte und wandte sich seinem Computer zu. Mit flinken Fingern tippte er die Überweisungen ein. Baumaterial, Handwerkerkosten, Strom. Er stockte.

»Tut mir leid«, der Mann reichte Tom die Rechnungen zurück, »aber die drei oberen kann ich nicht anweisen.« Tom konnte den Ausdruck im Gesicht seines Gegenübers nicht deuten. War das etwa ein Grinsen?

»Wieso nicht?«

»Es ist kein Geld mehr da.«

Das Haus der Matzens lag wie bei seinen letzten Besuchen friedlich im Sonnenlicht. Einzig und allein das Polizeisiegel an der Tür wies auf die Gräueltat hin, die sich an diesem idyllischen Plätzchen vor wenigen Tagen ereignet hatte. Thamsen ritzte den Klebestreifen mit seinem Wohnungsschlüssel auf und betrat das Haus.

»Ist gar nicht abgeschlossen?«, fragte Haie verwundert, der ihm dicht auf den Fersen in den Flur folgte.

»Nee, die Spusi hat die Schlüssel mit ins Labor genommen. Da keine Einbruchspuren da waren, wollten sie nachforschen, ob es eventuell Zweitschlüssel gibt.«

»Na, die Manuela hat doch bestimmt einen«, bemerkte Haie und drehte sich zu Niklas um, den sie mit seinem Strandspielzeug in den Garten gesetzt hatten. Thamsen betrat das Wohnzimmer. Der leicht süßliche Leichengeruch lag immer noch in der Luft, war aber nicht so schlimm, wie er erwartet hatte. Sein Blick fiel auf das Sofa, dann wanderte dieser zu der Schrankwand an der gegenüberliegenden Seite.

»Du fasst bitte nichts an«, bestimmte er, während er sich ein paar Latexhandschuhe überstreifte, die er immer in seiner Jackentasche bei sich hatte.

»Wieso? Ich dachte, ihr habt alles untersucht.«

»Man weiß nie!« Dirk kniete sich vor das Regal und öffnete eine Schublade. Tischwäsche und Serviettenhalter lagen ordentlich sortiert darin. Er schob die Lade wieder zu und machte sich an den anderen Schränken zu schaffen. Doch überall fand er nur Geschirr, Besteck, Gläser und weitere Haushaltswaren. »Also hier haben die definitiv keinen Schreibkram aufbewahrt.« Er schloss die letzte Klappe und drehte sich zu Haie um, der durch das Fenster hinaus in den Garten blickte.

»Echt schön hier«, bemerkte er. »Kann verstehen, dass Heinrich nicht wegwollte.«

Thamsen trat neben den Freund und nickte. »Veränderungen sind immer schwer«, flüsterte er und dachte dabei an Dörte und das Baby und nicht an das tote Rentnerpaar.

»Wenn bloß dieser Geruch nicht wäre. Wollen wir mal nach oben gehen?« Haie stieß Thamsen leicht in die Seite, dem der eigentliche Grund seines Hierseins entfallen zu sein schien.

»Klar.«

Nacheinander stiegen sie die schmale Treppe in das Obergeschoss hinauf, deren Stufen unter ihrem Gewicht ächzten.

»Doch ganz schön morsch«, bemerkte Haie, als sie in dem düsteren Flur standen. Im Gegensatz zum unteren Wohnbereich sah das Haus hier eher abgewohnt aus. Das mochte zum Teil an den schlechten Lichtverhältnissen liegen, aber trotz alledem sah man deutlich, dass in den oberen Räumlichkeiten Renovierungsbedarf bestand. Er öffnete eines der Dachfenster und lehnte sich ein Stück hinaus. Niklas spielte im Garten. Haie nickte zufrieden und zog seinen Kopf wieder ein. Im oberen Stockwerk befanden sich das Schlaf- und vermutlich ehemalige Kinderzimmer von Manuela Groß. Viel hatten die Eltern nicht verändert, denn der Raum wirkte wie ein in die Jahre gekommenes Jugendzimmer. Etwas weiter den Flur entlang befand sich ein großes Bad mit Dusche und Wanne. Eine weitere Tür, die gegenüberlag, war verschlossen.

»Nanu«, Dirk rüttelte an der Klinke. »Ich dachte, die Kollegen …«, murmelte er, während er versuchte, den Raum zu öffnen und sich gegen die verschlossene Tür warf. Doch auch mit Gewalt kam er nicht weiter.

»Wie wäre es damit?« Haie hielt Thamsen, der sich die leicht schmerzende Schulter rieb, einen Schlüssel hin, der auf einer Kommode im Flur gelegen hatte.

»Danke!« Noch immer verwundert, schloss er das Zimmer auf. Der Raum war scheinbar als Arbeitszimmer genutzt worden. Vor dem kleinen Dachfenster stand ein klobiger Schreibtisch und an den Wänden, jedenfalls dort, wo es die Dachschrägen zuließen, Regale mit Büchern und Aktenordnern.

»Abrechnung Haus, Versicherungen, Kontoauszüge«, las Haie die Beschriftungen laut vor. »Oh, schau mal«, rief er dann aufgebracht und wies auf einen Bilderrahmen, der an einem Ordner lehnte. »Das muss Heinrich im Hafen gewesen sein. Da ist er ganz jung und dahinter, das sind doch die Kräne, oder?«

Thamsen trat neben den Freund und blickte auf das Foto. »Sieht so aus. Dann gibt es bestimmt auch Unterlagen über seine Zeit dort.« Er schaute sich suchend um. Zwischen den Akten auf den Regalen schien sich allerdings nichts zu befinden. Jedenfalls ließen die Beschriftungen das nicht vermuten. Dirk machte sich daher am Schreibtisch zu schaffen. In den oberen Schubladen befanden sich neben Tesaabroller, Büroklammern und Locher lediglich ein paar Kassenbons sowie eine Gebrauchsanweisung für die Schreibtischlampe. Erst in der untersten Lade stieß er auf einen Pappordner, der ein paar lose Blätter enthielt. »Reederei Carsten M. Schneider«, las Thamsen von einem vergilbten Stück Papier ab. »Na, hoffentlich gibt es die noch.«

»Und haben Sie auch eine billigere Variante?« Jost Groß schaute ein wenig verärgert auf die Kostenaufstellung für die Doppelbeerdigung. Seit dem Gespräch bei der Bank war seine Laune schlechter als je zuvor. Die Nachricht, dass die Erbschaft sich wegen der polizeilichen Ermittlungen verzögern könnte, war schlimm genug gewesen, aber als die Bank nun auch noch Probleme gemacht hatte, obwohl die doch wussten, wieviel Geld das Haus wert war, brachte das Fass zum Überlaufen. Der Bestatter sah ihn irritiert an. Er war es nicht gewohnt, mit den Hinterbliebenen über die Preise zu diskutieren. Für gewöhnlich vertraute man seinem fachmännischen Rat.

»Nun ja, eigentlich …«

»Das verrottet doch eh alles. Was sollen wir also einen so teuren Sarg kaufen? Und dieser ganze Schnickschnack …« Jost Groß deutete auf die Satinkissen und spitzenbesetzten Decken. »Brauchen wir nicht, oder?« Er blickte seine Frau gereizt an. Manuela Groß hatte sich in diesem Gespräch nicht zu Wort gemeldet und versuchte nun erst mal, einen Termin für die Beerdigung ihrer Eltern zu finden. »Freitag geht auf keinen Fall«, machte ihr Mann jedoch ihren Vorschlag sofort nieder. »Da ist abends immer so viel los. Da stehe ich ab mittags in der Küche.« Herr Mumme schlug vor, die Beisetzung auf den Montag zu legen. Eine Trauerfeier mit offenem Sarg kam für Manuela Groß sowieso nicht in Frage, da machte es auch nichts, wenn sie ein paar Tage warteten mit der Beerdigung. Ohnehin musste er die Leiche von Heinrich Matzen in Hamburg abholen. Obwohl sie erst gestern freigegeben worden war, hatte man ihn gedrängt, den Leichnam möglichst gleich abzuholen. »Am Wochenende bekommen wir immer jede Menge rein. Dann brauchen wir den Platz«, hatte die Dame aus der Verwaltung der Hamburger Rechtsmedizin ihm am Telefon erklärt. Daher würde sich der Bestatter nach dem Gespräch mit den beiden auf den Weg machen, wenngleich die Leiche nirgends so gut wie in Hamburg lag. Sicher und wohl temperiert in einem der Kühlschränke des Instituts, das konnte Herr Mumme nicht anbieten. Die Leichenhalle in Niebüll war bei Weitem nicht so komfortabel, aber zumindest funktionierte die Kühlung.

»Also wir nehmen die ganz einfache Variante«, bestimmte nun Jost Groß. Der Bestatter blickte auf die Tochter des toten Rentnerpaares, doch die nickte nur. Er wunderte sich, denn soweit er gehört hatte, würde die Tochter das Haus in Dagebüll erben – und davon könnte sie den Eltern eine anständige Beerdigung bezahlen. Wahrscheinlich hatten die sich zeit ihres Lebens für das Kind krummgemacht. Und was war nun der Dank? Herr Mumme schüttelte leicht den Kopf, klappte den Ordner zu und sammelte die Prospekte zusammen. »Kennen Sie sich mit Testamenten aus?« Ohne, dass er eine Antwort gab, redete Jost Groß weiter. »Weil wir warten müssen, bis die Ermittlungen abgeschlossen sind. Erst dann können wir das Haus verkaufen.«

»Haben Sie denn eine Ahnung, wie lange das dauern wird?« Herr Mumme sah sich ewig auf die Bezahlung der Rechnung warten. Und wie zur Bestätigung zuckte der Schwiegersohn der Verstorbenen mit den Schultern. »Bis man den Mörder gefunden hat?«

18. KAPITEL

»Ja, die Reederei gibt es noch«, antwortete Peer Nielsen, während er weiter im Internet nach Informationen über Carsten M. Schneider suchte. »Scheint ein alteingesessenes Privatunternehmen zu sein.«

»Mehr haben wir leider nicht gefunden. Haben alles durchforstet, aber dieser Zahlschein war das Einzige«, berichtete Thamsen dem Kollegen von ihren Nachforschungen im Haus der Matzens.

»Na, dann drück mal die Daumen, dass uns das weiterhilft«, seufzte Nielsen ins Telefon.

Er legte auf, schrieb die Adresse der Reederei auf einen Notizzettel und verließ sein Büro. Zuerst würde er zum Sitz der Firma fahren, anschließend in den Hafen. Auf dem Weg nach draußen fragte er kurz nach dem Stand von Heinrich Matzens Mobiltelefon.

»Bisher keine Spur. Wir haben beinahe alle Läden auf'm Kiez durch, aber angeblich hat keiner das Telefon gekauft.« Der ursprüngliche Käufer, den Paul Schlüter ihnen genannt hatte, wollte das Handy an einen befreundeten Händler weiterverkauft haben und der hatte es ebenfalls wieder an jemand anderen abgestoßen und so weiter und so fort.

»Haltet mich aber auf dem Laufenden«, bat er den Kollegen und verabschiedete sich. Die Privatreederei hatte ihren Sitz an einer der Topadressen Hamburgs. Nielsen fuhr die Elbchaussee entlang und staunte wie so oft über die pompösen Bauten. Eine luxuriöse

Villa reihte sich auf großzügigem Elbgrundstück an die andere. Manche Häuser lagen derart versteckt hinter großen Hecken oder hohen Mauern, dass man dahinter Berühmtheiten wie George Clooney oder Madonna vermuten würde. Die Reederei residierte in einer Jugendstilvilla mit Elbgrundstück. Nielsen parkte den Wagen, stieg aus und knirschte über den Kies zum Eingang.

»Polizei Hamburg. Ich möchte zu Herrn Schneider«, entgegnete er auf die Frage, wie man ihm behilflich sein könne, die durch die Sprechanlage an ihn gerichtet worden war. Der Zoom der integrierten Kamera fokussierte sich auf seine Dienstmarke, die er vor die Linse hielt, dann surrte der Türöffner und Peer betrat den knarzenden Flur. Am Ende des Ganges stand eine ältere Dame im dunkelblauen Kostüm und musterte ihn.

»Wir ermitteln in einem Mordfall und ich habe ein paar Fragen zu einem ehemaligen Mitarbeiter der Reederei«, erklärte Nielsen, während er auf die Frau zuging. Sie nickte und wies ihn an, in einer hübsch dekorierten Warteecke Platz zu nehmen. Dann verschwand sie durch eine große weiße Flügeltür. Peer schaute sich um. Die Einrichtung wirkte teuer und antik. Ganz so, wie man es in den Räumlichkeiten einer traditionellen Reederei erwartete. Wenngleich er eher auf modernere Einrichtungen stand, musste er sich eingestehen, dass derartige Einrichtungsgegenstände hier fehl am Platze wären. An den Wänden hingen kostbare Ölgemälde mit Schiffsmotiven. Als Kind hatte er davon geträumt, einmal auch zur See zu fahren, wenn er die großen Schiffe auf der Elbe hatte vorbeiziehen sehen. Wer wusste schon, was aus ihm geworden wäre, wenn sein Kindheitswunsch in Erfüllung gegangen wäre.

»Herr Nielsen?« Peer fuhr auf. Die Dame im Kostüm war lautlos zurückgekehrt und stand vor ihm.

»Herr Schneider erwartet Sie.« Sie begleitete ihn zu der Flügeltür, die sie hinter ihm schloss. Der grauhaarige Mann hinter dem Mahagonischreibtisch wirkte trotz seines fortgeschrittenen Alters imposant. Mit geradem Rücken und herausgestreckter Brust blickte er ihn aus wachsamen Augen an. Peer räusperte sich.

»Herr Schneider?«

»Carsten M. Schneider Junior«, verbesserte der Grauhaarige ihn. Hier hatte nicht nur die Familie Tradition, sondern auch das typische Verhalten der Hamburger, das oftmals leicht arrogant herüberkam. Doch Peer war mit diesem Benehmen aufgewachsen und wusste, dass sich hinter dem kühlen Charakter meist eine herzliche und bodenständige Seele verbarg.

»Die Polizei ermittelt momentan in einem Mordfall und wollte Sie um Ihre Unterstützung bitten«, passte sich Peer den Erwartungen seines Gegenübers an. Mit Erfolg, denn der ältere Mann nickte, wies mit der Hand auf den Stuhl vor seinem Schreibtisch.

»Bestimmt wegen der Leiche aus dem Volkspark, stimmt's?« Peer verkniff sich jegliche Nachfrage, als echter Hamburger war man über das Geschehen in der Stadt schließlich informiert und nickte daher nur. »Und wie kann ich Ihnen behilflich sein?« Schneider Junior kniff die Augen ein wenig zusammen, so als blende ihn das Sonnenlicht.

»Das Opfer scheint einst in Ihrer Reederei beschäftigt gewesen zu sein.«

»Wirklich? Wie ist denn der Name?«

»Heinrich Matzen.«

»Heinrich Matzen, Heinrich Matzen«, murmelte der Mann leise vor sich hin und strich sich dabei mit dem Zeigefinger über das Kinn. Einen kurzen Moment später griff er zum Telefonhörer. »Frau Schröter, können Sie mal in der Personaldatei nachschauen, ob ein Heinrich Matzen für uns gearbeitet hat?«

»Es kann einige Zeit her sein«, warf Nielsen ein, während sie auf eine Rückmeldung der Sekretärin warteten.

»Wie lange?«

»Keine Ahnung.« Peer überflog in Gedanken die Stationen, die ihm aus Matzens Leben bisher bekannt waren. »Bestimmt über 30 Jahre, wenn nicht länger.«

»Oh, dann haben wir die Daten bestimmt nicht elektronisch.«

»Aber Sie haben sie noch?« Carsten M. Schneider Junior nickte. »Selbstverständlich. Wir sind schließlich ein anständiges Unternehmen. Hier hat alles seine Ordnung. Auch die Akten!«

Thamsen hatte Haies Fahrrad hinten in den Kombi geladen und fuhr langsam durch den Koog Richtung Maasbüll.

»Vielleicht hat Tom etwas rausgefunden«, seufzte er und blickte dabei in den Rückspiegel auf Haie, der mit Niklas hinten saß.

»Vielleicht.« Ähnlich wie Thamsen war der Hausmeister leicht demotiviert. Sie hatten zwar in dem Fall einiges herausgefunden, aber so recht passte eins nicht zum anderen. Er blickte auf den Kleinen hinunter, der auf seinem Schoss eingeschlafen war. »Hast du eine Ahnung, wann die Beerdigung ist?« Oftmals stieß man bei Trauerfeiern auf weitere Hinweise.

»Die Leichen sind, meine ich, freigegeben, ich weiß aber nicht, wann die Beisetzung sein soll. Wieso?«

»Naja, vielleicht treibt es den Täter zur Beerdigung.«

»Meinst du?«

Haie nickte.

»Könntest recht haben«, überlegte Thamsen, während er den alten Außendeich hinauf fuhr und dann wenig später in die Dorfstraße abbog. »Aber wenn die Tochter etwas mit den Morden zu tun hat oder der Leibnitz, dann kommen die doch wahrscheinlich so oder so. Würde eher auffallen, wenn sie wegblieben.«

Haie schaute durchs Seitenfenster, als sie an dem kleinen Reetdachhaus vorbeikamen, in dem er bis zu Marlenes Tod gewohnt hatte. Es schmerzte Haie, als er sah, wie verwildert der Garten war, den er so liebevoll angelegt hatte. Schnell wandte er sich wieder Dirk zu.

»Und wenn der Täter doch aus dem früheren Umfeld Matzens stammt?«

»Du meinst aus dem Hafen?« Thamsen schüttelte leicht den Kopf. Er wusste momentan nicht so recht, in welche Richtung er in dem Fall denken sollte. Hinzu kam der Stress mit Dörte und der Schwangerschaft. »Ich weiß nicht. Aber vielleicht hast du recht und der Täter ist nicht hier, sondern in Hamburg zu finden.

Mit etwas Glück kommt er zur Beerdigung.« Er parkte den Wagen vor Toms Haus und stieg aus. Der Freund war bereits zu Hause und trat aus dem Eingang, als er das Schlagen der Autotüren hörte.

»Stellt euch vor, was man sich in der Bank erzählt«, empfing er die Freunde. Niklas war aufgewacht und schrie, als Haie ihn Dirk reichte. Der übergab den plärrenden Jungen gleich weiter an Tom, der allerdings viel zu aufgeregt war, als dass ihn das Weinen störte. »Die vermuten, Jost Groß könne etwas mit dem Mord an den Schwiegereltern zu tun haben. Der ist nämlich total pleite.«

»Das wissen wir doch«, unterbrach Haie Tom und schob sein Fahrrad auf die Terrasse.

»Aber der Leibnitz ist auch pleite«, fuhr Tom fort.

»Was?« Die beiden starrten ihn an.

»Jedenfalls ist das Konto leer. Und die Investoren wollen nicht nachschießen.«

»Und wissen Sie schon, wer den Mann umgebracht hat?« Der Reeder nippte an seiner Tasse Kaffee, die ihnen Frau Schröter serviert hatte, ehe sie in das staubige Kellerarchiv hinabgestiegen war.

»Nein, aber wir sind dabei es herauszufinden.« Langsam aber sicher ging Peer der Unternehmer auf die Nerven. Er hatte nicht damit gerechnet, dass die Suche nach einer alten Akte derart zeitaufwändig sein würde. Da gab es doch bestimmt eine gewisse Logik in der Ablage oder musste Frau Schröter jede Akte einzeln herausziehen und hineinschauen?

»Und Sie glauben, der Täter hat mit meiner Reederei etwas zu tun gehabt?« Nielsen zuckte mit den Schultern. Er wusste nicht genau, wo der Mörder von Heinrich Matzen herkam. Vielleicht hatten sie ihn bereits. Er konnte sich jedenfalls gut vorstellen, dass Paul Schlüter etwas mit dem Mord zu tun hatte. Die Geschichte von den gefundenen Wertsachen im Mülleimer kaufte er ihm ohnehin nicht ganz ab. Zumal auch das Handy bisher nicht wieder aufgetaucht war. Wenn Paul Schlüter es man nicht selbst entsorgt und den Verkauf an den Händler vom Kiez nur vorgegeben hatte. Mit etwas Glück würde das Phantombild der Kioskfrau aus Dagebüll den Mann überführen. Und vielleicht fand er in diesem Unternehmen die Verbindung zwischen Täter und Opfer.

»Hat denn ein Paul Schlüter hier mal gearbeitet?«

»Schlüter? Schlüter?« Der grauhaarige Mann schaute ihn entschuldigend an. »Keine Ahnung, kann aber sein. Irgendwie sagt mir der Name was.« Es klopfte an der Tür und Frau Schröter trat in den Raum mit einer grauen Pappakte in der Hand.

»Das ist alles, was ich gefunden habe.« Sie reichte Herrn Schneider die Unterlagen und wandte sich um.

»Danke, Frau Schröter, ach und, können Sie nachschauen, ob ein Paul Schlüter mal für uns tätig war?« Die adrette Frau schnellte geradezu herum.

»Das kann ich Ihnen auch so sagen«, sie blickte auf ihren Chef, dann auf Nielsen. »Paul Schlüter war mal als Kurier für uns tätig. Aber nur kurz«, sie strich energisch eine Falte auf dem Rock glatt, »mit dem gab es nur Ärger!«

»Ich denke, morgen können Sie ins Haus.« Thamsen stand auf Toms Terrasse und telefonierte mit Manuela Groß. Die Tochter hatte ihn angerufen und gesagt, dass sie ein paar Unterlagen wegen der Beerdigung von ihren Eltern bräuchte. »Wann ist die Trauerfeier?«

»Morgen.«

»Morgen schon?«

»Ja«, druckste Manuela herum. »Am Freitag passte es nicht, und Montag war mir zu lange. Die beiden sollen möglichst bald ihren Frieden finden.« Das klang für Thamsen, als habe die Tochter kein Interesse an der Aufklärung des Falls. Mit der Beisetzung schien für sie die Angelegenheit abgeschlossen. Doch ganz so war es nicht. »Wie lange werden die Ermittlungen dauern?«

»Naja, das kann man nicht genau sagen. Aber wir werden den Mörder Ihrer Eltern finden.«

»Aber solange Sie ermitteln, dürfen wir das Haus nicht verkaufen.« Daher weht der Wind, schoss es Thamsen durch den Kopf. Der Tochter ging es gar nicht darum, dass man herausfand, wer Erika und Heinrich Matzen umgebracht hatte, ihr ging es anscheinend nur ums Geld.

»Ja, das kann aber dauern«, provozierte er die Frau absichtlich. Mal sehen, ob er sie so aus der Reserve locken konnte. Und er konnte. Unvermittelt begann Manuela Groß am Telefon zu weinen.

»Ich weiß nicht, wie das alles werden soll. Wir brauchen doch das Geld.«

»Aber das brauchten Sie auch schon vor dem Tod Ihrer Eltern.«

»Ja«, gab die Tochter zu, »aber Jost meint …« Plötzlich hörte er ein Rascheln, dann eine gedämpfte Stimme. Anscheinend hielt jemand die Muschel zu. Dann wieder Rascheln. »Ja, dann sehen wir uns morgen bei der Beerdigung, oder?«

»Seltsam«, murmelte Thamsen, während er zu den Freunden zurück ins Haus ging. Tom und Haie saßen am gedeckten Tisch in der Küche. Niklas hatte sich mittlerweile beruhigt und aß mit großem Appetit ein Würstchen.

»Möchtest du mitessen?«, fragte Haie ihn.

»Nein, nein, danke.« Dirk dachte an seine Kinder und daran, dass er mit ihnen über Dörte und das Baby sprechen musste. »Morgen ist übrigens die Beerdigung.«

»Echt?« Haie blickte ihn erwartungsvoll an. »Kommt der Kollege aus Hamburg auch?«

»Oh gut, dass du fragst, den muss ich gleich mal informieren.«

Peer Nielsen fuhr am Fischmarkt vorbei, als sein Handy klingelte.

»Natürlich komme ich. Wann?«

Thamsen nannte ihm die Uhrzeit.

»Gut, ich bin da. Übrigens habe ich eine heiße Spur. Heinrich Matzen und Paul Schlüter haben beide in der Reederei Schneider gearbeitet. Zwar nicht zur selben Zeit, aber vielleicht kannten die sich trotzdem. Ich will zum Hafen und mich vor Ort mal umhören. Melde mich, wenn ich etwas herausfinde.« Er legte auf und bog in die Speicherstadt ab. Zuerst musste er zur Port Authority, die seit Kurzem den Hafen verwaltete. Früher war das Amt für Strom- und Hafenbau dafür zuständig gewesen, aus dem die neue Gesellschaft hervorgegangen war. Diese war zugleich, im Namen der Stadt, Eigentümerin des überwiegenden Teils der Hafengrundstücke. Hier musste er sich die Erlaubnis zum Aufenthalt im Hafengebiet holen. Mit etwas Glück gab es den einen oder anderen älteren Mitarbeiter in der Verwaltung, der ihm etwas zu Heinrich Matzen sagen konnte. Er parkte seinen Wagen direkt vor dem alten Speicher und wollte aussteigen, als erneut sein Handy klingelte.

»Ja?«

»Wir haben das Telefon.«

»Und wie war euer Tag heute?« Timo und Anne saßen am Küchentisch und aßen mit Begeisterung die Pizza, die er auf dem Heimweg organisiert hatte.

»Och, nichts Besonderes«, antwortete Anne schmatzend und auch Timo zuckte mit den Schultern.

Thamsen räusperte sich und puhlte an einem Stück Salami. Er wusste nicht so recht, wie er den beiden von Dörtes Schwangerschaft erzählen sollte.

»Sagt mal«, fragte er daher vorsichtig, »was würdet ihr davon halten, wenn Dörte bei uns einzieht?« Annes Schmatzen stockte und auch Timo war ganz ruhig. Die beiden schauten sich stumm an. Die Kinder hatten damals unter der Trennung ihrer Eltern sehr gelitten, besonders Anne. Und es hatte lange gedauert, bis sie Dörte überhaupt an der Seite ihres Vaters akzeptiert hatten.

»Hierher?« Anne zog die Augenbrauen hoch.

»Naja, wir bräuchten vielleicht eine größere Wohnung oder ein Haus?« Wieder musste er an das Baby denken. Es würde mehr als nur eine größere Wohnung nötig sein.

»Aber Dörte hat doch eine eigene Wohnung.« Anne fand die Vorstellung, ihren Vater zu Hause teilen zu müssen, nicht besonders prickelnd.

»Ja schon, aber wäre es nicht schön, wenn wir alle zusammen wohnen würden? Dann wärt ihr auch nicht so oft alleine.«

»Stört mich nicht«, vernichtete Anne sofort sein Argument und kaute weiter an ihrer Pizza.

»Und du, Timo?«, suchte er Beistand bei seinem Sohn. Der wollte die kleine Schwester aber nicht hängen lassen.

»Solange ich hier wohne, ist das doch kein Problem. Da sind wir nicht alleine«, war Timos Antwort, wobei sein Blick zu Anne ging.

Thamsen seufzte. So kam er nicht weiter. »Und wenn ich es gerne möchte?«

»Du?« Anne schaute ihn mit großen Augen an. Bisher hatte Thamsen seine eigenen Belange immer hintenan gestellt. Zumindest was die Zeit, die ihm außerhalb des stressigen Jobs für seine Familie blieb, anging. Und das würde er auch weiterhin tun, auch wenn ab jetzt nicht nur Anne und Timo seine Familie waren.

»Es ist so«, Thamsen rutschte von einer Pobacke auf die andere. »Also Dörte und ich … also …« Zwei Paar Kulleraugen starrten ihn an. Er schluckte. »Nun ja, also, es ist so. Wir würden gerne zusammenwohnen, weil Dörte bald …« Er brachte es nicht über die Lippen. Sein Herz pochte bis zum Hals. Er kam sich vor wie ein kleiner Junge, der etwas ausgefressen hatte. Timo rollte mit den Augen.

»Sag bloß, die Alte ist schwanger?«

19. KAPITEL

»Also, zig Anrufe von einem Uwe Mommsen und davor eine unbekannte Nummer.«

»Wie unbekannt?« Peer blickte auf den Kollegen, der ihm die Auswertung der Handydaten überreichte.

»Na, nicht gespeichert. Laut Auskunft des Netzbetreibers gehört die Nummer zu einer Prepaid-Karte.«

»Mist!« Peer warf sich auf seinem Bürostuhl zurück. In dem Fall kamen sie aber auch gar nicht weiter. Jede Spur verlief im Sand. Die Ermittlungen im Hafen gestern auch. Erst hatte er Glück gehabt und einen älteren Hafenarbeiter getroffen. Aber statt nennenswerte Informationen auszuplaudern, hatte der eine lange Jammerleier über die neumodischen Zustände im Hafen angestimmt. »Wissen Sie, früher war das alles besser. Da kannte jeder jeden. Aber heute? Schauen Sie sich um. Alles Subunternehmer von Subunternehmern. Da blickt doch keiner mehr durch.« Peer hatte dem Mann während ihrer Fahrt übers Hafengelände aufmerksam zugehört. Er hatte keine andere Chance gehabt, denn der Mitarbeiter der HPA hatte ihn nicht zu Wort kommen lassen. »Und kannten Sie einen Heinrich Matzen?« Nur während der Pause des rasselartigen Luftholens des Mannes war es Nielsen gelungen, sich nach dem toten Rentner zu erkundigen. Der Alte hatte leicht gehustet und dann gemeint, der Name sage ihm nichts. »Für wen hat der denn gearbeitet?« »Reederei Schneider.« Der Hafenmitarbeiter hatte einen Pfiff ausgestoßen, ansonsten aber nichts weiter dazu gesagt. Peer blickte auf seine Uhr und stand auf. Er wollte rasch Paul Schlüter zu seiner Zeit als Kurier befragen und dann nach Dagebüll aufbrechen. Bei der Beerdigung wollte er persönlich anwesend sein. Auch er wusste aus eigener Erfahrung, wie hoch die Wahrscheinlichkeit war, den Täter bei der Beisetzung zu treffen. Zumindest, wenn es eine persönliche Beziehung zwischen Täter und Opfer gegeben hatte und er nicht bereits in Haft saß.

Paul Schlüter befand sich in einem kleinen Raum mit Tisch und zwei Stühlen. Peer betrachtete den schmächtigen Mann, der irgendetwas Fuchsartiges an sich hatte, und stellte seine Fragen.

»Haben Sie Heinrich Matzen gekannt? Wann haben Sie in der Reederei Schneider gearbeitet? Was war Ihr Job? Wieso hat es dort immer wieder Ärger gegeben? Kannten Sie Heinrich Matzen daher?« An dem Kioskbesitzer schien alles abzuprallen. Er grinste still vor sich hin und beteuerte immer wieder, den Toten nicht gekannt zu haben.

»Der ist doch mindestens 20 Jahre älter als ich. Wir haben uns da nicht kennengelernt.«

»Wo haben Sie sich dann kennengelernt?«

Paul Schlüter stöhnte. »Mann, ich kannte den nicht!«

»Sind Sie zuckerkrank? Spritzen Sie Insulin?« Nielsen änderte seine Taktik. Über Heinrich Matzen bekam er nichts raus aus dem Mann, aber vielleicht über andere Tatdetails. Paul Schlüter jedenfalls war überrascht.

»Nee, wieso?« Er konnte diese plötzliche Wendung nicht einschätzen. »Und aus Ihrem Familien- oder

Freundeskreis? Was ist mit Ihrer Hilfe im Kiosk?« Peer erinnerte sich, dass die Frau damals etwas von einem Arzttermin gesagt hatte. Paul Schlüter schluckte. Nielsen sah seinen Adamsapfel ganz langsam auf und ab hüpfen und wusste sofort, er hatte ins Schwarze getroffen.

»Willst du deinen Kakao nicht?« Thamsen blickte Anne fragend an, die ohne ein Wort vom Tisch aufstand. Er hatte sich heute extra Zeit genommen und den Kindern Frühstück gemacht, was er sonst nur am Wochenende tat. Aber nachdem das Gespräch gestern derart eskaliert war und die Kinder mit einem lauten Türknallen in ihren Zimmern verschwunden waren, wollte er die Wogen ein wenig glätten. »Ich dachte, du hast dir immer ein kleines Geschwisterchen gewünscht?« Dirk war davon ausgegangen, dass wenigstens Anne sich über das Baby freuen würde, doch da hatte er sich getäuscht.

»Aber nicht von Dörte!« Sie blitzte ihn an. Er wollte erwidern, dass es trotzdem ihr Bruder oder ihre Schwester sein würde, als das Telefon klingelte.

»Ach, du bist es!«, begrüßte er seine Mutter. Er war erleichtert, Magda Thamsens Stimme zu hören. Er musste ihr von der Schwangerschaft erzählen, vielleicht fand sie einen Zugang zu den Kindern. Sie hatte seit jeher einen guten Draht zu Timo und Anne. Wenn es einer schaffte, mit den beiden vernünftig über das Thema zu sprechen, dann sie.

»Ich wollte dir Bescheid geben, dass ich heute Nachmittag doch zu Christa in den Westerwald fahre.«

»Was?« Dirk hatte ganz vergessen, dass Magda Thamsen überlegt hatte, ihre Freundin zu besuchen. Aber musste das ausgerechnet jetzt sein?

»Und wann kommst du wieder?«

»Mal sehen.« Thamsen spürte eine leichte Panik in sich aufsteigen, wollte aber seiner Mutter die Reise nicht verderben. Jahrelang hatte sie auf so vieles verzichten müssen und gönnte sich erst nach dem Tod ihres Mannes das eine oder andere.

»Gut, dann wünsche ich dir eine schöne Zeit«, presste er einigermaßen freundlich heraus, während er fieberhaft überlegte, wie er die Zeit bis zu ihrer Rückkehr mit den beleidigten Kindern überstehen sollte. Gott sei Dank blieb ihm die Arbeit, in die er sich zur Ablenkung stürzen konnte. Heute war die Beerdigung des ermordeten Rentnerpaares. Von der Trauerfeier erhoffte er sich neue Hinweise in dem Fall. Er wusste nur nicht, in welcher Gestalt ihm diese begegnen würden.

Peer saß in seinem Wagen und fuhr die A7 Richtung Flensburg. Das Verhör hatte zwar neue Erkenntnisse gebracht, doch nachweisen konnte er diesem Typen nichts. Die Mitarbeiterin des Kiosks war schwer zuckerkrank, sodass es für Paul Schlüter ein Leichtes gewesen wäre, an Insulin zu kommen. Außerdem war er in Besitz der Wertsachen des Opfers gewesen und es gab einen gemeinsamen Ansatzpunkt in der Vergangenheit von Paul Schlüter und dem Opfer. Die Reederei. Mit etwas Glück konnte er den Kerl mit Hilfe des Phantombildes überführen. Oder war eine

Gegenüberstellung in diesem Fall nicht sogar sinnvoller? Er brauchte schließlich etwas in der Hand, wenn Schlüter dem Haftrichter vorgeführt wurde. Ansonsten mussten sie den Kerl wieder laufen lassen. Er bog in Handewitt von der Autobahn und wählte Thamsens Nummer.

»Welche Frau?«

»Na, die der Unbekannte nach dem Haus der Matzens gefragt hat.« Der Niebüller Kollege schien irgendwie neben der Spur. »Alles in Ordnung bei euch?«

»Ja, ja. Alles in Ordnung.«

»Und was hältst du von einer Gegenüberstellung?«

»Lass uns das nachher besprechen. Ich muss los.« Ohne ein weiteres Wort legte Thamsen auf. Peer runzelte die Stirn. Was war denn mit dem los? Gut, der Fall war ziemlich brisant. Immerhin ging es um eines der größten Bauprojekte in der Region. Er konnte sich vorstellen, dass der Dienststellenleiter aus Niebüll ordentlich Druck bekam. Ohnehin war die Leitung eines Reviers sicherlich nicht leicht. Peer hatte nur vier Mitarbeiter, aber das reichte, um eine Ahnung davon zu bekommen, was Führungsverantwortung bedeutete und wie es sich anfühlte, für alles seinen Kopf hinhalten zu müssen. Er war morgen wieder dran, denn da war eine große Besprechung mit seinem Chef angesetzt. Wäre gut, wenn ich dann etwas vorzuweisen hätte, dachte Peer. Vor allem auch gegenüber den Mitarbeitern. Die hielten ihn ansonsten noch für unfähig. Aber wenn die Inhaberin vom Dagebüller Hafenkiosk Paul Schlüter wiedererkannte, würde ihn das ein gutes Stück voranbringen. Am besten, er nahm die Frau heute Nachmittag gleich mit.

»Und, kann ich so gehen?« Haie drehte sich in seinem dunklen Anzug vor Tom, der am Schreibtisch saß und einige Papiere ordnete. Er arbeitete heute von zu Hause aus und kümmerte sich um Niklas, der um diese Zeit ein Mittagsschläfchen hielt. Haie wollte zur Beerdigung. Für ihn war es selbstverständlich, erhoffte er sich doch ebenso wie die Kommissare neue Hinweise in dem Fall. Wenngleich ihm ein wenig mulmig war. Den schwarzen Anzug hatte er seit Marlenes Beerdigung nicht mehr getragen und die Trauerfeier würde ihn an den Tod der Freundin erinnern, aber anders als Tom fühlte sich Haie dieser Situation gewachsen. Er schwang sich auf sein Fahrrad und radelte Richtung Maasbüll. Wie die letzten Tage war es sehr warm, und bald begann Haie, in dem dunklen Zwirn zu schwitzen. »Verdammt«, er hielt am Straßenrand und zog sich das Jackett aus. Das Hemd war am Rücken klitschnass und auch im Schritt schwitzte er unangenehm. Zu dumm auch, dass er sich nicht mehr traute Auto zu fahren. Einen Führerschein besaß er, aber es war Jahre her, seit er das letzte Mal hinter einem Steuer gesessen hatte. Schon der Gedanke daran, einen Wagen zu lenken, verursachte Beklemmungen bei ihm. Daher blieb er lieber bei seinem Fahrrad. Darin war er geübt, außerdem tat ihm die Bewegung gut. Er stieg wieder auf. Kurze Zeit später hörte er ein Motorengeräusch und fuhr daher dicht am Rand, damit der Wagen ihn überholen konnte. Die Straße war schmal und nicht für Gegenverkehr oder Überholmanöver ausgelegt. Die Wege durch den Koog waren hauptsächlich für die Anwohner und nicht für den Durchgangsverkehr. Doch der Fahrer schien die Lage falsch einzuschätzen. Statt sein Tempo zu drosseln, fuhr er mit überhöhter Geschwindigkeit an Haie vorbei und zwar so dicht, das Haie vor Schreck einen Schlenker machte und auf den Grünstreifen holperte. »Mensch«, schimpfte er, als er vom Rad sprang, da er das Gleichgewicht nicht halten konnte. Der Raser nahm von all dem keine Notiz. Als Haie dem tannengrünen Kombi hinterher blickte, wusste er auch gleich warum. »War ja klar«, schimpfte er, als er seinen Drahtesel wieder zurück auf die Straße schob und sich den Staub von der Hose klopfte. Ein Einheimischer wäre niemals derartig durch den Koog gerast. Die wussten schließlich, wie eng das hier war. Nee, aber die feinen Urlauber aus der Stadt nahmen keine Rücksicht. Besonders die Hamburger nutzten die endlos erscheinenden Wege durch die weiten Köge als persönliche Rennstrecke. Immer noch schimpfend fuhr er weiter. Er war nur wenige hundert Meter weit gekommen, als erneut Motorengeräusche zu hören waren. Diesmal allerdings kam der Verkehr von vorn. Haie verlangsamte sein Tempo, als er den Wagen von gerade eben wiedererkannte. »Der scheint hier echt ein Rennen zu fahren«, murmelte er, als der Hamburger auch diesmal mit unvermindertem Tempo an ihm vorbeiheizte. Na, das konnte was geben, wenn die Ferienanlage erst einmal fertig war und die Touristen in Scharen nach Dagebüll kamen. Dann war es vorbei mit der Ruhe, dachte Haie und war sich sicher, dass das Bauprojekt so oder so nicht nur Gutes für Nordfriesland brachte.

Das Navigationssystem hatte Peer über die Bundesstraße nach Risum-Lindholm geführt und er bog nun dem Pfeil auf dem kleinen Display folgend in die Dorfstraße ab. Der Ort wirkte beschaulich und Nielsen dachte, dass die Kollegen hier sicherlich nicht mit solch zahlreichen Verbrechen wie in Hamburg konfrontiert wurden. Solch ein kleines Dorf war im Gegensatz zu Hamburg nun mal etwas anderes; trotzdem konnte Peer sich nicht vorstellen, obwohl er selbst auf dem Land groß geworden war, hier zu leben. Vielleicht wenn man Kinder hat, überlegte er, aber die waren bei ihm nicht geplant. Er hatte momentan ja nicht einmal eine Freundin, keine Bekannte, geschweige denn etwas mit einer Frau zu tun, mit der er sich eine Beziehung vorstellen könnte. Und er fragte sich, ob er das überhaupt wollte? Würde es nicht immer wieder Probleme geben, weil eine Partnerin auf Dauer nun einmal kein Verständnis für seinen Job haben würde? Er kratzte sich am Kinn.

Wenige Minuten später parkte er seinen Wagen vor der Dorfkirche in Dagebüll. Für solch einen kleinen Ort war eine Menge Betrieb, aber ein Doppelmord zog eben jede Menge Schaulustige an. Er stieg aus und sah den Niebüller Kollegen am Eingang der Kirche stehen, durch den die Trauergäste hineinströmten.

»Moin«, grüßte Thamsen ihn, ohne die Kirchgänger aus den Augen zu lassen. Er stellte sich neben ihn.

»Und«, raunte Peer ihm zu, »irgendetwas entdeckt?«

Thamsen schüttelte den Kopf und hob die Hand, um Haie zuzuwinken, der sein Fahrrad angeschlossen hatte und auf sie zukam.

»Hier ist was los!«, bemerkte der Hausmeister und blickte sich um.

»Na, das kannst du laut sagen. Ich befürchte, einen Sitzplatz bekommen wir nicht mehr! Darf ich dir Peer Nielsen vorstellen? Den Kommissar aus Hamburg.«

Haie nickte und reichte dem Kollegen die Hand. »Moin.« Er musterte den jungen Mann, der, soweit er wusste, bei der Mordkommission in Hamburg beschäftigt war. Er sah gar nicht wie ein Polizist aus. »Und haben Sie neue Erkenntnisse? Ist das Handy von Heinrich aufgetaucht?« Peer schaute Haie überrascht an. Er war es nicht gewohnt, dass Zivilpersonen in die Ermittlungen involviert waren, und drehte daher seinen Kopf fragend zu Thamsen. Der beobachtete die ankommenden Gäste und bekam von Peers Überraschung nichts mit. Die Glocken begannen zu läuten, sie gingen zusammen nach allen anderen in die Kirche. Wie erwartet, gab es keine Sitzplätze mehr, sodass sie sich seitlich in den Gang an die Wand stellten. Thamsen blickte sich um, einige Gesichter kannte er von der Befragung der Seniorengruppe, gleich neben ihm in der Bank saß Lina Umbrecht und nickte ihm zu. Die erste Reihe war für Familienangehörige reserviert und er sah Manuela und Jost Groß neben einem älteren Ehepaar sitzen. Vielleicht seine Eltern oder Geschwister der Toten? Von Harry Leibnitz gab es allerdings keine Spur. Die Orgelmusik setzte ein und der Pastor schritt nach vorn. Von der Trauerfeier bekam Thamsen nichts mit. Er behielt ebenso wie Peer Nielsen die Anwesenden im Visier und konzentrierte sich auf das Verhalten der Gäste, statt den rührenden Worten des Seelsorgers zu lauschen. Doch nach einer Weile schweiften seine Gedanken ab. Wie es Dörte wohl ging? Er musste sie unbedingt anrufen. Aber von Annes und Timos Reaktion würde er ihr besser nichts erzählen. Die beruhigten sich wieder, hoffte er. Und wenn nicht? Irgendeine Lösung mussten sie finden. Er stand zu Dörte und dem Kind und würde sie in der Situation auf keinen Fall alleine lassen. Egal, was Anne und Timo dazu sagten. Da mussten die beiden jetzt durch. Jahrelang hatte er sich nach ihnen gerichtet; nun mussten sie sich einmal seinen Wünschen fügen und sich mit Dörte und dem Geschwisterchen arrangieren. Er zuckte zusammen, da erneut die Orgel einsetzte. Der Gottesdienst war vorbei, die beiden Särge wurden von jeweils sechs Männern hinausgetragen, dann standen die Leute in den Bänken auf und folgten dem Trauerzug. Thamsen trat einen Schritt zur Seite, um einer Dame im Rollstuhl Platz zu machen. Ebenso wie Nielsen blieb er, bis alle Trauernden die Kirche verlassen hatten, doch etwas Ungewöhnliches fiel den beiden nicht auf. Im Gegensatz zu Haie.

»Wer war denn die Frau im Rollstuhl?« Thamsen zuckte mit den Schultern. Er kannte sich in der Gegend bei Weitem nicht so gut aus wie der Freund und wunderte sich daher, dass der Hausmeister ihn fragte.

»Wieso, kanntest du die nicht?«

Haie schüttelte den Kopf. »Nee, habe ich noch nie gesehen.«

»Ist sie denn alleine da?«, mischte sich nun Peer ein. Thamsen und Haie zuckten beide mit den Schultern. Sie gingen hinaus und mussten blinzeln. Die Sonne blendete sie nach der eher düsteren Kirchenatmosphäre. Die Trauergäste waren hinüber auf den kleinen Friedhof gezogen. Sie sahen die große Schar dicht gedrängt vor dem ausgehobenen Doppelgrab stehen. Die Särge waren hinabgelassen worden und der Pastor sprach das allerletzte Geleit. Die drei Männer hielten nach der Dame im Rollstuhl Ausschau, doch die schien wie vom Erdboden verschluckt.

»Die kann sich doch nicht in Luft aufgelöst haben«, bemerkte Haie und blickte zur Straße hinunter. »Selbst fahren wird die doch kaum – und ein Auto habe ich nicht wegfahren sehen, ihr?«

Die beiden Kommissare schüttelten den Kopf. Langsam gingen sie auf die Grabstelle zu, an der sich die Gruppe allmählich auflöste. Manuela Groß stand neben der Grube und die Gäste kondolierten ihr. Auch Thamsen, Peer und Haie reihten sich ein, um der Tochter ihr Beileid auszudrücken.

»Wann werden denn die Ermittlungen abgeschlossen sein?« Der Ehemann von Manuela zog Thamsen ein Stück zur Seite. Der blickte ihn verwundert an, wusste aber sofort, worauf der Schwiegersohn der Verstorbenen hinauswollte.

»Kannten Sie die Dame im Rollstuhl?«, fragte er statt auf den Stand der Ermittlungen einzugehen.

Der bullige Mann blickte ihn mit großen Augen an, in denen Thamsen für einen kurzen Moment Wut aufblitzen sah. Doch Jost Groß schien sich im Griff zu haben.

»Nee, kannte ich nicht. Wieso, ist die verdächtig?«

»Kommst du Jost?« Manuela Groß war neben ihren Ehemann getreten und hakte ihn ein. »Die Gäste warten.«

Thamsen vermutete, es sollte nach der Beerdigung eine Kaffeetafel geben, wie sie hierzulande üblich war. Er nickte Haie kaum merklich zu, der sofort verstand. »Wo ist denn die Feier?«

»Im Strandhotel«, entgegnete die Tochter, »Sie sind selbstverständlich auch eingeladen, Herr Kommissar.« Sie zog ihren Mann fort und ließ die drei stehen.

»Meinst du, das bringt etwas, zum Leichenschmaus zu gehen?« Thamsen blickte Haie fragend an.

»Na, schaden kann es nicht, zumindest gibt es ein anständiges Stück Butterkuchen.«

Tom hatte sich seine Unterlagen mit auf die Veranda genommen. Niklas spielte auf einer Decke im Gras und Tom warf von Zeit zu Zeit ein Auge auf seinen Sohn. Die Neuigkeit über die angebliche Pleite des Bauunternehmers hatte ihn neugierig gemacht. Stück für Stück ging er die Finanzierungsunterlagen durch, um zu sehen, wie viel Geld überhaupt für die Ferienanlage zur Verfügung gestanden hatte. Die Summe belief sich auf über 100 Millionen Euro und war zum größten Teil über Banken finanziert. Aber auch ein paar Privatinvestoren hatten Geld in das Projekt gesteckt. Niklas schrie plötzlich wie am Spieß und Tom sprang auf. »Was ist denn mein Kleiner?« Er nahm den Jungen auf den Arm, der ihm seine Hand vor das Gesicht hielt. Tom sah einen großen roten Fleck, der langsam anschwoll. Ein Bienenstich vermutete er und eilte mit Niklas ins Haus, um die Verletzung zu kühlen. Langsam beruhigte sich das Kind, während Tom die Hand unter kaltes Wasser hielt. Als der Schmerz anscheinend erträglich war, setzte er Niklas auf die Waschmaschine und suchte im Badezimmerschrank nach einer Salbe. Haie hatte für solche Fälle bestimmt etwas im Haus, wusste er, denn der Freund war, was Niklas betraf, immer bestens vorbereitet. Daher dauerte es auch nur einen kurzen Moment, ehe er die schmerzstillende Salbe und ein buntes Kinderpflaster gefunden hatte. Niklas strahlte, als er den Verband mit den bunten Tieren auf seiner Hand sah. Zum Trost bekam er von Tom noch ein Eis, ehe sie zurück in den Garten gingen und er sich eine Weile zu seinem Sohn auf die Decke setzte. Er betrachtete den Kleinen von der Seite, der genüsslich an dem Milcheis schleckte, und musste unweigerlich lächeln, als Niklas ihn mit einem Eisbart anstrahlte. Er baute einen Turm mit den Klötzen für ihn, ehe er zurück an seine Arbeit kehrte. Leicht lustlos blätterte er die Seiten des Finanzierungsplans um, bis er plötzlich stockte. Er schlug die letzten Blätter zurück. In der Liste der Privatinvestoren stach ein Name heraus, der ihn förmlich ansprang. Reederei Carsten M. Schneider.

Während Haie ins Strandhotel vorging, schlenderten Peer und Dirk zum Kiosk hinüber.

»Ich denke, eine Gegenüberstellung bringt uns zunächst mehr als ein Phantombild«, bemerkte Nielsen, der sicher war, dass Paul Schlüter etwas mit den Morden zu tun hatte. »Selbst wenn er vielleicht nur Handlanger war.« Er hatte Thamsen von der Verbindung des Verdächtigen zur Reederei erzählt. »Egal ob die zusammen gearbeitet haben oder nicht. Die kannten sich, da bin ich mir sicher.« Thamsen sah die ganze Angelegenheit etwas nüchterner. Er wusste nur zu gut, wie schnell man sich manchmal bei den Ermittlungen in etwas verrannte. Dennoch konnte eine Gegenüberstellung nicht schaden. Die Frau, die den Verdächtigen am Sonntag gesehen haben wollte, stand auch heute hinter dem Tresen und verkaufte einer Urlauberin eine Dose Cola und eine Tüte Weingummi. Sie lächelte die Kundin freundlich an, doch als sie Thamsen erblickte, verging ihr die Freundlichkeit.

»Ich habe das heute nicht geschafft«, verteidigte sie sich. »Margot ist krank.«

»Das Phantombild ist ohnehin erst einmal verschoben«, klärte Thamsen die Kioskbesitzerin auf. »Dafür fahren Sie morgen mit mir nach Hamburg. Zu einer Gegenüberstellung.«

»Gegenüberstellung? Haben Sie den Typen? Aber ist das nicht gefährlich?«

»Nein, nein«, mischte sich nun Peer ein. In Hamburg haben wir für solche Fälle einen extra Raum. Der Mann wird Sie nicht sehen. Wie im Fernsehen.«

Haie blickte sich im Raum suchend um. Wer konnte etwas über die Frau im Rollstuhl wissen? Am ehesten wahrscheinlich Manuela, aber an den Familientisch konnte er sich schlecht setzen. Da war auch kein Platz mehr frei. Er spähte weiter, bis er schließlich Lina Umbrecht entdeckte.

»Moin, ist hier noch frei?« Die ehemalige Nachbarin der Toten nickte. Haie ließ sich auf den Stuhl plumpsen. »Ganz schön voll.« Lina Umbrecht musterte ihn. Sie kannten sich nur flüchtig und hatten bisher kaum mehr als ›Guten Tag‹ und ›Guten Weg‹ zueinander gesagt. Dass Haie plötzlich so redselig war, kam ihr mehr als seltsam vor.

»Ja, so ein Doppelmord kommt ja auch nicht alle Tage vor«, begründete sie die hohe Anzahl der vermeintlichen Trauergäste.

»Nee, hast recht.«

Eine der Kellnerinnen kam an den Tisch und servierte Kaffee und Kuchen. So recht traute sich jedoch keiner anzufangen, man wartete auf ein paar Worte der Familie, doch an dem Tisch tat sich nichts, und so begannen die Gäste schließlich nach und nach, sich den Butterkuchen in den Mund zu schieben. Haie trank einen Schluck Kaffee. Bei der Hitze wurde ihm dadurch noch wärmer. Er überlegte, wie er Lina Umbrecht auf die Frau im Rollstuhl ansprechen konnte.

»Aber da waren auch etliche Unbekannte, oder kanntest du alle in der Kirche?«

»Na, die meisten doch«, entgegnete sie, während sie an ihrem Kaffee nippte.

»Echt? Auch die im Rollstuhl?« Seine Tischnachbarin schaute ihn an.

»Nee, die nicht. Kam ja auch nicht von hier.«

Haie runzelte die Stirn. »Und woher weißt du das?«

Plötzlich ging die Tür zum Gastraum auf und Thamsen betrat mit Peer Nielsen zusammen das Restaurant. Augenblicklich war es still im Raum. Jeder der anwesenden Gäste blickte auf die beiden Kommissare. Haie hob sofort die Hand und deutete Dirk an, er solle zu ihm hinüberkommen. Wenn sie zusammenrückten, war Platz am Tisch. Die Kellnerin brachte zwei Stühle. Nachdem die Polizisten saßen, wurden langsam die Gespräche wieder aufgenommen.

»Lina hat mir erzählt, dass die Rollstuhlfahrerin nicht von hier kommt.« Haie blickte die beiden mit strahlenden Augen an. Dirk merkte sofort, der Freund war wieder völlig in seinem Element. Er bewunderte den Hausmeister für seinen Enthusiasmus, der ihn bei Verbrechen unermüdlich vorantrieb. Schon oftmals hatte Haie durch seine privaten Nachforschungen massiv geholfen, einen Fall aufzuklären, und so manches Mal hatte Dirk sich eine Scheibe von Haies Ermittlungseifer abschneiden können.

»Und, woher kam die Frau?« Die Frage war direkt an Lina Umbrecht gerichtet, die sich unter den Blicken der Männer an ihrem Tisch nicht besonders wohl fühlte. Sie griff nach ihrer Tasse und nahm einen Schluck.

»Nun ja, also ich habe gesehen, dass sie zur Beerdigung von jemandem gebracht wurde.«

»Von wem?«

»Habe ich nicht gesehen. Nur dass der Wagen ein Hamburger Kennzeichen hatte.«

Tom hatte Niklas in den Kindersitz verfrachtet und war nach Dagebüll gefahren. Während der Autofahrt war Niklas eingeschlafen, und Tom ließ ihn deshalb im Wagen, als er vor dem Baucontainer parkte und ausstieg. Er wollte im Büro nur schauen, ob es weitere Unterlagen oder Schriftwechsel mit dem Investor gab. Er öffnete die Tür, in dem Moment fuhr Harry Leibnitz in seinem Stuhl auf. Seine Hose war geöffnet und irgendetwas fiel zu Boden. Tom war vor Schreck wie erstarrt. Hatte der Bauunternehmer nicht gesagt, er sei heute unterwegs und hätte mehrere Meetings in Husum? Der Wagen stand schließlich nicht vor der Tür. Harry Leibnitz sammelte sich schneller als er.

»Können Sie nicht anklopfen?«, zeterte er, während er seine Hose zu machte. Tom wagte nicht den Blick zu heben. Die ganze Situation war ihm mehr als unangenehm.

»Ich wusste nicht, dass Sie heute hier sind.«

Leibnitz schnaubte. »Und warum meinen Sie, ist die Tür nicht verriegelt?« Ehrlich gesagt, war Tom das gar nicht aufgefallen. Er war derart in Gedanken bei dem Investor gewesen und hatte sich die Worte für ein Telefonat mit Thamsen zurechtgelegt.

»Entschuldigung«, er kam sich vor wie ein kleiner Schuljunge.

»Was wollen Sie überhaupt hier?«, fragte Leibnitz noch immer gereizt. Er versuchte, mit dem Fuß etwas unter dem Schreibtisch hervor zu angeln. Tom konnte nicht sehen, was es war. »Ich dachte, Sie haben alle Unterlagen mitgenommen.«

»Schon, aber als ich gestern auf der Bank war, da sagten die, ich könne nicht alle Rechnungen anweisen, nun wollte ich schauen, ob es einen Fehler in der Buchhaltung gibt, und die entsprechenden Ordner holen.« Leibnitz blitzte ihn misstrauisch an. Tom war nie besonders gut im Lügen gewesen. Marlene jedenfalls hatte ihn immer sofort durchschaut. Und auch Haie merkte relativ schnell, wenn er ihn anflunkerte. Plötzlich jedoch veränderte sich die Miene seines Chefs. Er lächelte und winkte mit der rechten Hand leicht ab.

»Ach das«, er räusperte sich. »Habe ich bereits geklärt. Da ist tatsächlich etwas falsch gelaufen. Es fehlten ein paar Eingänge.« Tom merkte sofort, das konnte nicht stimmen. Laut Unterlagen gab es keine weiteren Geldquellen mehr. Der Betrag war aufgebraucht. Und die offenen Rechnungen überstiegen bei Weitem die Finanzierung. Zumindest den Teil, den die Bank freigegeben hatte, denn so, wie er den Filialleiter gestern verstanden hatte, würde der Restkredit nicht ausgezahlt werden, solange nicht klar war, wie und wann es auf der Baustelle weiter ging. Doch er spürte, es war besser, momentan nicht weiter zu forschen. Harry Leibnitz würde ihm gegenüber wohl nicht zugeben, wenn er finanzielle Schwierigkeiten hatte. Außerdem wollte er den Unternehmer nicht zu sehr aufscheuchen und lieber erst mit Thamsen sprechen. Froh, der kuriosen Situation entkommen zu können, verabschiedete er sich und trat aus dem Baucontainer. Draußen atmete er erst einmal tief durch. Er blickte auf die Uhr. Die Beerdigung musste vorbei sein, aber bestimmt gab es einen Leichenschmaus, dachte Tom. Das war in dieser Gegend nun mal so üblich. Bei Marlene hatte er sich zwar dagegen gewehrt, dass die Trauergäste sich nach der Beisetzung bei Kaffee und Kuchen amüsierten, aber Manuela Groß hatte sicherlich nicht mit der Tradition gebrochen. Wahrscheinlich waren sie im Strandhotel, vermutete er und stieg in seinen Wagen. Niklas wachte auf, als er den Motor startete. Wie erwartet standen vor dem kleinen Hafenhotel sowie am Straßenrand jede Menge Autos. Er fuhr daher in den Weg direkt hinter dem Deich und parkte neben dem kleinen Strandkiosk.

»Eia, Eia!« Der Kleine kannte den winzigen Imbiss, in dem es neben Fischbrötchen, Kaffee und weiteren Snacks auch Eis gab.

»Du hattest doch heute schon eins«, entgegnete er auf Niklas' Quengeln, kaufte ihm aber letztendlich doch ein kleines Milcheis. Dann stieg er den Deich hinauf und wanderte mit seinem Sohn zum Hotel.

»Schau mal, da ist Tom!« Haie erblickte den Freund als Erster und stand auf. »Der will sicherlich zu uns.« Nielsen runzelte die Stirn. Er kannte weder den Mann draußen auf dem Badedeich, noch verstand er, warum er nicht ins Restaurant kam, wenn er mit den beiden sprechen wollte. »Ich verabschiede mich mal eben«, bemerkte Haie und ging an den Familientisch, um der Tochter und den anderen Angehörigen nochmals sein Beileid auszudrücken. Dann stiefelte er hinaus auf den Deich.

»Haia!«, rief Niklas, als er seinen Patenonkel erblickte.

»Na, ihr beiden! Was macht ihr denn hier?« Tom blickte an Haie vorbei durch die Scheiben des Strandhotels.

»Ist Dirk auch da?«

»Ja, wieso?« Der Hausmeister ahnte sofort, dass etwas passiert sein musste. Ansonsten wäre Tom mit dem Kleinen nicht hergekommen.

»Kannst du ihn holen?«

Nur einen kleinen Augenblick später liefen die vier Männer den Deich entlang. Haie hatte Niklas auf die Schultern genommen und der Kleine quietschte vor Vergnügen, während Tom erzählte, was er herausgefunden hatte.

»Aber wie kann das alles zusammenpassen?« Thamsen blieb stehen und blickte aufs Meer hinaus. Das Wasser lief ab und etliche Leute wanderten im Watt. Er hätte jetzt auch gerne die Hose aufgekrempelt und die Schuhe ausgezogen, um mit nackten Füßen durch den Schlick zu spazieren, aber sie hatten einen Fall zu lösen und die Neuigkeit über die Pleite des Bauunternehmers war ein wichtiger Hinweis für ihre Ermittlungen. Interessanter war allerdings die Verbindung zwischen Harry Leibnitz und dem Reeder aus Hamburg, für den nicht nur Heinrich Matzen einst gearbeitet hatte, sondern auch der in U-Haft sitzende Paul Schlüter.

»Nehmen wir mal an, die Insolvenz des Bauunternehmers hat sich schon vor Längerem abgezeichnet«, begann nun Peer Nielsen zu spekulieren.

»Dem ist wahrscheinlich so, denn Heinrich Matzen

hat sich eine ganze Zeit lang gegen den Verkauf seines Hauses gewehrt und damit einen Baustopp erzwungen«, fiel Tom ihm ins Wort.

»Dann haben die Investoren doch sicherlich Druck auf Leibnitz ausgeübt. Vielleicht wollten die sogar aussteigen«, fuhr Peer fort.

»Ja«, nickte Haie, »aber das Geld war weg und Leibnitz musste sich eine andere Lösung ausdenken.« Die vier Männer schauten sich an.

»Ich denke, wir beide sollten dem Bauunternehmer erneut einen Besuch abstatten«, beschloss Thamsen. »Der ist mir neulich schon nicht ganz koscher vorgekommen. Oder ist dir noch etwas anderes aufgefallen, Tom?« Unweigerlich musste er an die peinliche Situation denken, die allerdings seiner Meinung nach nichts mit dem Fall zu tun hatte. Er hatte zwar keine Ahnung, was Harry Leibnitz da im Baucontainer getrieben hatte, aber es war ihm sexuell motiviert vorgekommen. Daher schüttelte er den Kopf. »Gut, dann fahren wir da schnell vorbei.«

»Meinst du wirklich, Harry hat etwas mit den Morden zu tun?« Haie hatte Niklas abgesetzt, und sie wanderten langsam zurück zum Strandkiosk. Der Kleine blieb zwar ständig stehen, um einen Grashalm zu pflücken, um anderen Kindern beim Spielen zuzusehen oder die beiden auf eine Möwe aufmerksam zu machen.

»Da, da!«

Tom zuckte mit den Schultern. »Einen Grund hatte er jedenfalls. Der scheint nämlich finanziell echt ruiniert. Aber ob ich ihm das wirklich zutraue?« Tom zuckte mit den Schultern. »Naja, vielleicht hat er sich die Finger nicht selbst dreckig gemacht. Wenn er über die Reederei den Paul Schlüter kannte?«

»Möglich«, Tom drehte sich um und wartete, dass Niklas zu ihnen aufschloss. »Habt ihr denn sonst etwas auf der Beerdigung rausfinden können?«

Haie wunderte sich, dass der Freund ihn auf die Trauerfeier ansprach, aber die Möglichkeit, dass sein Auftraggeber in den Fall verwickelt sein könnte, schien Toms Interesse in dem Fall mehr und mehr zu wecken, was Haie insgeheim gut fand. Nicht nur, weil er gerne Hilfssheriff spielte, sondern vor allem, weil Tom dadurch auf andere Gedanken kam. Daher erzählte er nun von der Frau im Rollstuhl, die laut Lina Umbrecht aus Hamburg gekommen war.

»Na, vielleicht war das eine seiner Liebschaften. Hat Heinrich nicht geprahlt, dass er da irgendwelche Frauengeschichten hätte?« Daran hatte Haie noch gar nicht gedacht.

»Kann gut möglich sein!«

Dirk Thamsen und Peer Nielsen standen vor dem verschlossenen Büro und schauten sich fragend an.

»Scheint die Biege gemacht zu haben«, kommentierte Nielsen den verlassenen Container.

»Sieht ganz so aus! Und nun?«

»Na, viel mehr können wir momentan nicht ausrichten, oder? Am besten wir warten mal morgen die Gegenüberstellung ab. Vielleicht bringt uns das weiter.« Peer blickte auf seine Uhr. Es war mittlerweile später Nachmittag. Thamsen nickte.

»Dann bis morgen«, verabschiedeten sie sich, als sie in ihre Autos stiegen.

Auf dem Rückweg versuchte Thamsen Dörte anzurufen, doch genau wie in den letzten Tagen meldete sich nur die Mailbox. Wahrscheinlich nahm sie ihm seine Freude über das Baby nicht so ganz ab und ging deswegen absichtlich nicht ans Telefon. Und ganz aus der Luft gegriffen war ihr Verdacht auch nicht. Er hatte sich zwar mittlerweile mit dem Gedanken, nochmals Vater zu werden, angefreundet, aber Feuer und Flamme war er nicht. Schon gar nicht nach der Reaktion von Anne und Timo. Da kamen einige Diskussionen auf ihn zu. Vielleicht sollte er seinen Vatergefühlen auf die Sprünge helfen, dachte er und stoppte in Niebüll in der Hauptstraße. Es kam ihm wie eine Ewigkeit vor, als er das letzte Mal hier einkaufen gewesen war. Meistens holte er nur Lebensmittel aus einem der Supermärkte im Industriegebiet ein. Klamotten kaufte er für sich selten und die Kinder waren mittlerweile so groß, dass sie ihre Kleidung lieber allein oder mit Freunden aussuchten. Er schlenderte über den Rathausplatz, vorbei am Buchladen, bis er schließlich zu einem Geschäft kam, in dessen Auslage er im Fenster einen niedlichen Strampler erblickte.

»Soll ich ihn vielleicht als Geschenk einpacken, Herr Kommissar?« Die Verkäuferin an der Kasse kannte sein Gesicht aus der Zeitung. Wahrscheinlich vermutete sie, er wolle den Strampler verschenken, vielleicht an Freunde oder Bekannte. Und er ließ sie in dem Glauben.

20. KAPITEL

»Guten Morgen!« Peer betrat den Besprechungsraum, in dem bereits das gesamte Team versammelt war – inklusive dem Chef der Mordkommission. Er räusperte sich, nahm Platz und startete mit einer Zusammenfassung der neuesten Erkenntnisse.

»So, ich muss dann auch gleich los, denn um neun Uhr ist die Gegenüberstellung.« Er war froh, sich gleich wieder aus dem Staub machen zu können, denn obwohl es jede Menge neuer Hinweise gab, einen wirklichen Fortschritt in den Ermittlungen hatte er nicht zu vermelden. Aber das würde sich hoffentlich in einer Stunde ändern, dachte er, als er in das Gesicht seines Vorgesetzten blickte. Der nickte lediglich, aber an seiner Miene konnte Peer die Unzufriedenheit über die Lage ablesen.

»Und was ist sonst noch geplant?«

Schnell erklärte Peer, dass die Niebüller Kollegen dem Bauunternehmer aus Dagebüll nochmals auf die Pelle rücken wollten und er den Reeder zu seiner Beziehung zu Harry Leibnitz befragen würde. »Ich habe bei der Sekretärin eine Nachricht hinterlassen, dass Herr Schneider sich bei mir melden soll.« Das war zwar nicht besonders viel, aber besser als nichts, und da es ansonsten nichts zu besprechen gab, lösten sie die Versammlung auf.

»Ich möchte, dass du vorm Wochenende zu mir ins Büro kommst«, nahm sein Chef ihn anschließend zur

Seite. Peer schluckte. Sein erster Fall und er schien es total vermasselt zu haben. Mit gesenktem Blick nickte er und verließ schnell den Raum. Erst im Aufzug wagte er es durchzuatmen. Die Gegenüberstellung musste etwas bringen, sonst war er verloren.

Thamsen stand mit der Kioskbesitzerin vor dem Untersuchungsgefängnis, als Nielsen auf den Parkplatz fuhr. Die leicht rundliche Dame trat nervös von einem Fuß auf den anderen. Sie trug einen bunten Plisseerock und ein farblich passendes Shirt. Unter ihren Arm hatte sie eine riesige Handtasche geklemmt. Wahrscheinlich war die Fahrt für sie nach Hamburg beinahe eine Weltreise und sie hatte ihren halben Hausstand dabei. Peer winkte den beiden zu und meldete sich beim Pförtner, der ihn schon kannte. Thamsen und die Frau mussten sich ausweisen, dann erhielten auch sie Zugang. An einem weiteren verriegelten Zugang nahm sie ein blasser Mann in Uniform in Empfang. »Wir haben alles vorbereitet«, bemerkte er und führte die drei durch ein paar Gänge zu einem Raum im Erdgeschoss. Während sie durch eine große Glaswand in den angrenzenden Raum blickten, in dem sich allerdings noch nichts tat, erkundigte Peer sich, ob die beiden eine gute Fahrt gehabt hatten. Die Frau nickte stumm, aber Thamsen erzählte, dass die Uhrzeit nicht optimal gewesen sei: »Wir sind voll in den Berufsverkehr geraten. Erst Stau vor Neumünster und dann ab Schnelsen. Da ging nichts mehr. Furchtbar.«

Endlich passierte etwas auf der anderen Seite der Glaswand. Sechs Männer mit einem Schild in der Hand betraten den Raum und reihten sich nebeneinander auf. Die Kioskfrau schwieg nach wie vor und Peer forderte sie auf, sich die Männer genau anzuschauen.

»Lassen Sie sich Zeit.« Doch nur wenige Augenblicke später schüttelte sie den Kopf.

»Nee, von denen war keiner bei mir am Kiosk.« Nielsen stockte der Atem.

»Sind Sie sich sicher? Schauen Sie sich die Kerle noch einmal genau an!« Das konnte doch nicht wahr sein. Die einzige wirklich heiße Spur drohte sich in Luft aufzulösen. Die Dame zwischen ihm und Thamsen schüttelte allerdings mittlerweile nonstop ihren Kopf.

»Nein, wenn ich es Ihnen doch sage, von denen war es keiner.«

Haie radelte eilig durchs Dorf. Er hatte Mittagspause und wollte schnell etwas zu essen machen. Allerdings war ihm eingefallen, dass sie kein Apfelmus hatten, der für ihn zum Milchreis nun mal dazu gehörte, und daher wollte er auf dem Nachhauseweg schnell im SPAR-Markt welches besorgen. Eilig lehnte er sein Rad an den Zaun und stürmte in den Laden. Helene blickte überrascht auf.

»Moin!«, rief Haie kurz zur Kasse hinüber, ehe er zwischen den Regalen verschwand. Nur ein paar Sekunden später tauchte er mit einem Glas Apfelmus in der Hand vor Helene auf. Die interessierte jedoch herzlich wenig, wie eilig es Haie heute hatte, sondern wollte von ihm erfahren, wie es auf der Beerdigung gewesen war. Bisher war es im Laden an diesem Tag sehr ruhig gewesen, daher fehlten ihr entsprechende Informationen.

»Ja, war schön«, entgegnete Haie und kramte den Betrag für seinen Einkauf aus dem Portemonnaie.

»Waren denn viele da?«

»Hm, sogar Gäste aus Hamburg.«

»Na«, kommentierte die Kaufmannsfrau den Besuch der Dame im Rollstuhl. »Vielleicht eine von seinen früheren Liebschaften. Würde mich nicht wundern, wenn immer noch Kontakt bestand.«

Auch Helene wusste über Heinrich Matzens Windhund-Dasein Bescheid. Doch da sie nun die zweite Person war, die diesen Verdacht äußerte, war vielleicht wirklich etwas dran.

»Kennst du denn eine von denen?«

»Wo denkst du hin? Wäre ja noch schöner, wenn der die hierher gebracht hätte. Erika hat bestimmt auch so schon genug gelitten.«

Haie nickte, fragte sich jedoch, wer über die Damenbekanntschaften des toten Rentners etwas sagen konnte. Die Frau im Rollstuhl war nicht nur eine kurze Affäre gewesen. Unwahrscheinlich. Wäre sie ansonsten extra zur Beerdigung gekommen? Allein die Strapazen, die sie mit der langen Fahrt auf sich genommen hatte. Das tat man doch nicht nur für eine Liebelei. Helene reichte ihm das Wechselgeld und er verabschiedete sich. Immer noch in Gedanken radelte er nach Hause. Ob Lina Umbrecht als ehemalige Nachbarin etwas über Heinrichs Frauengeschichten wusste? Obwohl, überlegte er, die Frau im Rollstuhl hatte sie nicht gekannt, nur das auswärtige Kennzeichen gesehen. Und Manuela? Vielleicht hatte die etwas von den Problemen ihrer Eltern mitbekommen? Nur, die konnte er schlecht fragen. Aber Thamsen vielleicht? Er stieg vom Rad und eilte ins Haus. Das Glas Apfelmus brachte er in die Küche und stellte einen Topf mit Milch auf den Herd. In der Zwischenzeit rief er Dirk an, doch es meldete sich nur die Mailbox. »Mist«, murmelte er, doch dann fiel ihm ein, dass der Kommissar heute mit der Kioskfrau zur Gegenüberstellung nach Hamburg fahren wollte und bestimmt noch unterwegs war. Er wählte erneut die Nummer, um doch eine Nachricht auf der Mailbox zu hinterlassen. Der Signalton verstummte, als er die überkochende Milch roch. »Mist!«, rief er und warf den Hörer auf.

»Was?« Jost Groß quollen beinahe die Augen aus dem Kopf, während er der Stimme am anderen Ende der Leitung lauschte. Manuela stand neben ihm und schaute ihn fast erschrocken an. Dieser Ton in seiner Stimme bedeutete nichts Gutes. Am Vormittag hatte der Gerichtsvollzieher plötzlich im Restaurant gestanden. Die Brauerei ließ pfänden, da sie seit etwa einem halben Jahr die Rechnungen nicht bezahlt hatten. Der untersetzte Mann hatte sich im Gastraum umgeschaut, dann aber beschlossen, dem Paar eine Frist zu setzen. Es schien bergauf mit dem Betrieb zu gehen, immerhin waren drei Tische reserviert und eine Familie frühstückte auf der Terrasse.

»Aber nächste Woche müssen Sie eine Anzahlung leisten, sonst muss ich tatsächlich pfänden.«

Manuela hatte fleißig genickt und versichert, dass

die Sommerferien erst beginnen würden und es nun mit den Gästen richtig losginge. Der Gerichtsvollzieher hatte sich also erweichen lassen und war gegangen, doch dann hatte sie die nächste Hiobsbotschaft erreicht. Da ihnen das Wasser finanziell bis zum Hals stand, hatten sie Harry Leibnitz angerufen.

»Kannst du uns nicht einen Vorschuss auszahlen? Die Polizei ist halt so lahmarschig, aber wir verkaufen dir das Haus, so schnell wie es geht.«

Der Bauunternehmer lachte laut auf. »Völlig egal, wie schnell der Fall geklärt wird, aber bei mir hat sich jemand gemeldet, der behauptet, er wäre auch Erbe deines Schwiegervaters.«

»So ein Mist«, schimpfte Peer. Er stand mit Thamsen zusammen vorm Eingang der JVA. Die Kioskfrau saß bereits im Wagen.

»Ich habe keine Idee mehr!« Dirk spürte, wie verzweifelt der Kollege war, doch momentan wusste er auch keinen Rat. »Ich fahre gleich nachher zu Leibnitz und du solltest dem Reeder noch mal auf den Zahn fühlen. Vielleicht hat der damit zu tun?« Nielsen nickte, obwohl diese Möglichkeit momentan nicht vielversprechend klang. Was, wenn sie den Mörder niemals fassten? Sein erster Fall als Leiter einer Einheit und gleich ein Griff ins Klo. Er mochte gar nicht an das bevorstehende Gespräch mit seinem Chef denken. Jetzt hatte er nicht einmal mehr den Verdacht gegen Paul Schlüter. Sie würden ihn wieder laufen lassen müssen. Ohne einen einzigen Beweis oder konkreten Verdacht würde der Haftantrag vom zuständigen Richter abgelehnt werden. Thamsen hatte zwar die Möglichkeit eines Phantombildes angesprochen, doch die Frau vom Kiosk hatte gleich geschrien, dass sie heute auf jeden Fall keine Zeit dafür hätte.

»Ich kann mich ohnehin kaum an den Kerl erinnern. Was soll das bringen?« Thamsen verabschiedete sich und stieg in den Wagen. Der Kollege tat ihm leid, aber er fühlte sich selbst nicht besser. Schließlich gab es in seinem Zuständigkeitsbereich auch einen ungeklärten Mord und auch er hatte keine wirklich heiße Spur. Hinzu kam der private Stress, der auf seinen Schultern lastete. Freudestrahlend hatte er gestern vor Dörtes Haustür mit dem Geschenk gestanden, doch sie hatte die Tür nicht aufgemacht. Obwohl sie zu Hause war, das hatte er gewusst. Schließlich hatte ihr Wagen in der Einfahrt gestanden, und als er sie auf dem Handy angerufen hatte, war von drinnen der Klingelton ihres Telefons laut und deutlich zu hören gewesen.

»Was passiert denn jetzt mit dem Mann?«, fragte die Frau, als er sie in Dagebüll vor dem Kiosk absetzte. Sie hatten während der Fahrt weitgehend geschwiegen, was ihm aufgrund seiner Grübeleien nicht wirklich aufgefallen war. Er zuckte die Schultern.

»Wahrscheinlich wird er wieder freikommen. Wir können schließlich keinen Unschuldigen festhalten, während der Mörder frei herumläuft.«

»Aber er war es wirklich nicht!«, beteuerte sie und schlug die Tür zu. Gut möglich, dass der Mann aus dem Volkspark nichts mit dem Mord zu tun hatte. Vielleicht stimmte seine Geschichte von den gefundenen Wertsachen und nur weil er früher kriminell war, hieß das nicht, dass er heute nicht die Wahrheit sagte. So sehr Thamsen es auch bezweifelte, denn auch die Verbindung zur Reederei erschien ihm in diesem Fall nicht zufällig. Doch wer sollte dann der Täter sein? Vielleicht doch Harry Leibnitz? Auf dem Rückweg machte er Halt bei dem Bauunternehmer, schließlich hatte der ein starkes Motiv. Und eine Verbindung zur Reederei bestand bei ihm genauso. Thamsen klopfte an den Baucontainer und trat ein. Der übergewichtige Mann saß hinter seinem Schreibtisch und blickte ihn mit glasigen Augen an. Er schwitzte, was Dirk der stickigen Luft in diesem kleinen Kabuff zuschrieb.

»Guten Tag, Herr Leibnitz. Ich habe ein paar Fragen.« Der Unternehmer nickte lediglich. »Wir haben Kenntnis darüber erlangt, dass Sie durch den Baustopp in eine ziemlich prekäre finanzielle Lage gekommen sind. Stimmt das?« Harry Leibnitz starrte ihn nur an. Die Schweißtropfen auf seiner Stirn verdreifachten sich, sämtliche Farbe schien aus seinem Gesicht gewichen zu sein. »Ist Ihnen nicht gut? Soll ich die Tür vielleicht aufmachen?« Thamsen trat einen Schritt zurück und ließ frische Luft in den engen Raum. Als er sich umdrehte, sah er gerade noch, wie der Mann wild und unkontrolliert zuckte. Nur einen kurzen Augenblick, dann sackte er zusammen. Mit zwei schnellen Schritten war Dirk hinter dem Schreibtisch. »Herr Leibnitz?« Er schlug dem Mann leicht ins Gesicht. Der Unternehmer hatte das Bewusstsein verloren. Wahrscheinlich die Hitze, dachte Thamsen und öffnete den Hemdskragen des Mannes, ehe er den Notarzt rief. »Im Baubüro in Dagebüll-Hafen ist ein Mann plötzlich zusammengebrochen. Bitte kommen Sie schnell!«

21. KAPITEL

Der Rettungswagen traf nur wenige Minuten nach Thamsens Anruf ein. Er hörte das Martinshorn, nachdem er den Bauunternehmer vom Stuhl auf den Boden und in die stabile Seitenlage gebracht hatte. Nur kurz darauf stürmten die Rettungssanitäter in den Container. Thamsen erklärte mit wenigen Worten, was passiert war.

»Wahrscheinlich ein Infarkt, oder?«

Der Sanitäter schüttelte. »Nee, riecht eher nach einer Unterzuckerung.« Aus der Tasche holte er ein winziges Prüfgerät und maß den Blutzuckerspiegel. Dann nickte er dem Kollegen zu, der ihm eine Spritze reichte. Wenig später flackerten die Augenlieder des Patienten und Harry Leibnitz war wieder unter ihnen.

»Haben Sie heute schon etwas gegessen?« Mit großen Augen schaute der Bauunternehmer auf den Sanitäter. Erst langsam schien die Frage in sein Bewusstsein zu dringen. Dann schüttelte er den Kopf. Der Rettungshelfer, der neben dem Bauunternehmer kniete, nickte. »Habe ich mir gedacht. Aus seiner Tasche holte er ein Stück Traubenzucker. »So etwas sollten Sie als Diabetiker immer dabei haben.«

Peer fuhr auf der Elbchaussee. So oft wie in den letzten beiden Tagen war er lange nicht mehr hier rausgefahren. Eigentlich bot sich der Elbstrand, der sich streckenweise unterhalb der Straße entlang zog, gerade im Sommer als Ausflugsziel an, aber da es in der Stadt viele Leute gab, die das so sahen, war es dementsprechend voll. Daher bevorzugte Nielsen in seiner Freizeit eher andere Gegenden, wie zum Beispiel den Klövensteen oder auch die Alster, allerdings an ihrem oberen Lauf. Er hatte selten Zeit für Spaziergänge und Ausflüge. Außerdem machten derlei Unternehmungen alleine nicht ganz so viel Spaß; deshalb zog er sich oftmals in seine Wohnung oder auf den Balkon zurück. Nach der Trennung von seiner letzten Freundin hatte er kurz darüber nachgedacht, sich einen Hund anzuschaffen, aber bei seinen Arbeitszeiten war das unverantwortlich; jedenfalls hatte das die Dame im Tierheim zu ihm gesagt und ihm empfohlen, sich einen weniger pflegeintensiven Hausgenossen zuzulegen. So hatte er sich Fritzi gekauft. Der Leguan war wesentlich anspruchsloser, aber dennoch ein treuer Geselle. Die Dame vom Empfang hatte anscheinend schon Feierabend. Schließlich war Freitag, da ging so mancher früher ins Wochenende. Es erinnerte ihn jedoch daran, dass sein Chef ihn um ein Gespräch gebeten hatte, was er durch den Besuch bei Herrn Schneider herauszuzögern versuchte. Die Tür öffnete sich heute ohne eine Gegenfrage und im Flur stieß er auf Herrn Schneider persönlich.

»Sie schon wieder?«, entfuhr es dem Reeder, anscheinend wollte auch er ins Wochenende. Er hatte ein leichtes Jackett an und einen Aktenordner in der Hand.

Peer nickte. »Ich habe ein paar Fragen an Sie. Hätten Sie kurz Zeit?«

Der Mann blickte widerwillig auf seine Uhr. »In

gut einer Stunde läuft die Santa Lucia aus. Ich muss die Dokumente an Bord bringen.«

»Das schaffen Sie«, beruhigte Nielsen ihn und fragte sich gleichzeitig, ob es dafür kein Personal gab. Oder hatte man nach Paul Schlüters Entlassung keinen neuen Kurierfahrer mehr eingestellt? Der Reeder machte kehrt und ging durch die Flügeltür zurück in sein Büro. Peer folgte ihm. Um seiner Eile Nachdruck zu verleihen, setzte Carsten Schneider sich nicht, sondern blieb am Fenster stehen.

»Also?«

Nielsen räusperte sich. »Ich war gestern auf der Beerdigung des Mordopfers aus dem Volkspark.«

»Schön.« Sein Gegenüber blickte zur Uhr.

»Ja, es war wirklich eine schöne Feier. Jede Menge Leute haben Abschied genommen. Was auch daran lag, dass es eine Doppelbeerdigung war.«

»Wieso?«

»Die Ehefrau ist auch vor ein paar Tagen ermordet worden.« Peer beobachtete die Reaktion des Mannes ganz genau, konnte allerdings wenig von der Miene ablesen.

»Hören Sie«, sagte er schließlich an Peer gewandt, »ich habe es wirklich eilig.«

»Ist eine schöne Gegend da. So eine Ferienparkanlage lohnt sich sicherlich.« Der Mann reagierte immer noch nicht. »Kann verstehen, wenn man da investiert.« Keine Reaktion. »Wie viel haben Sie denn genau investiert?« Carsten Schneider blickte ihn fragend an.

»Um unsere Bankangelegenheiten kümmert sich mein Bruder. Der ist gelernter Banker.« Peer schaute den Mann genau an. Stimmte es und der Reeder hatte keine Ahnung von dem Investment?

»Und er hat mit Ihnen nicht darüber gesprochen, dass er Geld in eine Ferienanlage in Dagebüll angelegt hat?«

»Nein.«

»Und von den Problemen auf der Baustelle hat er Ihnen auch nichts erzählt?«

Carsten Schneider schüttelte den Kopf.

»Nichts davon, dass ein ehemaliger Mitarbeiter von Ihnen die Bauarbeiten blockierte, weil er sein Haus nicht an den Unternehmer verkaufen wollte?«

»Hören Sie, ich sagte Ihnen doch: Mit den Geldangelegenheiten habe ich nichts zu tun. Das macht alles mein Bruder!« Die Stimme des Mannes überschlug sich. Anscheinend kam ihm die Angelegenheit nun doch auch seltsam vor.

»Wo ist Ihr Bruder jetzt?«

Carsten M. Schneider schluckte. »Auf Hawaii.«

»Also, wo waren Sie letzten Donnerstag?« Thamsen riss langsam, aber sicher der Geduldsfaden. Nachdem sie Harry Leibnitz einigermaßen stabilisiert hatten, waren die Rettungssanitäter wieder abgezogen. Thamsen hatte gewartet, bis der Mann einen halben Liter Wasser getrunken hatte, dann war er allerdings ungeduldig geworden und hatte begonnen, Fragen zu stellen. Fragen zu Heinrich und Erika Matzen, zu den Investoren – und vor allem hatte er Harry Leibnitz nach seinem Alibi gefragt. Immerhin war er durch seine Zuckerkrankheit verdächtiger als vorher. Er als

Diabetiker kam jederzeit an Insulin und hätte daher locker dem widerspenstigen Rentnerehepaar eine Überdosis verpassen können. Doch der Bauunternehmer stritt alles ab. Natürlich hätte er viel Ärger wegen den Matzens gehabt, aber deshalb bringe er sie nun nicht gleich um. Thamsen fand jedoch elf Millionen Euro einen verdammt guten Grund für einen Mord und rief daher seine Kollegen an.

»Holt ihn mal hier ab und nehmt Fingerabdrücke und so weiter auf. Volles Programm.« Der Bauunternehmer hatte den Mund aufgerissen, doch kein Wort herausgebracht. Als seine Mitarbeiter den Mann in den Peterwagen verfrachteten, versuchte er Peer zu erreichen. Doch weder auf dem Handy noch im Büro erwischte er den Hamburger Kollegen. »Nee, der hat eine Besprechung beim Chef. Das kann dauern«, gab einer der Mitarbeiter Auskunft, der freundlicherweise den Hörer von Peers Telefon abgehoben hatte.

»Peer, so geht das nicht. Du musst deine Leute mehr einbinden.« Nielsen saß im Büro seines Vorgesetzten und ließ die Manöverkritik über sich ergehen. »Zwei aus deinem Team haben sich beschwert. Du kannst nicht immer solche Alleingänge machen. Du bist der Chef, musst sie anleiten.« Peer nickte schuldbewusst. Es war also nicht der katastrophale Stand der Ermittlungen Grund dafür , warum sein Chef ihn zum Gespräch zitiert hatte, sondern seine eigenen Mitarbeiter hatten hinter seinem Rücken Partei gegen ihn ergriffen. Nur weil die nichts auf die Reihe bekamen. War es seine Schuld? Dann mussten die sich halt auch mal stärker einbringen. Von denen kam so gut wie nichts. Kein Wunder also, wenn er alles selbst erledigen musste. Doch er verlor seinem Chef gegenüber kein Wort, das würde er mit seinen Mitarbeitern klären.

»Wer hat dich denn angesprochen?«

»Ist doch egal. Fakt ist, du musst mehr mit deinen Leuten zusammenarbeiten. Was war denn das mit der Beerdigung gestern? Wieso hast du niemanden mitgenommen?«

Peer runzelte die Stirn. »Na, weil der Niebüller Kollege auch vor Ort war. Sollten wir da mit einer ganzen Einheit anrücken?«

»War Thamsen denn alleine da?«

Peer nickte, musste allerdings an Haie denken. Obwohl der Mann kein Polizist war, hatte Dirk sich mit ihm wie mit einem Kollegen ausgetauscht. Die Diskussionen auch mit dem Vater von dem kleinen Jungen waren schon befruchtend gewesen, das musste er zugeben. Aber mit wem aus seinem Team sollte er sich über die Theorien in seinem Kopf unterhalten? Die verstanden ihn doch ohnehin nicht.

»Also, ich möchte, dass du dir am Wochenende Gedanken darüber machst, wie du die Arbeit in dem Fall besser strukturieren kannst. Mach einen Plan, wer wofür zuständig ist – und am Montag verteilst du die Aufgaben. Ihr habt doch noch ein paar Ansätze?« Sein Vorgesetzter schaute ihn erwartungsvoll an, und endlich glaubte Peer einmal punkten zu können.

»Oh ja, in den letzten Tagen hat sich allerhand ergeben. War eben erneut bei diesem Reeder in Blankenese. Ist doch seltsam, dass sein Bruder, der die Geldangelegenheiten des Unternehmens regelt und eine hohe Summe in den Ferienpark in Dagebüll investiert hat, ausgerechnet vorgestern verreist ist, oder?«

»Dann setz' doch Lukas daran. Der ist gut in diesen Finanzsachen«, schlug sein Chef vor und stand auf. Für ihn war mit dem Wochenendauftrag das Gespräch beendet. Doch als Peer zur Tür ging, hielt er ihn zurück. »Und Peer, geh mal ein wenig raus bei dem schönen Wetter. Siehst aus wie eine Kalkleiste.«

»Wenn ich es Ihnen doch sage«, Harry Leibnitz beugte sich auf dem Stuhl vor. »Gestern habe ich einen Anruf erhalten und jemand sagte, er sei Erbe des Hauses in Dagebüll.«

Dirk kratzte sich am Ohr. Die ganze Geschichte, die der Bauunternehmer plötzlich, nachdem ihm die kriminaltechnischen Untersuchungen den Ernst seiner Lage bewusst gemacht hatten, aus dem Hut gezaubert hatte, hörte sich ziemlich an den Haaren herbei gezogen an. Angeblich hatte sich ein Mann telefonisch bei ihm gemeldet und über den Verkauf des Hauses sprechen wollen. Leibnitz hatte gefragt, wer der Anrufer sei, aber einen Namen wollte der Mann nicht nennen.

»Und warum er erbberechtigt sein will, hat er auch nicht erzählt?«

»Doch, ich habe ihn gefragt. Er hat gesagt, er sei der uneheliche Sohn von Heinrich Matzen.«

Thamsen kratzte sich weiter am Ohr. Das wurde ja immer haarsträubender.

»Und ganz ehrlich«, fügte Leibnitz nun hinzu, »bei Heinrichs windigen Lebenswandel kann ich mir durchaus vorstellen, dass es da den einen oder anderen Balg gibt.«

Das konnte Thamsen allerdings auch, aber dass gerade jetzt ein unehelicher Sohn auftauchte, da Harry Leibnitz verdächtigt wurde, mit den Morden zu tun zu haben, fand er trotzdem höchst seltsam. Und warum meldete er sich ausgerechnet bei dem Bauunternehmer?

»Weiß Manuela Groß von ihrem angeblichen Halbbruder?«

»Nein! Und Jost Groß ist am Telefon auch beinahe ausgeflippt.«

Das konnte Dirk sich gut vorstellen. Die Tochter und ihr Mann benötigten dringend das Geld aus dem Hausverkauf. Da waren sie nicht besonders erfreut über den Familienzuwachs. Der Verkaufserlös würde ohnehin vermutlich kaum für die Schulden des Landhotels reichen. Erst recht nicht, wenn sie teilen mussten.

»Und wie wollte er sich ausweisen? Hat er eine Nummer hinterlassen?«

Leibnitz schüttelte den Kopf. »Nein, hat auch mit unterdrückter Nummer angerufen.« Seltsam, befand Thamsen und überlegte, ob es Sinn machen würde, eine Telefonliste zu beantragen, während sein Gegenüber weitersprach: »Wollte sich wieder bei mir melden, sobald die Formalitäten geklärt sind.« Formalitäten, schoss es Dirk plötzlich durch den Kopf. Das bedeutete doch wahrscheinlich, dass man einen Vaterschaftstest machen würde, oder? Und das ganz sicherlich über das Rechtsmedizinische Institut in Hamburg, denn dort gab es nicht nur ein DNA-Labor, sondern auch die Gewebeproben Heinrich Matzens. Wenn dem so war, konnten Sie sich die Anfrage bei der Telekom sparen. Er musste dringend mit Peer sprechen. Dringender als zuvor.

22. KAPITEL

Thamsen deckte den Tisch wie jeden Samstag. Auch wenn die Kinder nicht mit ihm sprachen, das gemeinsame Frühstück würde er nicht ausfallen lassen. Er war ausgeschlafen, da er gestern Abend zeitig ins Bett gegangen war. Den Kollegen hatte er nicht mehr erreicht, und auch Dörte war nicht ans Telefon gegangen. Er hatte beiden jeweils eine Nachricht auf der Mailbox hinterlassen und sich zur Beruhigung zwei Gläser Rotwein gegönnt, die ihn müde gemacht hatten, so dass er beschloss, früh schlafen zu gehen. Anne kam im Nachtzeug und zerzaustem Haar aus ihrem Zimmer.

»Guten Morgen!« Sie strafte ihn mit einem mürrischen Blick. An und für sich war sie kein Morgenmuffel und er vermutete, dass das Beleidigt-Sein ihr schwerer fiel, als es aussah. Er goss ihr einen Kakao ein und sie ließ sich auf ihren Stuhl am Küchentisch plumpsen. Ohne ein Wort nahm sie sich ein Toast und bestrich es lustlos mit Marmelade. Er setzte sich zu ihr, las schweigend die Zeitung, aus der die Nachrichten über den Doppelmord an dem Dagebüller Ehepaar inzwischen fast verschwunden waren. Lediglich eine Notiz über die Beisetzung im hinteren Teil zeugte von dem Verbrechen. Ansonsten war die Polizei diesmal trotz des miesen Ermittlungsstandes recht glimpflich davongekommen. Wahrscheinlich weil Heinrich Matzen in Hamburg zu Tode gekommen war und man die

Niebüller nur zum Teil für die Aufklärung des Verbrechens verantwortlich machte. Er hatte die Presse bisher so weit wie möglich rausgehalten. Eine kurze Konferenz hatte es gegeben, seitdem auch keine Anfragen von Journalisten. Ob er die Reporter vielleicht um Mithilfe bitten sollte? Wenn das Phantombild endlich erstellt war, könnten sie damit vielleicht an die Öffentlichkeit gehen. Vielleicht hatte außer der Kioskfrau noch jemand den Mann gesehen. Gleich nachher würde er den Kollegen anrufen, der extra am Samstag für die Frau aus Dagebüll eine Schicht eingelegt hatte, um das Bild zu erstellen. Mal sehen, was bei dem Termin herauskam.

»Du, Papa?« Anne kippelte auf ihrem Stuhl hin und her. Dass er so gar nicht auf ihren Protest einging, machte ihr zu schaffen. Zumal Timo ihr nicht zur Seite stand, da er, so vermutete Thamsen, noch im Bett lag, weil er wieder bis tief in die Nacht am Computer gespielt hatte. Er ließ das Nordfriesland Tageblatt sinken und schaute seine Tochter über den Rand hinweg an.

»Ja?«

Anne blickte ihn nicht an, sondern schob die Krümel auf ihrem Brettchen mit dem Zeigefinger hin und her.

»Wenn du nun ein neues Kind bekommst …« Sie hob den Kopf und blinzelte ihn mit einem Glitzern in den Augen an. »Hast du das dann lieber als uns?« Raschelnd ließ er die Zeitung fallen und starrte auf seine Tochter. Hatte Anne wirklich Angst, er könne sie nicht mehr lieben, wenn er mit Dörte ein Kind bekam?

»Aber nein, mein Schatz!« Dirk stand auf und ging um den Tisch herum. Neben Annes Stuhl ging er in die Knie. »Ich habe dich ganz doll lieb. Und das wird immer so sein – egal was passiert.«

Das Mädchen schlang plötzlich die Arme um seinen Hals und er hielt sie.

»Du bist doch mein Engel«, flüsterte er. Ein schrilles Geräusch unterbrach jäh ihre Annäherung. Die Türglocke schellte. Nur widerwillig ließ Anne ihn los.

»Dörte!« Er war mehr als überrascht, sie vor sich zu sehen. »Komm doch rein!« Sie zögerte, Dirk griff nach ihrer Hand und zog sie zu sich. »Ich habe dich vermisst«, er räusperte sich. »Euch vermisst.« Dörte kuschelte sich in seinen Arm. Eine Weile genossen sie schweigend die Berührung, als Anne sich plötzlich zwischen sie drängte. Zu dritt standen sie im Flur und hielten sich eine Weile, dann gingen sie hinüber in die Küche.

»Wann kommt denn mein Geschwisterchen?«, fragte Anne plötzlich ganz aufgedreht. Dörte blickte Dirk überrascht an. Nur gut, dachte der, dass wir uns gerade ausgesöhnt haben, und lächelte.

»Ein wenig dauert es noch!«, wandte sich Dörte Anne zu, und im Nu waren die beiden dabei, die Zeit zu planen, wenn das Baby da sein würde.

»Ihr könnt dann auch in meinem Zimmer mit wohnen«, bot Anne großzügig an und Dirk wollte bemerken, dass er gerne ein Wörtchen mitzureden hätte, als sein Handy klingelte.

»Peer endlich«, begrüßte er den Hamburger Kollegen. »Es gibt jede Menge Neuigkeiten.«

»Bei mir auch«, erwiderte Nielsen. »Können wir uns treffen?« Thamsen blickte auf Anne und Dörte, die beide mit glühenden Wangen am Tisch saßen und Pläne schmiedeten. Ungern wollte er die beiden jetzt alleine lassen, doch er wusste, seine Familie würde ihn immer mit seinem Job teilen müssen.

»Klar, wo?«

Nur wenig später saß Nielsen im Auto und fuhr die A7 Richtung Flensburg. Auf der Straße war die Hölle los. Samstag, Bettenwechsel in Dänemark. Er stöhnte. Ein bis unter die Dachkante beladenes Auto reihte sich ans andere. Oftmals mit Fahrradanhängern. Es ging nur im Schneckentempo voran. Kurz war Peer versucht, sich mit Hilfe des Blaulichts Platz zu verschaffen, gab sich dann allerdings doch der Urlauberflut geschlagen. Die beiden Kommissare hatten es für besser befunden, wenn Peer nach Niebüll kam. Die prägnantesten Neuigkeiten hatte nämlich Thamsen. Harry Leibnitz' Zuckerkrankheit, der angebliche Erbe und das Phantombild. Da konnte Peer mit seinem verreisten Investor nicht mithalten. Zumal sie mittlerweile auch Paul Schlüter wieder hatten gehen lassen müssen, da sie den Verdacht gegen ihn durch die Gegenüberstellung nicht hatten erhärten können. Peer war ganz froh, mal rauszukommen, alles hinter sich zu lassen und doch weiter an dem Fall arbeiten zu können. Das Gespräch mit seinem Vorgesetzten hatte ihm nämlich klargemacht, dass er tatsächlich etwas an seiner Arbeitsweise ändern musste. Vielleicht konnte er von dem erfahrenen Kollegen aus Niebüll etwas lernen. Immerhin leitete er seit einigen Jahren die Dienststelle dort – da konnte er ihm in Bezug auf Mitarbeiterführung bestimmt den einen oder anderen Tipp geben. Peer hatte bis spät in die Nacht einen Plan ausgearbeitet, wie er sein Team effizienter einsetzen konnte, und war neugierig auf Thamsens Meinung. Er fuhr über den Kanal und genoss die Aussicht. Wie gewöhnlich war das Tempo reduziert auf der Hochbrücke und die meisten Touristen fuhren sowieso langsamer, um einen Blick auf die Schiffe im Kanal zu werfen. Von hier oben hatte man eine herrliche Aussicht auf die künstlich geschaffene Verbindung zwischen Nord- und Ostsee. Seine Gedanken schweiften unweigerlich zu der Reederei, als er einen riesigen Kahn auf der schmalen Wasserstraße sah. Er konnte sich nicht vorstellen, dass es nur ein Zufall war, durch den in dieser Reederei alle Fäden zusammenliefen. Das Investment in Dagebüll, Paul Schlüter und Heinrich Matzen. Da musste es einen Zusammenhang geben. Vielleicht hatten der Reeder und Harry Leibnitz zusammen den Mord an dem widerspenstigen Rentner geplant? Und Paul Schlüter hatte geholfen, ihn auszuführen. Immerhin litt auch die Freundin – oder welche Rolle diese Gisela auch im Leben des Exknackis spielte – ebenfalls an Diabetes. Schon seltsam, überlegte er, wie viele Leute allein in diesem Fall auf Insulin angewiesen waren. Bisher hatte er nie darüber nachgedacht, wie verbreitet diese Krankheit war. Ob auch einer der Reeder zuckerkrank war? Er schlug aufs Lenkrad. Danach hätte er Herrn Schneider fragen sollen. Selbst wenn die Brüder den Mord nicht begangen hatten, so waren sie ihrem Auftragskiller vielleicht bei der Besorgung der entsprechenden Hilfsmittel behilflich gewesen. Wie hatte er diese Möglichkeit nur übersehen können? Dieser Spur musste er gleich am Montag nachgehen. Endlich stoppte er seinen Wagen vor der Niebüller Polizeidienststelle. Am Wochenende gab es auch hier wie in Hamburg lediglich eine Notbesetzung, dementsprechend leer war der Parkplatz vor dem Gebäude. Er stieg aus und ging hinüber zum Eingang. Musste ein tolles Gefühl sein, hier der Chef zu sein. Peer war trotz seiner Leitungsfunktion in Hamburg nur eine kleine Nummer, aber Thamsen konnte stolz auf sich sein. Weiter konnte er es, zumindest hier, nicht bringen. Aber besonders aufregend stellte Peer sich den Job nicht vor. Der aktuelle Mordfall war sicherlich eine Ausnahme. Und sich den Rest der Zeit mit Einbrüchen, Körperverletzungen oder Trunkenheit am Steuer zu beschäftigen, stellte sich Nielsen nicht unbedingt prickelnd vor. Hatte alles immer seine Vor- und Nachteile. Am Empfang stand ein junger Kerl in Uniform und begrüßte ihn namentlich. Hier blieb nichts verborgen. Er klopfte kurz an Thamsens Büro, doch als er die Klinke hinunterdrückte, war abgeschlossen.

»Der Chef ist einen Raum weiter. Die sind noch am Phantombild dran«, rief der junge Polizist um die Ecke. Peer blickte sich ratlos um. In Hamburg hätte man einen Fremden, selbst wenn es sich um einen Polizeibeamten handelte, nicht mutterseelenallein durch die Flure wandern lassen. Er klopfte an die nächste Tür und hörte ein doppeltes Ja. Eng zusammen saßen vor einem Bildschirm Thamsen und ein weiterer Mann.

»Schick mir das zu und dann kannst du Feierabend machen«, sagte Dirk zu dem anderen, bevor er aufstand und Peer begrüßte. »Komm«, er ging voran zu seinem Büro, »möchtest du einen Kaffee?«

Peer, der aufgrund des in einer Nachtschicht erstellten neuen Teamplans müde war, nickte und folgte Thamsen in eine kleine Küche, in der Kaffee bereitstand. Während Thamsen ihm einen Becher eingoss, erzählte er von dem gestrigen Verhör.

»Leider haben wir nichts gegen Leibnitz, um ihn festhalten zu können. Aber mir sind das zu viele Zufälle.«

Peer nickte. Er verstand zu gut, was Dirk meinte. »Was ist mit den Fingerabdrücken?«

Thamsen winkte ab. »Leibnitz bestreitet nicht, in dem Haus der Matzens gewesen zu sein. Schließlich hat er mit den beiden über den Verkauf gesprochen. Bei seinen ersten Besuchen haben sie ihn hereingebeten.«

»Hm.« Peer trank einen Schluck aus der übervollen Tasse. »Aber er hat kein Alibi für Donnerstag. Tom hat erzählt, der Leibnitz sei den ganzen Tag unterwegs gewesen. Und inzwischen hat der Bauunternehmer seine Lüge zugegeben. Hat es doch mit der Angst zu tun bekommen.«

»Und was sagt er, wo er war?«

»Angeblich Gespräche mit Investoren, gibt der Unternehmer an, aber er will keine Namen nennen.«

»Auch jetzt nicht?«

Thamsen schüttelte den Kopf und ging hinüber ins Büro. Nielsen folgte ihm. »Der glaubt, mit der

Geschichte über den angeblichen Erben wäre er aus dem Schneider.«

»Na ja«, gab Nielsen zu bedenken, »passt aber zu dem Mann vom Kiosk, oder?«

»Weiß nicht.« Dirk fuhr den Computer hoch und öffnete die Datei mit dem Phantombild. Dann drehte er den Bildschirm so, dass Peer das Ergebnis dieses Vormittags sehen konnte.

»Hm«, er starrte auf das Bild. Das Gesicht war beliebig. Wie Paul Schlüter sah der Mann aber tatsächlich nicht aus. Thamsen hielt das Foto von Heinrich Matzen aus der Vermisstenanzeige daneben.

»Findest du, die beiden sehen sich ähnlich?«

Nielsen verglich die Augen, Nasenpartie und die Lippen. »Kommt auf die Mutter drauf an«, versuchte er, das Resultat zu relativieren. »Die Augenbrauen ähneln sich zumindest.«

»Hier seid ihr!« Die Tür wurde aufgerissen und Haie stürmte ins Büro. Sein Kopf war knallrot, er war völlig außer Atem. Peer wunderte sich, wie Zivilpersonen einfach so auf der Wache herumspazieren konnten und in Besprechungen platzten. Aber Haie war nun einmal nicht irgendjemand. Der junge Mann vom Empfang kannte ihn gut und wusste, dass sein Chef große Stücke auf den älteren Herrn aus Risum hielt. Er hatte sogar angenommen, Dirk erwartete ihn, denn der Hausmeister hatte beim Betreten der Dienstelle nur ›Muss zu Dirk!‹ gerufen und war gleich den Gang zu Thamsens Büro hinuntergeeilt. »Seit gestern Mittag versuch' ich dich zu erreichen. Aber entweder ist besetzt oder du gehst nicht ran!«, erklärte Haie, warum er persönlich hier auftauchte. »War zuerst bei dir zu Hause, aber Dörte hat gesagt, dass du im Büro bist. Wohnt sie jetzt bei dir?« Peer, dem das Verhältnis der beiden nicht ganz klar war, blickte zwischen Dirk und Haie hin und her.

»Was gibt es denn?« Thamsen wusste, es musste wichtig sein, ansonsten wäre Haie nicht reingeplatzt.

»Ich habe mich wegen der Frau im Rollstuhl umgehört.«

»Wo?«

»Bei Helene.« Thamsen nickte. Er kannte den SPAR-Markt nur zu gut und wusste, wenn einer im Dorf etwas zu der Unbekannten sagen konnte, dann die Kaufmannsfrau. Warum allerdings auch sie die Fremde aus Hamburg nicht kannte, wunderte ihn. Mit Sicherheit hatte sie doch jeden Kunden über die Beerdigung ausgequetscht.

»Hat sie denn nicht rumgefragt?«

Haie schüttelte den Kopf. »War wenig los im Laden. Aber sie meinte, Manuela könnte vielleicht etwas wissen.« Da hatte die Frau vom Supermarkt sicherlich nicht unrecht. Sogar die Nachbarschaft hatte Heinrich Matzens Affären mitbekommen. Unter Umständen wusste die Tochter von ihrem Halbbruder. Ein Kind konnte man Thamsens Ansicht nach nicht ewig verheimlichen. Allein durch die Unterhaltsforderungen der Mutter kam so etwas meist ans Licht. Er nahm an, Haie hatte Manuela Groß einen Besuch abgestattet, doch er irrte. Trotz seiner Neugierde war Haie seit Marlenes Tod zurückhaltender geworden. Das war Thamsen öfter aufgefallen, und er begründete es mit

Haies Erfahrungen aus dem Fall mit den Neonazis, wo er sich durch seine forsche Art ziemlich in Gefahr gebracht hatte. Und wahrscheinlich hatte es zum Teil mit seiner Verantwortung gegenüber Niklas zu tun, warum er vorsichtiger bei seinen privaten Ermittlungen vorging. Schließlich hatte der Kleine nur Tom und Haie, und soweit Dirk es einschätzte, käme Tom alleine mit Niklas gar nicht klar.

»Ich dachte, wir könnten sie zusammen besuchen?«

Peer und Dirk schauten sich an. »Warum nicht?« Dann konnten sie der Tochter gleich das Phantombild unter die Nase halten. Vielleicht kannte sie den Typen auf dem Bild sogar? Während der Fahrt brachte Thamsen Haie wie selbstverständlich auf den neuesten Stand.

»Leibnitz hat Diabetes? Na, das muss ich Tom erzählen.«

»Wo steckt der denn überhaupt?« In den letzten Tagen hatte Dirk den Eindruck gewonnen, der Freund sei stärker an dem Fall interessiert – und das nicht nur, weil sich der Verdacht gegen seinen aktuellen Auftraggeber manifestierte. Er brachte sich wieder mehr ein, fand langsam zu sich zurück. Thamsen beobachtete das mit einer gewissen Erleichterung, umso mehr fragte er sich daher, was Tom gerade machte.

»Der ist heute zu Niklas' Großeltern nach Hamburg gefahren.« Gesine Liebig, Marlenes Mutter, hätte den Enkel nach dem Tod ihrer Tochter am liebsten ganz zu sich genommen. Ein Kind brauchte ihrer Meinung nach eine weibliche Bezugsperson. Außerdem war der Ort, an dem Marlene umgebracht worden war, in ihren Augen kein Ort, an dem ihr Enkel groß werden sollte. Doch Tom hatte nun einmal das Sorgerecht, und auch wenn er zeitweise nicht in der Lage gewesen war, Entscheidungen zu treffen, so hatte zumindest Haie der älteren Dame aus Hamburg sehr eindeutig klargemacht, dass das Kind zu seinem Vater gehöre – egal, ob es eine weibliche Bezugsperson gab oder nicht. Außerdem hatte er Gesine Liebig daran erinnert, wie Marlene hier in Risum-Lindholm ihre Heimat, ihr Zuhause gefunden hatte und dass selbst der Mord an ihrer besten Freundin vor einigen Jahren sie nicht hatte vertreiben können. Allerdings bestand Gesine Liebig mindestens einmal im Monat darauf, den Enkel zu sehen. Für gewöhnlich war es Tom, der die Entfernung zwischen ihnen auf sich nahm. Haie nahm an, weil er Gesine Liebig nicht zu Hause bei sich haben wollte. Ohnehin gab Tom den Kleinen meist nur bei den Großeltern an der Elbchaussee ab und verschwand dann, so viel Haie wusste. Was der Freund allerdings in der Zeit, bis er Niklas wieder abholte, trieb, davon hatte er keinen blassen Schimmer. Er vermutete, Tom besuchte Orte, an denen er einst mit Marlene gewesen war, und gab sich ein wenig seiner Traurigkeit hin. Denn meistens war er sehr schlecht drauf, wenn er aus Hamburg zurückkam.

Thamsen bog auf den Hof des Landhotels ab und sie stiegen aus. Heute war im Gegensatz zu den letzten Tagen mehr Betrieb, da die Saison begonnen hatte. Mehrere Autos standen auf dem kleinen Vorplatz. Als sie das Restaurant betraten, waren auch einige Tische besetzt. Manuela Groß hetzte mit einem Tablett beladen an ihnen vorbei.

»Frau Groß?« Sie zuckte zusammen und blieb abrupt stehen. Die Gläser auf dem Tablett klirrten. »Wir müssten mit Ihnen sprechen, es gibt …«

»Sehen Sie nicht, was hier los ist?«, zischte sie die Männer an. »Ich kann jetzt nicht.« Sie ließ die drei stehen und eilte weiter. Dirk, Peer und Haie blickten sich ratlos an.

»Habt ihr schon etwas gegessen?«, fragte Haie schließlich grinsend. Sie wählten einen Tisch auf der Terrasse und setzten sich. Manuela Groß schien sie absichtlich zu ignorieren, jedenfalls bediente sie erst alle anderen Gäste, bis sie schließlich an ihren Tisch kam. Die Männer bestellten jeweils ein großes Wasser und verlangten nach der Speisekarte. Das schien die Tochter des toten Rentnerpaares milder zu stimmen.

»Wenn der größte Betrieb durch ist, komme ich zu Ihnen und wir können sprechen.«

Thamsen nickte. »Die stehen ordentlich unter Druck«, kommentierte er die forsche Art der Gastfrau. »Erst recht, wenn sie schon vom anonymen Erben gehört haben.«

»Ja, aber so anonym kann der ja nicht ewig bleiben, oder?« Haie kratzte sich am Ohr. »Wie will er sonst an sein Erbteil kommen?«

»Na ja, wenn die Angelegenheit über einen Notar abgewickelt wird, lernen die Halbgeschwister sich unter Umständen nicht mal kennen«, kommentierte Peer den Vorgang.

»Wenn sie sich nicht schon kennen«, gab Haie zu bedenken, der nach wie vor daran glaubte, dass Manuela von den Seitensprüngen ihres Vaters wusste. So etwas konnte man schließlich nicht ewig geheim halten in einer Familie. Das kam immer ans Tageslicht. Er erinnerte sich, wie selbst Tom einst von seiner Vergangenheit eingeholt worden war, da er, als er und Marlene ein Paar wurden, in festen Händen gewesen war. Irgendwann, Tom und Marlene hatten bereits zusammengelebt, war diese Monika einfach vor der Tür aufgetaucht. Er erinnerte sich gut, was für einen riesigen Aufstand es in der Beziehung gegeben hatte. Und ihm war es auch nicht anders ergangen. Jahrelang hatte Elke ihn angelogen und ihm war nichts aufgefallen. Nur durch einen Zufall waren ihr doppeltes Spiel und ihre Lügen ans Licht gekommen. Gut, vielleicht war der Mord an den Eltern eben dieser Zufall, den es bedurfte, aber gespürt hatte Haie damals, dass etwas nicht in Ordnung war. Er glaubte daher, auch Manuela musste etwas geahnt haben. Die Hausherrin brachte das Essen. Es duftete köstlich, da gab es nichts zu meckern. Nur die Preise, so hatte Haie bei seinem ersten Blick auf die Speisekarte festgestellt, waren nicht günstig.

»Esst man erst mal und dann wird's auch ruhiger«, bemerkte Manuela nervös. Der Besuch der Polizisten machte ihr Angst. Sie ließen sich die Gerichte schmecken. Peer hatte lange nicht solch köstlichen Fisch gegessen.

»Obwohl es in Hamburg ganz gute Fischrestaurants gibt«, erklärte er, »aber man geht doch oftmals zum Italiener um die Ecke.« Thamsen nickte.

Ihre Teller waren leer, und endlich gesellte sich Manuela Groß zu ihnen. Sie wischte sich die Hände an der Schürze ab, ehe sie einen Stuhl vom Nachbartisch griff und sich zu ihnen setzte.

»Aber lange habe ich nicht Zeit. Zum Kaffee ist eine Gesellschaft angemeldet«, bemerkte sie sofort.

Haie zog die Augenbrauen hoch. Hatte sich die Lage der Wirtsleute so schnell verändert? Vielleicht war der Mord an den Eltern durchaus geschäftsfördernd?

Thamsen räusperte sich. »Ja, also es haben sich ein paar neue Hinweise ergeben im Fall Ihrer Eltern.« Manuela Groß blickte ihn erwartungsvoll an. »Wir bräuchten ein paar Informationen über das Verhältnis Ihrer Eltern.« Die junge Frau krauste die Stirn. »Wie würden Sie die Ehe der beiden beschreiben?«

Manuela Groß atmete laut aus. »Tja, wie soll ich das sagen? Normal?«

»Normal?«

»Naja, die beiden waren über 40 Jahre verheiratet.« Sie schaute ihn an, als sage das alles.

»Und gab es irgendwelche Schwierigkeiten? Hatten die beiden Probleme? Miteinander?«

Nun kniff Manuela Groß die Augen zusammen, schüttelte aber den Kopf.

»Hören Sie, uns ist zu Ohren gekommen, Ihr Vater habe die eine oder andere Affäre gehabt.«

»Davon weiß ich nichts!«, verteidigte sich Manuela.

Er spürte sofort, dass sie log. Er sah es ihr förmlich an der Nasenspitze an. Aber wie konnte er die Wahrheit aus ihr herauskitzeln?

»Und von Ihrem angeblichen Bruder wissen Sie auch nichts?« Peer Nielsen ging das Schauspiel der

Tochter auf die Nerven. Auch er hatte gleich gemerkt, dass sie nicht die Wahrheit sagte.

»Bruder? Aber, nein!« Manuela sprang auf, aber Thamsen war noch nicht fertig.

»Setzen Sie sich!«, befahl er ihr geradezu.

Die junge Hotelbesitzerin ließ sich wortlos auf den Stuhl fallen.

»Harry Leibnitz hat uns davon erzählt. Sie müssen davon wissen, denn schließlich macht der Unbekannte Ihnen das Erbe streitig!«

»Ja, aber …«, sie blickte ihn nicht an. »Das ist ein Missverständnis. Ich habe keinen Bruder. Und wer immer sich da als Erbe ausgibt: Er lügt!«

Thamsen holte einen Ausdruck des Phantombilds aus seiner Tasche. »Sie wollen also behaupten, Sie kennen diesen jungen Mann nicht?« Er hielt ihr das Papier direkt unter die Nase.

»Mensch, Manuela«, mischte sich nun auch Haie ein, »selbst die Lina wusste, dass Vatern fremdgegangen ist.« Noch immer schwieg die Tochter des Toten.

»Wir wissen übrigens von den Kontakten Ihres Vaters in Hamburg und glauben nicht, dass er Opfer eines Raubmordes geworden ist.«

Nun blickte sie auf. »Ja, aber das ist doch lange her.«

»Und?«, Peer betrachtete nun das Bild des Fremden. »Ihr Bruder scheint auch älter zu sein.«

23. KAPITEL

Tom hatte Niklas zu den Großeltern gebracht und war anschließend zu den Landungsbrücken gefahren. Dort saß er in einem kleinen Café und blickte auf den Hafen. Vor gut drei Jahren hatte er hier das letzte Mal mit Marlene gesessen, doch diese Zeit schien ihm unendlich lange her, und er hatte schrecklich Angst, die Erinnerungen an diese Zeit zu vergessen. Er vermisste sie. Er vermisste sie so sehr, dass es immer noch schmerzte. Alles, was ihn an sie erinnerte, zerrte an seinem Herzen, drohte, ihn wieder in dieses tiefe Nichts fallen zu lassen. Daher schaffte er es auch nicht, den Nachmittag mit Marlenes Mutter zu verbringen, und gab Niklas meist nur ab. Das Haus, Gesine Liebig, die Elbchaussee – alles erinnerte ihn an Marlene. Er konnte das nicht ertragen. Auch dieser Platz barg Momente in seinem Herzen, aber es ging. Es war erträglich, denn irgendwie wollte er sich den Erinnerungen stellen. Nämlich verdrängen oder vergessen konnte er sein Leben mit Marlene nicht.

»Moin, junger Mann, ist hier frei?« Vor ihm stand ein älterer Mann, der auf den freien Stuhl an seinem Tisch deutete. Das Café war gut besucht – auch in der Stadt war Saison. Tom nickte, da er annahm, der Herr wolle sich nur den Stuhl nehmen, doch wider Erwarten setzte sich der Mann zu ihm an den Tisch. »Wat 'n Volks hier. Dat wart auch jümmers mehr.« Er schüttelte leicht den Kopf, während Tom zustimmend nickte.

Momentan war es wirklich sehr voll in der Stadt. Mit Bussen kamen die Leute zu den Landungsbrücken und bevölkerten Dutzende von den kleinen Ausflugsbooten, die durch den Hafen schipperten. Und auch sonst war Hamburg übervölkert, ganz besonders an der Elbe. Bei solch schönem Wetter trieb es die Leute ans Wasser. Marlenes Eltern hatten heute mit Niklas einen Ausflug zum Elbstrand geplant. »Früher war dat nicht so schlimm. Aber das wird auch immer größer hier. Allein der Hafen! Und nun bauen sie alles dicht!« Der Ältere an seinem Tisch machte eine ausladende Armbewegung und wies schließlich in Richtung der neu entstehenden Hafencity. »Früher kannte hier jeder jeden, Und nu? Allein die ganzen Auswärtigen, ts, ts, ts.« Er schüttelte den Kopf.

»Arbeiten Sie im Hafen?« Tom schaute den Mann von der Seite an. Sein Alter konnte er schlecht schätzen. Das Gesicht war faltig, wies aber eine sehr gesunde Gesichtsfarbe auf, was auf reichlich Aufenthalt an der frischen Luft schließen ließ. Seine wenigen Haare waren grau.

»Früher mal. Bin nun schon etliche Jahre in Rente.« ›Früher‹ scheint sein absolutes Lieblingswort zu sein. Die Bedienung kam, und der Mann bestellte sich ein Kännchen Kaffee. Tom orderte einen Eistee. Ihm gefiel die Ablenkung.

»Und was haben Sie da im Hafen gemacht?« Der andere musterte ihn. Er versuchte herauszufinden, ob Tom ein Tourist war, der neugierige Fragen stellte, ansonsten aber keinen blassen Schimmer von den Leuten hier im Norden hatte, oder ob er vielleicht ein

Quiddje – also ein Zugezogener – war, der Interesse an seinem neuen Umfeld hatte.

»Festmacher.«

»Bestimmt ein interessanter Job.« Der ältere Mann neben ihm nickte. »Aber nicht so interessant wie meine Zeit auf See.« Der Blick des Alten schien in der Ferne zu versinken. Tom fragte sich, ob der Seefahrer nicht im Nachhinein einen etwas zu verklärten Blick auf seine Zeit an Bord eines Schiffes hatte, denn was er darüber gehört hatte, war die Arbeit dort kein Zuckerschlecken. Aber egal, schließlich waren es die Erinnerungen des Mannes – sollte er damit machen, was er wollte. Tom selbst war, was dies betraf, auch nicht immer ganz ehrlich zu sich.

»Na, Sie sind zur See gefahren. Wann denn?«

»Ach«, seufzte der Angesprochene, »das ist viel zu lange her. Damals waren das ganz andere Zeiten. In den 60ern.« In den 60ern, schoss es Tom durch den Kopf. Hatte da nicht auch Heinrich Matzen im Hafen angeheuert?

»Für welche Reederei sind Sie denn gefahren?« Der Mann drehte seinen Kopf zu ihm. Diese Fragen schienen ihm zu kennerhaft für einen Neuhamburger. Er musterte Tom noch eingehender.

»Mal für die, mal für die, zuletzt für Schneider.«

»Kannten Sie einen Heinrich Matzen?«

Der Ältere stockte plötzlich. »Jaaa!«

Toms Herz machte plötzlich einen Aussetzer. Eigentlich hatte er sich für den Mord bisher nicht allzu interessiert, doch dieser Zufall an den Landungsbrücken spornte ihn an. »Haben Sie zusammen gearbeitet?« Der

Mann nickte, wartete auf eine Erklärung, in welchem Verhältnis Tom zu dem ehemaligen Seefahrer stand. Aber er hielt sich bedeckt, erwähnte nur, er hätte beruflich mit Heinrich Matzen zu tun gehabt, was nicht gelogen war. Den Mord an dem Rentner erwähnte er lieber nicht. Und anscheinend hatte der Mann nichts darüber erfahren. Was er aber wusste, war, dass Heinrich Matzen ein ganz schöner Windhund gewesen war.

»Wissen Sie, wir waren alle keine unbeschriebenen Blätter, aber der hat es meist zu doll getrieben. Da passte der Spruch, in jedem Hafen eine andere. Und wie der damit geprahlt hat.«

»Halten Sie es denn für möglich, dass er noch mehr Kinder hat?«

Der Mann kniff die Augen leicht zusammen, dann aber grinste er. »Klor, Heini hat doch selbst immer gesagt, er wüsste nicht, wie viele Kinder er schon gezeugt hat.«

Die drei Männer saßen im Vorgarten auf der Terrasse und tranken Bier. Aus Manuela Groß war nichts mehr heraus zu bekommen gewesen.

»Und ich bin mir sicher, die weiß was!«, schimpfte Haie, enttäuscht über die sture Art der Tochter.

»Ja, aber das nützt uns nun auch nichts«, wiegelte Thamsen ab. »Wir müssen uns stärker auf das fokussieren, was wir schon haben.« Er zählte auf: einen toten Nordfriesen in Hamburg, eine Tote in Dagebüll, beide mit Insulin ermordet.

»Stopp«, hakte Haie ein. »Wisst ihr denn bei Erika ganz genau, ob es Mord war?«

»Na, meinst du, sie hat sich die Überdosis selbst gesetzt?«

»Ja, aber Heinrich hat man erst niedergeschlagen. Und auch Erika wird kaum still gehalten und sich freiwillig eine Spritze gesetzt haben lassen.«

Thamsen überlegte. Er hatte den Obduktionsbericht gelesen, doch für ihn war nur die Überdosis Insulin wichtig gewesen. Er meinte jedoch, sich erinnern zu können, in dem toxikologischen Gutachten etwas über K.o.-Tropfen gelesen zu haben.

»Aber dann hat sie den Mörder gekannt, oder?« Haie konnte sich nicht vorstellen, dass Erika Matzen jemand Fremdes ins Haus gelassen hatte. Und irgendwie mussten auch die Tropfen verabreicht worden sein. »Vielleicht haben sie zusammen Kaffee getrunken? Sie und ihr Mörder?« Haie war ganz in seinem Element.

»Und wer kommt dann alles in Frage?« Thamsen kratzte sich am Kinn.

»Harry Leibnitz?«, fing Peer an aufzuzählen.

»Ja, aber hätte Erika den ins Haus gelassen?« Haie zuckte mit den Schultern. »Manuela hat doch erzählt, ihre Mutter wolle das Haus verkaufen. Vielleicht hat sie mit Harry reden wollen?«

»Aber wenn sie verkaufen wollte, warum sollte Harry Leibnitz sie umbringen?« Dirk blickte die beiden ratlos an. Die zuckten beinahe gleichzeitig mit den Schultern.

»Und wenn sie nicht verkaufen wollte, hätte sie ihn nicht reingelassen«, schlussfolgerte Haie.

»Vielleicht hatte er einen Handlanger. Wie bei Heinrich. Dieser junge Kerl vom Kiosk vielleicht? Sollen wir den Bauunternehmer nicht lieber observieren lassen?«, schlug Peer vor. »Früher oder später wird der mit dem Mörder in Kontakt treten.«

Thamsen nickte, gab aber gleich zu bedenken, dass sie dafür entsprechendes Personal bräuchten. »Also einen Mann könnte ich dafür abstellen.«

Peer dachte an sein Team und seufzte. »Muss ich klären«, antwortete er und konnte sich jetzt schon den Widerstand vorstellen. Aber zumindest war das ein Ansatz, bei dem er seine Leute integrieren konnte. Das hatte sein Chef doch von ihm verlangt, oder?

»Und was ist mit Manuela?« Haie war mit der vorläufigen Lösung nicht zufrieden.

»Wieso?«

»Na, die hat doch vorhin gelogen.«

»Gut«, gab Thamsen zu, »aber deswegen brauchen wir sie nicht zu beschatten.«

»Aber sie hätte ihrer Mutter auch die Überdosis verabreichen können. Ich finde, sie hatte auch ein gutes Motiv. Oder ihr Mann Jost?« Da hatte Haie nicht ganz unrecht. Thamsen war auch der Gedanke gekommen, ob Manuela Groß mit dem Tod der Eltern zu tun hatte. Aber es passte nicht zusammen. Wie sollte sie ihren Vater überwältigt haben? Und vor allem, wie hatte sie Heinrich Matzen in den Volkspark gelockt? Nein, zumindest der Mord an Heinrich Matzen musste mit Harry Leibnitz oder – was er für viel wahrscheinlicher hielt – mit dessen Zeit in Hamburg zu tun haben. »Vielleicht haben wir es auch mit zwei unterschiedlichen Mördern zu tun?« Die beiden anderen starrten ihn an. »Mal angenommen, Heinrich Matzen ist – von wem auch immer – ermordet worden und Manuela hat die Gelegenheit beim Schopf gepackt und ihre Mutter auch gleich ins Jenseits befördert, um ans Erbe zu kommen.«

»Aber wie passt das zu dem unbekannten jungen Mann?«, fragte Peer und gab zu bedenken, wenn die Witwe doch das Haus verkaufen wollte, die Tochter ihren Erbteil bekommen hätte.

»Hm«, nickte Thamsen. »Trotzdem glaube ich, sollte man in Matzens Vergangenheit rumwühlen.« Sie hörten Motorengeräusche, kurz darauf stoppte Toms Wagen vor dem Haus.

»Ihr glaubt nicht, was ich heute zufällig erfahren habe«, sprudelte es aus ihm heraus, als er auf sie zu gelaufen kam.

»Wo ist Niklas?« Haie reckte sich in die Höhe, sah dann aber den Kleinen friedlich in seinem Kindersitz schlafen. Tom berichtete von seiner Begegnung an den Landungsbrücken.

»Angeblich soll der ein Haus gehabt haben in Hamburg. Und der Mann meinte, sich erinnern zu können, dass er mal von einer Frau erzählt hat.« Die beiden Männer hatten sich damals öfters unterhalten. »Das soll ein ziemlicher Feger gewesen sein.«

»Das ist nichts Neues«, warf Haie ein, aber das schadete Toms Enthusiasmus nicht.

»Einmal sei im Hafen sogar eine Frau aufgetaucht und habe ihm eine ziemliche Szene gemacht«, erzählte er mit glühenden Wangen.

»Konnte der Mann sagen, wer die Frau war?« Thamsen blickte den Freund hoffnungsvoll an, doch Tom schüttelte den Kopf.

»Aber er meint auch, dass Heinrich da hin und wieder ein paar krumme Dinger gedreht hat.«

»Drogengeschäfte?« Peer wurde hellhörig. Das könnte wieder zu Paul Schlüter passen.

»Nee, eher mit Kartons, die vom Container gefallen sind. War bereits damals nicht unüblich, dass es Gauner gab, die mit heißer Ware gedealt haben.«

»Spräche auch für Paul Schlüter.« Peer schaute auf die Uhr und stöhnte. »Ich muss los. Ist schon spät.«

»Kannst auch gerne bei mir bleiben«, bot Thamsen an. Kurz überlegte er, schüttelte dann allerdings den Kopf. »Nee, lass mal gut sein. Ich will morgen ins Büro.«

»Am Sonntag?«

Peer nickte. Für Montag wollte er gut vorbereitet sein. Noch einmal holte er sich keine Schelte von seinem Vorgesetzten ab. Thamsen stand auf und verabschiedete sich ebenfalls. Er musste Peer schließlich nach Niebüll bringen, da sein Auto vor der Dienststelle stand.

»Wie wollen wir verbleiben?«, fragte er, als Peer sich in seinen Wagen setzte.

»Ich schicke dir am Montag einen von meinen Leuten zur Beschattung. Dann strecke ich meine Fühler bei der Reederei aus. Wollte ohnehin mal nachfragen, ob einer der Brüder zuckerkrank ist. Und vielleicht weiß man etwas über die Geschäfte von Heinrich Matzen.«

»Meinst du, er hat sie auch hier getrieben? Vielleicht gab es Ärger und sein Komplize hat ihn in die Mangel genommen?«

»Das kann dann ja fast nur Paul Schlüter gewesen sein«, bemerkte Peer und startete den Motor.

24. KAPITEL

Am Montag war Peer bestens vorbereitet. Er hatte eine Präsentation erstellt, in der seine Leute für die künftigen Aktionen eingeteilt waren. Die Aussicht auf einen Aufenthalt in Niebüll verursachte keine Freudensprünge, aber die Maulerei hielt sich in Grenzen, denn endlich schien Bewegung in die Sache zu kommen. Zwei Männer sollten im Hafen mit einem aktuellen Foto nach Paul Schlüter fragen. Wenn die beiden krumme Geschäfte getrieben hatten, dann war Paul Schlüter wahrscheinlich die Verbindung in Hamburg und im Hafen bekannt. Peer rief in der Reederei an und verlangte nach Herrn Schneider.

»Sagen Sie, wann ist Ihr Bruder wieder da?«, erkundigte er sich nach dem Investor.

»Oh, das dauert. Ich schätze nicht vor zwei, drei Wochen.«

Irgendwie seltsam, befand Peer, besann sich dann aber auf die eigentlichen Gründe seines Anrufs.

»Sagen Sie, ich habe erfahren, dass Heinrich Matzen angeblich damals im Hafen Ware vertickt haben soll. Ist Ihnen das bekannt?«

Schneider räusperte sich. »Na ja, so etwas kommt vor. Aber wir haben das nie geduldet.«

»Das heißt, Sie haben ihn damals angezeigt?«

»Nicht direkt«, druckste der Unternehmer herum. »Wir regeln so etwas unter uns.«

»Wie?«

»Na, wir haben ihn damals rausgeworfen.«

»Und wieso haben Sie mir das nicht bei meinem Besuch gesagt?«

»Ich habe erst jetzt die ganze Akte gelesen.«

»Und wissen Sie, ob er dann bei einer anderen Reederei angeheuert hat?«

»Kann ich mir nicht vorstellen.«

»Wieso nicht?«, hakte Peer nach.

»Na, das spricht sich im Hafen schnell herum; heute wie früher. Wer will schon einen Dieb an Bord?« Das konnte sich Peer gut vorstellen. Obwohl der Hafenmeister sich über die wachsende Anonymität im Hamburger Hafen beschwert hatte, wusste er dennoch über alles gut Bescheid.

»Und danach haben Sie von ihm nichts mehr gehört?«

»Nein«, entgegnete Schneider bestimmt.

»Und von Paul Schlüter?«

»Was ist mit dem?«

»Na, den haben Sie doch auch rausgeworfen.«

»Ja, aber weil er unzuverlässig war. Er war schließlich Kurierfahrer für uns. Da muss man pünktlich sein.« Peer ließ die Sache auf sich beruhen. Mehr würde er aus dem Mann kaum rausbekommen. Eine letzte Frage blieb jedoch.

»Sagen Sie Herr Schneider, leiden Sie oder Ihr Bruder an Diabetes?«

»So Ansgar, das ist der Kollege aus Hamburg, der dich bei der Observation von Harry Leibnitz unterstützen wird.« Thamsen führte den schmächtigen, dunkelhäutigen Mann in das Büro seines Mitarbeiters, der ihn fragend anschaute. Dirk war nicht glücklich über die Wahl des Kollegen. Wahrscheinlich hatte Peer Nielsen sich gar keine Gedanken gemacht, denn in Hamburg fiel ein Farbiger kaum auf. Aber hier in der sehr ländlichen Region waren Ausländer, insbesondere dunkler Hautfarbe, Exoten und stachen sofort aus der Masse heraus.

»Ich denke, du zeigst dem Kollegen mal alles und dann fahrt ihr zusammen unauffällig raus. Vielleicht kann Herr Boateng dann die Nachtschicht übernehmen?« Der Angesprochene grinste. Auch ihm war bewusst, dass er hier als verdeckter Ermittler kaum etwas würde ausrichten können.

»Ich ruf gleich mal meinen Chef an. Der soll jemand anderes schicken.« Thamsen nickte dankbar. Von sich aus hätte er das Thema nur ungern angeschnitten. »Aber du kannst dich trotzdem ruhig auf den Weg machen, Ansgar.« Der Niebüller Polizist nickte und packte seine Sachen zusammen.

»Ich melde mich, sobald es Auffälligkeiten gibt«, bemerkte Rolfs, als er die Dienststelle verließ.

»Sie können gerne mit in mein Büro kommen. Wir können Peer vielleicht gemeinsam anrufen«, bot Thamsen dem anderen Polizisten an. Sie holten sich einen Kaffee aus der Gemeinschaftsküche und er fragte, seit wann der Mann bei der Mordkommission arbeitete.

»Noch nicht so lange. Seit etwa drei Jahren. Vorher war ich bei der Kripo in Bahrenfeld.«

»Ach, sind das die Kollegen, die Paul Schlüter gefasst haben?«

Der andere nickte. »Ja, das ist ein Schlitzohr, aber einen Mord traue ich dem nicht zu, wenn ich ehrlich bin.«

Thamsen konnte dazu wenig sagen, da er den Kleinkriminellen kaum kannte. »Was vermuten Sie denn in diesem Fall?«

»Vermutungen? Auf so etwas verlasse ich mich nicht. Fakten sind das Einzige, was zählt.« Thamsen schaute den anderen irritiert von der Seite an. Klar, wenn es um die Festnahme eines Mörders ging, es ihn zu überführen galt, brauchte es handfeste Beweise. Aber man hatte doch trotzdem so etwas wie eine Vorahnung, ein Bauchgefühl. Er zumindest. Gut, er war nicht bei der Mordkommission und hatte mit derlei Fällen Gott sei Dank wenig zu tun. Doch den einen oder anderen Fall hatte er schon bearbeitet und erfolgreich aufgeklärt. Fast immer hatte er eine gewisse Ahnung gehabt – nichts Konkretes, halt ein mulmiges Gefühl im Bauch. Doch der Polizist aus Hamburg schien dies nicht zu kennen. Daher vertiefte Dirk das Thema nicht weiter, sondern wählte die Nummer von Peer Nielsen.

»Ja, also der Kollege ist gut angekommen, aber …« Irgendwie war es ihm unangenehm, in Gegenwart des anderen über dessen Hautfarbe zu sprechen.

Michael Boateng bemerkte das, drückte kurzerhand den Lautsprecherknopf am Apparat und sagte: »Chef, in diesem kleinen Nest falle ich auf wie ein bunter Paradiesvogel. Ich kann hier unmöglich unbemerkt jemanden beschatten.« Man hörte ein Klatschen, als ob Nielsen sich mit der Hand vor die Stirn schlug.

»Mist, da habe ich nicht drüber nachgedacht. Ich schicke Maik und du kommst zurück, oder kann dir Michael zur Hand gehen, Dirk?«

»Nee, ist schon gut. Mein Mitarbeiter ist alleine raus. Mal schauen, was sich tut.«

Haie radelte in seiner Mittagspause nach Lindholm zum Elektroladen. In der Schule mussten mehrere Glühlampen ausgetauscht werden. Das kleine Geschäft befand sich gleich neben dem Friseur und gegenüber der Backstube in der Dorfstraße. Haie kettete sein neongelbes Mountainbike an den Ständer und betrat den Laden.

»Moin!«, rief er in den Raum, in dem sich der Inhaber mit einem anderen Kunden unterhielt.

»Tja, da ist nichts mehr zu machen bei deinem Gerät; das ist aber auch bannig olt!«

»Und was soll ein neuer kosten?«

»Also so einen gibt es längst nicht mehr. Aber für ein ordentliches Gerät musst du ein paar hundert Euro rechnen.«

»Was?«

Der Elektriker nickte.

»Mensch schade, dat Heinrich tot ist. Der hat mir den damals ganz günstig besorgt. Er hatte da Kontakte im Hafen.«

Der Mann hinter dem Tresen blickte skeptisch. »Ja, oder du guckst bei Aldi, wenn die einen im Angebot haben, aber das kann dauern, da gab es vorigen Monat erst Fernseher.« Der Geschäftsmann grinste. Generell waren Billigangebote eine große Konkurrenz, doch er wusste, dass der Kunde kaum längere Zeit ohne Fernsehen auskommen würde. Der war schon am Meckern gewesen, als er ihm mitgeteilt hatte, die Untersuchung des Gerätes würde einen Tag dauern. Haie hatte das Gespräch verfolgt. Er hatte nicht gelauscht, aber als der Name Heinrich fiel, war er hellhörig geworden.

»Sag mal«, mischte er sich daher nun ein, »weißt du denn, ob Heinrich in letzter Zeit Fernseher verscherbelt hat?«

Der andere schaute ihn überrascht an. Ganz offensichtlich war ihm die Frage unangenehm. Auch der Inhaber des Elektroladens blickte den Kunden erwartungsvoll an, der stotternd gestand: »Nee, soweit ich weiß nicht. Mein Nachbar hat ihn vor Kurzem angesprochen, weil er ein neues Gerät brauchte, aber Heinrich hat gesagt, dass er schon lange keine Kontakte mehr zum Hamburger Hafen hätte.«

»Und, irgendetwas Auffälliges?« Ansgar Rolfs hatte sich gemeldet und berichtet, er habe vor dem Baucontainer im sicheren Abstand Stellung bezogen.

»Nee, alles ruhig.« An der Stimmlage des Mitarbeiters konnte Thamsen hören, wie ungern er die Observation übernommen hatte. Dirk konnte das gut verstehen. Im Gegensatz zu manch Fernsehkrimis war eine Observation in den meisten Fällen todlangweilig. Man saß da und starrte und starrte und wartete und wartete. Er hatte früher selbst hin und wieder derartige Einsätze gehabt und erinnerte sich gut an das stundenlange Rumgehocke. In diesem Fall wussten sie nicht einmal, ob bei der Beschattung überhaupt Ergebnisse zu erwarten waren. Thamsen kamen langsam Zweifel, aber sie hatten nichts anderes – jedenfalls nicht wirklich und der Bauunternehmer war nach wie vor verdächtig.

»Gut, dann melde dich, falls sich etwas tut.« Er legte auf und starrte auf das Phantombild, das auf seinem Schreibtisch lag. Wer mochte der Unbekannte sein? Ob es ihn überhaupt gab? Vielleicht hatte sich die Kioskfrau etwas zusammengereimt. Obwohl die Geschichte zu dem unbekannten Erben passte. Vielleicht konnte er den ausfindig machen? Nur wie? Er griff zum Telefonhörer und wählte die Nummer der Tochter.

»Sagen Sie, hat es schon eine Testamentseröffnung gegeben?« Manuela Groß war überrascht.

»Nee, wieso? Testament gibt es nicht.«

»Sind Sie sich sicher?« Thamsen konnte sich, nach dem, was er bisher über Heinrich Matzen wusste, kaum vorstellen, dass der Rentner seine Erbangelegenheiten nicht geregelt hatte.

»Wir haben in den Papieren der Eltern jedenfalls nichts gefunden«, bestätigte Manuela Groß ihre Aussage.

»Und vorher mal darüber gesprochen haben Sie auch nicht? Aber wie haben Sie denn von dem Erben erfahren? Woher weiß er von Ihnen?«

»Na, wir haben das von Leibnitz gehört.«

Thamsen erinnerte sich, wie der Unternehmer von dem anonymen Mann berichtet hatte. »Ja, aber haben Sie sich denn nun keinen Anwalt genommen? Wie wollen Sie das Problem denn klären? Irgendwie müssen Sie mit dem vermeintlichen Erben kommunizieren.«

»Ich habe beim Nachlassgericht angerufen, aber die konnten mir nicht weiterhelfen. Wir wollten jetzt verkaufen, aber Leibnitz zögert wegen diesem Anruf.« Er hat kein Geld mehr, schoss es Thamsen durch den Kopf. Hatte der Bauunternehmer den Erben nur erfunden, um sich Zeit zu verschaffen? Immerhin war er pleite, vielleicht suchte er nach neuen Investoren, aber das konnte dauern. Oder er bereitete seinen Abgang vor. Er sollte Tom bitten, die Finanzen des Unternehmers stärker zu beleuchten. Falls der Freund überhaupt noch Zugang zu den Daten hatte.

»Ja gut, aber ich würde Ihnen raten, sich einen Anwalt zu nehmen.« Er legte auf und wählte gleich darauf die Nummer von Tom.

»Hältst du es für möglich, dass Leibnitz diesen angeblichen Erben nur erfunden hat, um Zeit zu schinden?«, konfrontierte er den Freund mit seiner Vermutung. Tom pustete laut in den Hörer. Er traute seinem Chef so manches zu, aber ein Mord?

Seit er wusste, dass der Bauunternehmer zuckerkrank war, hielt er ihn zwar ebenfalls für äußerst verdächtig, aber für Tom hatte diese Neuigkeit vor allem die peinliche Situation im Baucontainer aufgeklärt. Er schämte sich ein wenig, weil er angenommen hatte, Leibnitz masturbiere in seinem Büro, während er sich jedoch eine Insulinspritze gesetzt hatte. Trotzdem hatte sich Toms Meinung über seinen Auftraggeber wenig verbessert.

»Zeit wofür? Die Firma ist so gut wie pleite. Er hätte schon längst Insolvenz anmelden müssen, momentan macht er sich nämlich gehörig der Insolvenzverschleppung schuldig.«

»Meinst du, er hat Geld zur Seite geschafft und will sich aus dem Staub machen?«

»Wie kommst du darauf?«

»Nur ein Bauchgefühl«, erklärte Dirk sein Unwohlsein in der Magengegend. Es gab einen kurzen Moment der Stille. »Könntest du die Finanzdaten noch mal unter die Lupe nehmen?«

»Das wird schwierig. Leibnitz hat mir heute Morgen gekündigt. Ich habe keinen Zugang mehr.«

»Mist«, fluchte Thamsen, hatte aber das Gefühl, die Kündigung des Freundes passte zu seiner Theorie. »Aber die Bank weiß bestimmt nichts von deiner Kündigung.«

»Ja, aber bei der ansässigen Bank hat er das Geld nicht zur Seite geschafft. Das wäre mir vorher aufgefallen. Und wo er sonst noch Konten hat und auf welchen Namen, keine Ahnung. Ich kann mal versuchen, was rauszukriegen, aber die Chance ist gering.«

Thamsen seufzte. Nur gut, dass sie den Unternehmer observierten. Durch seinen neuen Verdacht machte das wirklich Sinn. Hatte er die Rentner umgebracht? Einiges sprach für ihn als Mörder. »Gut, dann leg dich mal ins Zeug!«

»Und, habt ihr etwas rausgefunden?« Die beiden Mitarbeiter, die im Hafen Erkundigungen über Paul Schlüter hatten anstellen sollen, betraten sein Büro. Doch noch ehe sie eine Antwort gaben, konnte Peer an ihren Mienen ablesen, dass die Aktion erfolglos verlaufen war. Und die Bestätigung seiner Vermutung ließ nicht auf sich warten.

»Nee, den kannte da keiner. Scheint sich in der letzten Zeit nicht im Hafen herumgetrieben zu haben.«

»Mist!«, fluchte Peer. Nach wie vor war Paul Schlüter für ihn eine heiße Spur, denn dass er die Wertsachen des Opfers im Mülleimer vor seinem Kiosk gefunden hatte, war zwar möglich, aber Nielsen hielt das für relativ unwahrscheinlich.

»Wo ist Maik?«, fragte einer der beiden.

Peer erklärte den Austausch der Kollegen im Niebüller Einsatz, als in diesem Moment Michael Boateng den Raum betrat.

»Mann, das ist da vielleicht ein Kaff«, stöhnte er, obwohl er durch seine Hautfarbe wegen des dörflichen Charakters des Gebiets von einem langweiligen Observationseinsatz verschont geblieben war.

»Und haben die Kollegen da oben was Neues?«, wollte Peer wissen.

Der Mitarbeiter schüttelte den Kopf. »Nee, sind genauso ratlos wie wir. Wenn sich nicht bald was tut, droht uns echt eine Pleite.«

Peer nickte. Er wusste, je länger es dauerte, bis man handfeste Beweise in einem Mordfall vorweisen konnte, umso größer war die Wahrscheinlichkeit einer Nichtauflösung. Aber solch eine Niederlage durfte er sich in seinem ersten Fall als Leiter einer Einheit auf keinen Fall leisten. »Was können wir sonst noch tun?« Die drei Männer aus seinem Team schauten ihn verblüfft an.

»Vielleicht hier in Hamburg der Spur eines unehelichen Kindes nachgehen?«, schlug zu seinem Erstaunen

Michael Boateng vor. Der Beamte hatte in Niebüll das Drama um den angeblichen Erben mitbekommen und glaubte, diese Spur war es wert, verfolgt zu werden.

»Aber Dirk glaubt, dass der Bauunternehmer sich den Typen nur ausgedacht hat.« Thamsen hatte Peer gleich nach seinem Telefonat mit Tom angerufen und ihn über seine Vermutung informiert. »Warum hat er sich nicht direkt bei der Schwester gemeldet? Oder war auf der Beerdigung?«

»Aber da war doch die Frau im Rollstuhl, die angeblich in einem Wagen mit Hamburger Kennzeichen zur Trauerfeier gekommen ist, oder?«

»Stimmt«, fiel es nun auch Peer wieder ein. Die Unbekannte im Rollstuhl hatte er völlig aus dem Fokus verloren. Als Behinderte schien sie zwar aus dem Täterkreis auszuscheiden, aber hatte vielleicht trotzdem mit dem Fall zu tun. Zu dumm nur, dass bisher keiner aus dem Dorf die Frau kannte. Soweit er wusste, hatte der Bekannte von Dirk Erkundigungen eingeholt. Auch wenn er die Zusammenarbeit mit Zivilpersonen für fraglich hielt, es schien etwas zu bringen. Vielleicht konnte der Hausmeister von irgendjemand das Fabrikat und weitere Teile des Nummernschildes erfahren? Er nahm den Hörer ab und wählte die Nummer der Niebüller Dienststelle, doch auch nach dem zehnten Klingeln ging niemand dran.

»So, das ist das Objekt«, erklärte Thamsen dem Hamburger Kollegen die Lage und stellte ihn dabei Ansgar Rolfs vor. »Sie können vielleicht direkt die Observation übernehmen?« Es war mittlerweile später Nachmittag. Es hatte sich weder beim Bauleiterbüro noch auf der Baustelle laut Ansgars Beobachtungen etwas getan. Thamsen hatte den neuen Kollegen nach Dagebüll begleitet und wollte anschließend Feierabend machen. Er hatte sich mit Dörte verabredet. Sie wollten heute mit den Kindern zusammen grillen und er sollte auf dem Heimweg das Fleisch besorgen. Auch Timo hatte sich mittlerweile mit der Situation mehr oder weniger abgefunden, aber schaute Dörte seltsam an. Jedenfalls war das Thamsens Eindruck, aber vielleicht interpretierte er auch zu viel in das Teenager-Gehabe seines Sohnes hinein. Er wusste, es war für Timo nicht einfach, in seinem Alter noch einmal Bruder zu werden, zumal das Geschwisterchen mit einer anderen Frau gezeugt worden war. Vor seinen Freunden war ihm das bestimmt peinlich, mutmaßte Dirk, aber da musste sein Sohn nun durch. Thamsen hoffte, dass sich die Situation weiter entspannen würde, denn der eigentliche Stress stand ihnen noch bevor. Ein Säugling stellte das Leben auf den Kopf. Auch später wurde es nicht leichter. Er musste nur Tom anschauen, der jeden Tag mit der Energie und dem sich bildenden eigenen Willen eines Kleinkindes kämpfte. So niedlich Niklas auch war, wenn er nicht bekam, was er wollte, konnte er zu einem kleinen Monster werden; das hatte Dirk das eine oder andere Mal miterlebt. Aber das kam eher selten vor, denn vom Wesen glich Niklas sehr seiner Mutter. Plötzlich spürte er einen stechenden Schmerz in der Brust. Marlene, sie fehlte ihm. Sie hatte in ihrem Gespann dazugehört und eine gewaltige Lücke hinterlassen. Eine Lücke, an der er sich nicht unschuldig fühlte. Hätte er damals doch nur … Er hatte so oft darüber nachgedacht und wusste doch, dass alle Wenn und Aber die Freundin nicht lebendig machten. Trotzdem beschlich ihn dieses ungute Gefühl, dieser peinigende Schmerz immer wieder. Er verabschiedete sich von den beiden Polizisten und setzte sich in den Wagen. Es war höchste Zeit, zum Supermarkt zu fahren, aber Thamsen machte trotzdem einen kleinen Abstecher und fuhr auf die Mole. Er parkte den Wagen am Rand des Hafenbeckens, stieg aber nicht aus. Gedankenverloren starrte er aufs Meer hinaus, sah die Fähre langsam näher kommen. Warum hatte er damals nicht konsequenter durchgegriffen, den Fall schleifen lassen? Sicherlich hätte er Marlenes Tod verhindern können, wenn er diesen Kerlen nur entschlossener entgegen getreten wäre und sie beizeiten dingfest gemacht hätte. Schließlich war er für Recht und Ordnung in dieser Gegend zuständig. Damals wie heute. So etwas würde nicht noch einmal geschehen. Er holte sein Merkbuch hervor und stürzte sich auf die Aufzeichnungen. Geradezu besessen blätterte er zwischen den Seiten hin und her. Sie mussten irgendetwas übersehen haben, einen kleinen Hinweis. Vielleicht war doch das Insulin der Ansatzpunkt? Auch wenn es aussichtslos erschien, er könnte die Apotheken in Niebüll abklappern und fragen, ob es bezüglich irgendwelcher Insulinverschreibungen Auffälligkeiten gegeben hatte. Wenn Harry Leibnitz der Mörder war und die beiden mit Insulin aus seinem Bestand umgebracht hatte, dann fehlten ihm doch etliche Einheiten und er hatte vielleicht früher als üblich ein Rezept eingereicht oder eventuell eine größere Menge abgeholt? Die Apotheker in der Gegend kannten doch ihre Kundschaft, so etwas fiel vielleicht auf. Und in den Krankenhäusern und Pflegeheimen in der Umgebung? War es dort zu Ungereimtheiten im Insulinbestand gekommen? Sicherlich eine geringe Chance, doch er durfte keinen Hinweis außer Acht, keine Möglichkeit den Täter zu fassen ungenutzt lassen. Er nahm sein Handy und rief Ansgar Rolfs an. Der war zwischenzeitlich nach der Ablösung durch den Kollegen wieder in der Dienststelle, wollte aber gerade Feierabend machen.

»Ja, hör mal. Ruf alle Apotheken und Pflegeeinrichtungen an und frag nach ihren Insulinbeständen und ob es Kunden mit erhöhten Bedarf gab.«

Dann rief er Peer an.

»Gut, dass du dich meldest«, begrüßte der ihn. »Ich habe nachgedacht und wir könnten über die Frau im Rollstuhl mehr rausfinden, wenn wir Fabrikat und Nummernschild kennen würden. Vielleicht führt sie uns zu dem angeblichen Erben. Außerdem nehmen wir die Suche nach einem unehelichen Kind des Toten auf.«

Thamsen hielt das für einen sehr guten Ansatz. »Und habt ihr beim Melderegister nachgefragt, ob es im Geburtsregister jemanden gibt, dessen Vater Heinrich Matzen war?«

»Anfrage läuft.«

Kaum eine Viertelstunde später stand Thamsen vor Lina Umbrechts Haustür und klingelte Sturm. Sie war nach dem Hausverkauf in die Stadt gezogen und lebte nun in einer kleinen Wohnung in einem Mehrfamilienhaus in Deezbüll.

»Oh, Herr Kommissar«, begrüßte sie ihn mit großen Augen. »Was führt Sie zu mir?«

»Ich habe ein paar Fragen, darf ich?« Er machte Anstalten einzutreten. Die ältere Frau zögerte kurz, öffnete dann aber die Tür.

»Ich bin am Aufräumen. Sortiere die letzten Kisten nach dem Umzug«, erklärte sie entschuldigend das Chaos. Thamsen blickte sich in dem kleinen, aber hellen Wohnzimmer um, in dem ein heilloses Durcheinander herrschte. »Möchten Sie etwas trinken?«

»Ein Glas Wasser«, bat er sie.

Lina Umbrecht nickte und verschwand in Richtung Küche. Thamsen betrachtete in der Zeit die Bilder über einem Sideboard aus Eichenholz. Die meisten mussten älteren Datums sein, denn auf einigen war Lina Umbrecht abgebildet, wirkte allerdings wesentlich jünger. Nur ein Foto schien aktueller zu sein und zeigte sie mit ihren ehemaligen Nachbarn vorm Deich. Seltsam, befand Thamsen, kam aber nicht weiter dazu, darüber nachzudenken, da die ältere Frau zurückkehrte und ihn bat, Platz auf dem geblümten Sofa zu nehmen. Das Glas Wasser stellte sie vor ihn auf den gläsernen Couchtisch und setzte sich ihm gegenüber in einen Sessel, nachdem sie einen Karton zur Seite geräumt hatte.

»Nun, wie kann ich Ihnen helfen?«

Thamsen räusperte sich. »Also es geht um die Dame im Rollstuhl.« Die Miene seines Gegenübers blieb unverändert. »Sie hatten den Wagen gesehen. Können Sie sich an das Fabrikat erinnern?«

Sofort schüttelte sie den Kopf. »Ich kenne mich leider mit Autos so gar nicht aus. Das Einzige, was ich sagen kann, ist, dass er schon älter war, glaube ich.«

»Wie alt, ein Oldtimer?«

»Nein, so alt nicht, aber vielleicht 20 Jahre?« Komisch, angeblich konnte sie sich doch nicht erinnern, um was für einen Wagen es sich handelte, grübelte Thamsen, während er einen Schluck Wasser trank.

»Und die Farbe?«

»Grün. Das weiß ich ganz genau, denn das ist meine Lieblingsfarbe.« Sie lächelte ihn an.

»Und der Halter kam aus Hamburg?«

»Ja, saß ein junger Mann drin.«

»Ich dachte, Sie erinnerten sich an nichts als das Kennzeichen HH?«, konfrontierte er sie mit ihren widersprüchlichen Aussagen.

Lina Umbrechts Lächeln verschwand. »Ist mir erst später eingefallen«, entgegnete sie trotzig.

»Und da haben Sie uns nicht verständigt?«

»Ich wusste ja nicht, dass es wichtig ist.«

»Und ist Ihnen noch etwas eingefallen?«

Lina Umbrecht schüttelte den Kopf, hatte aber noch eine wichtige Information parat. »Nur die Ziffern auf dem Nummernschild. 1972 – ist nämlich das Geburtsjahr meines Neffen, müssen Sie wissen.«

»Was? Und das erzählt die erst jetzt?« Peer Nielsen war mehr als aufgebracht. Das waren viel mehr Informationen, als die alte Nachbarin ihnen beim Leichenkaffee hatte zukommen lassen. Er schüttelte den Kopf. War ja mal wieder typisch. Sonst tratschten die Leute sich tot, aber wenn es um wirklich wichtige Details ging, kriegten sie die Zähne nicht auseinander. Verärgert legte er auf und gab die Daten gleich an die Zulassungsstelle weiter. Wenig später bekam er als Halter einen Andreas Meinhardt genannt. Nielsen starrte auf den Namen. Führte diese Spur zum Täter? Noch wussten sie nicht, was die Frau im Rollstuhl oder der junge Mann mit den Ermordeten zu tun hatten, aber das ließ sich herausfinden. Er stand auf und ging ins Nachbarbüro. Normalerweise hätte er sich allein auf den Weg gemacht, aber er hatte die Worte seines Chefs nur zu gut im Ohr.

»Wir haben einen wichtigen Hinweis und müssen raus zum Billwerder Billdeich.«

»Jetzt noch?« Carsten Hinrichs blickte ihn entnervt an. Wahrscheinlich hatte er gerade Feierabend machen wollen.

»Ich komme mit«, meldete sich Michael Boateng, der plötzlich in der Tür stand. Nielsen nickte nur.

»Der Carsten ist doch neulich Vater geworden. Der will immer zeitig daheim sein«, erklärte Boateng den Unwillen des Kollegen, als sie auf die B 5 Richtung Bergedorf fuhren.

»Echt?« Peer wusste gar nicht, dass sein Mitarbeiter Nachwuchs bekommen hatte. Wahrscheinlich gab es einiges, das er nicht mitbekommen hatte. Er würde in Zukunft aufmerksamer sein, nahm er sich vor. Schließlich wollte er nicht nur ein guter Polizist, sondern auch ein toller Teamleiter sein. Wenngleich er das Bepuscheln seiner Angestellten als sehr anstrengend empfand. Wenig später bog er auf den Deich ab und sah nach wenigen hundert Metern den grünen Wagen vor einem kleinen Einfamilienhaus stehen. Es handelte sich um einen alten Mercedes, und Lina Umbrecht hatte recht, der Wagen war mindestens 20 Jahre alt, wenn nicht sogar älter. Aber top in Schuss.

»Und was wollen wir den Mann genau fragen?« Boateng war sich unsicher, wie man an die Sache rangehen sollte, doch Peer hatte sich bereits eine Vorgehensweise zurechtgelegt. Er stieg aus, wartete, bis der andere ihm folgte, ehe er zum Haus hinüberging. An der Tür klingelte er kurz, aber bestimmt.

Wenig später öffnete ihnen ein junger Mann, der Peer bekannt vorkam. Er hob seinen Dienstausweis.

»Polizei Hamburg, wir haben ein paar Fragen an Sie.« Der Mann blickte ausdruckslos auf das hochgehaltene Dokument, anschließend in Peers Gesicht. Er sagte nichts und machte auch keinerlei Anstalten, sie hineinzulassen. »Ihr Wagen wurde neulich in Dagebüll gesehen.« Noch immer glotzte Andreas Meinhardt sie nur an. »Was haben Sie dort gemacht?« Plötzlich kam Leben in die Miene des Mannes, sein Blick verfinsterte sich.

»Ich wüsste nicht, was Sie das angeht.«

Nielsen war Widerstand gewohnt und blieb hart. »Könnte uns schon etwas angehen, denn soweit wir wissen, haben Sie jemanden von der Beerdigung zweier Mordopfer abgeholt. Und da geht uns vor allem an, in welcher Beziehung die Frau zu den Toten stand und in welcher Sie zu dieser Frau stehen.« Peer nahm für einen kurzen Augenblick ein Zucken unter dem rechten Auge seines Gegenübers wahr.

»Das war meine Mutter.«

»Dann möchte ich mit Ihrer Mutter sprechen. Wohnt die auch hier?«

Der junge Mann nickte, blieb aber weiter in der Tür stehen. »Sie schläft bereits.«

»Jetzt schon?«

»Sie ist schwer krank.« Na, dachte Peer, nur weil sie im Rollstuhl sitzt, ist sie nicht bettlägerig. Auf der Beerdigung war sie schließlich auch.

»Ich denke, es ist besser, Sie wecken sie. Ansonsten muss ich sie vorladen – und der Weg ins Präsidium dürfte für Ihre Mutter weitaus beschwerlicher sein.« Der andere überlegte einen Moment, schien dann aber der gleichen Meinung zu sein. Hinein bat er sie trotzdem nicht, sodass Peer und Boateng vor der verschlossenen Tür standen. An der Mimik seines Mitarbeiters konnte er ablesen, was dieser dachte. Der Typ hatte etwas zu verbergen. Nur was? Wenig später wurde die Tür geöffnet. Wider Erwarten bat Andreas Meinhardt sie hinein. Im Wohnzimmer saß die Frau von der Beerdigung in ihrem Rollstuhl. Auf Nielsen wirkte sie nicht, als habe sie im Bett gelegen. Er vermutete, es sei eine Ausrede Andreas Meinhardts gewesen, der die Zwischenzeit genutzt hatte, um sich abzusprechen. Aber warum?

»Frau Meinhardt?« Sie nickte leicht.

»Was kann ich für Sie tun?« Im Gegensatz zu ihrem Sohn war sie wesentlich gastfreundlicher, fragte sogar, ob die Herren etwas trinken wollten. Nielsen und Boateng lehnten ab.

»Wir wollen nicht lange stören, aber ich habe Sie neulich auf der Trauerfeier der Matzens gesehen und würde gern wissen, in welchem Verhältnis Sie zu den beiden standen.« Wieder nickte sie.

»Ich war mit Heinrich befreundet.«

»Gut?«

»Ach, wissen Sie«, seufzte Frau Meinhardt, »das ist lange her. Und seitdem hatten wir so gut wie keinen Kontakt.« Peer glaubte der Frau, wollte es aber genauer wissen.

»Wie eng war denn Ihre Freundschaft?« Sie lächelte verschmitzt bei seiner Frage.

»Eng.« Er verstand. Wahrscheinlich war sie eine seiner Freundinnen aus vergangenen Zeiten, eine von den vielen Liebschaften, von denen man sich im Dorf erzählte.

»Und wo haben Sie ihn kennengelernt?« Sie stöhnte leicht, wobei es kein angestrengtes, sondern vielmehr ein bestätigendes Stöhnen war.

»Hier in Hamburg, vor beinahe 35 Jahren.«

»Und in der letzten Zeit hatten Sie keinen Kontakt?«

»Das sagte meine Mutter doch schon.« Der Sohn, der neben dem Rollstuhl stand, blickte Peer beinahe feindselig an.

»Und Sie? Kannten Sie Heinrich Matzen?« Der Blick von Andreas Meinhardt fiel auf seine Mutter.

»Nein, ich wusste nichts von diesem Mann. Erst als meine Mutter mich bat, sie zur Beerdigung zu fahren, habe ich erfahren, dass er ein Freund aus alten Zeiten war.« Im Gegensatz zu seiner Mutter, glaubte Nielsen dem jungen Mann kein Wort. Und dieses Gesicht. Es kam ihm merkwürdig bekannt vor.

»Können Sie sich vorstellen, aus welchem Grund jemand Heinrich Matzen umgebracht haben könnte?«

Frau Meinhardts Augen weiteten sich zu großen, dunklen Löchern.

»Nein, woher soll ich wissen, was er in den letzten Jahren vielleicht so getrieben hat? Alles, was ich dazu sagen kann, ist, dass er ein ganz schönes Ekel sein konnte.«

25. KAPITEL

Thamsen war aufgrund der letzten Entwicklungen viel zu spät mit dem Grillfleisch zu Hause eingetrudelt. Und bis die Kohle richtig glühte und das Fleisch auf dem Rost lag, war es spät geworden und die Kinder hatten sich am Brot und den Salaten satt gegessen.

Und auch zum Frühstücken blieb ihm heute nicht wirklich Zeit. Er hatte eine Besprechung angesetzt und wollte vorher mit Peer telefonieren. Daher war er früher als üblich auf den Beinen und schon aus dem Haus, als Dörte aufwachte. Sie würde nicht erfreut sein, wenn sie das Bett neben sich leer vorfand, dachte er, aber er musste den Fall zum Abschluss bringen. Noch mal würde er die Ermittlungen nicht schleifen lassen. In der Dienststelle war er der Erste. Er kochte Kaffee und ging hinüber in sein Büro. Er wollte wissen, was bei dem Besuch der Hamburger Kollegen bei dem Fahrzeughalter rausgekommen war.

»Nicht wahnsinnig viel«, gähnte Peer reichlich verschlafen in den Hörer. »Ich werde zusätzlich eine Anfrage bezüglich des Vaters von Andreas Meinhardt beim Meldeamt stellen. Von alleine sind die nicht raus damit, wessen Kind der Typ ist.« Frau Meinhardt hatte lediglich gesagt, dass der Vater ihres Sohnes unbekannt sei. Angeblich ein One-Night-Stand. Dabei hatte die Frau auf ihn nicht gewirkt, als hätte sie sich jemals mit einem Dahergelaufenen eingelassen.

»Du meinst …?« Peer bejahte. Er hatte ein seltsames Gefühl gehabt, das Michael Boateng auf der Rückfahrt bestätigt hatte.

»Der lügt«, hatte sein Mitarbeiter nur gesagt und schneller als Nielsen eins und eins zusammengezählt. »Die kannte Heinrich Matzen vor über 30 Jahren, hatte eine enge Beziehung – und wie alt schätzt du Andreas Meinhardt?« Das war natürlich möglich. Außerdem passte der junge Mann zu den Beobachtungen Paul Schlüters und der Kioskfrau aus Dagebüll. Hatte der Kerl nicht sogar Ähnlichkeit mit dem Phantombild? Thamsen bat Peer, ihn sofort zu informieren, wenn es Neuigkeiten gab. Er blickte auf die Uhr. Zeit, in den Besprechungsraum zu gehen. Er holte sich auf dem Weg dorthin einen Kaffee und ging hinüber zu der anberaumten Versammlung. Ansgar Rolfs war anwesend und gab einen Bericht bezüglich der Observation.

»Bisher haben wir nichts Auffälliges beobachtet.« Er hatte kurz vor der Besprechung mit dem Hamburger Kollegen gesprochen, den er anschließend ablösen würde. »Außer, dass Harry Leibnitz heimgefahren ist und das Haus seitdem nicht mehr verlassen hat, ist nichts passiert.« Thamsen nickte. Er hatte nichts anderes erwartet.

»Und was haben die Nachforschungen bezüglich des Insulins ergeben?«

»Bin ich zum Teil dran, aber bei den bisherigen Apotheken und Einrichtungen gab es nichts Besonderes in der letzten Zeit.« Verdammt, dachte Thamsen, es ließ sich aber auch wirklich nichts finden.

Sie legten den weiteren Ablauf fest. Die Observation wurde fortgeführt.

»Ich fahre eventuell heute Nachmittag nach Hamburg«, kündigte er an. »Dort gibt es aktuell eine ziemlich heiße Spur.« Dann schloss er die Besprechung und ging in sein Büro. Er saß gerade, als sein Handy klingelte.

»Hier tut sich was. Leibnitz verlässt das Haus und fährt mit dem Auto nach Niebüll, wie es aussieht.«

»Dranbleiben«, wies Thamsen an und bat den Hamburger, sich sofort zu melden, falls sich Weiteres tat. Kaum hatte er aufgelegt, klingelte sein Telefon erneut. Es war Peer Nielsen.

»Also, ich habe nun die Infos vom Amt, aber laut Register gibt es keine Nachkommen von Heinrich Matzen in Hamburg. Und der Vater von Andreas Meinhardt ist nicht angegeben. Laut Auszug lautet der Eintrag ›Vater unbekannt‹.«

»Mist«, fluchte Thamsen laut.

»Kannst du laut sagen, ich bin mir fast sicher, dass die Angabe falsch ist. Vielleicht hat Frau Meinhardt den Vater einfach nicht angeben wollen. Ist doch möglich, oder?«

»Ich könnte nachher zu Manuela Groß fahren und sie mit der ehemaligen Geliebten ihres Vaters konfrontieren. Wenn es stimmt, dass Andreas Meinhardt ihr Halbbruder ist, dann muss die etwas wissen.«

»Und du meinst, du bekommst etwas aus der raus?«

»Einen Versuch ist es wert.«

Wenig später saß Thamsen in seinem Wagen und fuhr Richtung Risum. Er hatte das Gefühl, der Aufklärung des Falls, obwohl sie nichts Konkretes hatten, trotzdem näher zu kommen. Nur brauchten sie endlich Beweise – oder Zeugen. Ohne Stichhaltiges brachten ihre Bauchgefühle rein gar nichts. Heute war in dem Landgasthof erneut viel los, jedenfalls standen etliche Autos auf dem Parkplatz. Makaber, aber der Mord an den Eltern schien der Vermarktung des Restaurants gut zu tun. Wahrscheinlich kamen die Gäste nur, um mehr über das grausame Verbrechen zu erfahren. Solch unfassbare Taten zogen die Menschen seiner Erfahrung nach in Scharen an. Manuela Groß stand lächelnd am Empfangstresen und kassierte bei einem Mann ab. Als sie Thamsen sah, verschwand das Lächeln auf ihrem Gesicht. Sie demonstrierte ihre Geschäftigkeit, und er hielt sich im Hintergrund. Doch irgendwann war die Abrechnung für den Gast erstellt und sie musste sich wohl oder übel ihm widmen.

»Ich habe nur ein paar Fragen«, versuchte er sie gnädig zu stimmen. Sie nickte, machte aber keinerlei Anstalten, ihn in den Privatbereich zu führen. Gut, dann eben hier in der Öffentlichkeit, befand Thamsen.

»Sagt Ihnen der Name Grit Meinhardt etwas?« Die junge Frau überlegte nur kurz.

»Nein, wer soll das sein?«

»Eine Geliebte Ihres Vaters.« Er verschwieg wissentlich, dass die Beziehung etliche Jahre zurück lag und wartete auf ihre Reaktion. Und wider Erwarten gab Manuela Groß nach.

»Ja, ich weiß, dass mein Vater meine Mutter betrogen hat. Aber ich kenne diese Frau trotzdem nicht. Außerdem war sie wohl nicht die Einzige. Ich habe mal einen Streit meiner Eltern vor einigen Jahren mitbekommen. Da ging es um die zahlreichen Affären meines Vaters, aber Genaueres weiß ich nicht.«

»Aber wieso hat Ihre Mutter Ihren Vater nicht verlassen?« Er selbst war von seiner Frau betrogen worden und hatte gleich, nachdem er es erfahren hatte, einen Schlussstrich unter die Beziehung gezogen. Manuela Groß zuckte mit den Schultern.

»Was hätte sie denn machen sollen? Wo hätte sie hin sollen?« Erika Matzen gehörte zur gleichen Generation wie seine Mutter. Auch Magda Thamsen war nicht aus Liebe bei ihrem Mann geblieben. Er verstand.

»Und wissen Sie etwas über einen Bruder?«

»Nein, wirklich nicht! Wir waren mehr als schockiert, als Harry Leibnitz uns sagte, es hätte sich bei ihm ein weiterer Erbe gemeldet.«

»Und Sie haben bisher nichts unternommen?«

»Wie denn? Bei uns hat sich niemand gemeldet und bei Harry Leibnitz angeblich auch nicht mehr.«

Maik Böhm saß in seinem Golf und blickte zu Leibnitz' Wagen hinüber. Der Bauunternehmer war über Niebüll nach Leck und anschließend Richtung Stadum gefahren. Kurz vor der ehemaligen Bundeswehrkaserne war er jedoch links abgebogen und zum Waldstübchen Hof Berg gefahren. Maik sah, wie Harry Leibnitz ausstieg und zum Restaurant hinüber ging. Er verließ ebenfalls sein Fahrzeug und folgte dem Bauunternehmer in kurzem Abstand. Auf der Terrasse blickte der Mann sich suchend um, bis ein Gast an einem der hinteren Tische seine Hand leicht hob und er sich zu ihm setzte. Der Hamburger Polizist schlenderte in das Café und nahm Platz. Möglichst unauffällig versuchte er, mit dem Handy Fotos zu machen. Er hatte Glück, denn die beiden Männer waren derart in ein Gespräch vertieft, dass es ihnen nicht auffiel, wie er sie fotografierte. Die Bilder schickte er per MMS an Thamsen. Der sah die Fotos, als er wieder im Wagen saß. Sollte er Manuela Groß die Aufnahmen zeigen? Maik Böhm konnte er schlecht anrufen, denn der beschattete die beiden wahrscheinlich noch. Er beschloss, die Bilder an Peer weiter zu leiten. Kaum hatte Dirk auf ›Senden‹ gedrückt, klingelte das Telefon. Im Display blinkte Nielsens Nummer.

»Das gibt es nicht, das ist der Typ von gestern. Also hat er doch was mit Heinrich Matzen zu tun. Na, dem statte ich gleich nachher einen Besuch ab. Oder besser gleich. Dann kann ich seine Mutter mal unter vier Augen dazu befragen!«, schoss es ihm ohne Punkt und Komma aus dem Hörer entgegen.

»Ich würde gerne mitkommen. Kannst du warten?« Peer wollte am liebsten die Meinhardt gleich mit den Bildern konfrontieren, verstand aber, dass Thamsen gerne dabei sein wollte.

»Gut, aber beeile dich! Du musst vor Andreas Meinhardt hier sein!«

Thamsen trat das Gaspedal voll durch, hielt sich an keine Geschwindigkeitsbegrenzung. Auch wenn der Verdächtige laut SMS-Antwort von Maik Böhm noch im Restaurant saß, wollte er keine Minute vergeuden und vor Andreas Meinhardt in Hamburg sein. Sein Gefühl, dass sie kurz vor Abschluss des Falles standen, war nun noch stärker. Endlich schien es erste Beweise zu geben. Er hatte sich mit Peer direkt am Billwerder Billdeich verabredet. Sein Navigationssystem wies ihm den Weg, den er in einer Rekordzeit zurücklegte. Peer wartete schon ungeduldig in der Nähe des kleinen Hauses am Deich.

»So, auf geht's!«, begrüßte er Thamsen und stiefelte los, ehe Dirk die Tür seines Wagens zuschlagen konnte.

»Hast du dir überlegt, wie wir vorgehen wollen?«, fragte Thamsen, als er zu ihm aufgeschlossen hatte.

»Wieso? Wir fragen sie einfach.« Peers Gesicht glühte geradezu, er brannte darauf, seinen ersten Fall als Teamleiter endlich aufzulösen. Thamsen musste unweigerlich grinsen. Er hatte zwar nie beim LKA gearbeitet, aber das machte in diesem Fall seine Erfahrung wett.

»Wir sollten taktischer vorgehen.«

»Wie?« Nielsen schaute ihn mit gerunzelter Stirn an.

»Lass mich mal machen«, übernahm Thamsen, ging voran zum Haus und drückte den Klingelknopf. Kurz darauf hörten sie eine Stimme. »Einen Moment bitte!« Es dauerte eine Zeit lang, bis Grit Meinhardt mit dem Rollstuhl an der Tür war und ihnen öffnen konnte.

»Sie?« Beinahe ungläubig schaute sie Peer an. Er nickte, schwieg aber ansonsten und überließ Thamsen das Wort.

»Guten Tag, Frau Meinhardt, mein Name ist Dirk Thamsen aus Niebüll«, stellte er sich vor. Sie drehte ihren Kopf zu ihm. Ihr Blick glich nun einem einzigen Fragezeichen. »Ich habe gehört, Sie kannten Heinrich Matzen?« Sie nickte. »Ich kenne seine Tochter ganz gut«, gab er vor. »Die Arme ist momentan total am Boden. Sie hat Sie auf der Beerdigung gesehen und sich gefragt, wer Sie sind und es herausgefunden. Sie will ihren Frieden schließen und Sie gerne kennenlernen. Vielleicht können Sie gemeinsame Erinnerungen teilen?« Die Frau im Rollstuhl schaute ihn skeptisch an. Und sie war nicht die Einzige. Auch Peer verzog runzelnd die Stirn. Was hatte Thamsen vor? »Könnten wir einen Augenblick reinkommen?« Ohne eine Antwort abzuwarten, setzte er einen Fuß in die Tür und schob Grit Meinhardt rückwärts. »Dürfte ich mal Ihre Toilette benutzen? Wissen Sie, ich bin nämlich gerade aus Niebüll gekommen und habe vorher zwei Tassen Kaffee getrunken.« Er kniff seine Beine leicht zusammen. Frau Meinhardt wirkte überrumpelt, wies aber hinter sich.

»Die zweite Tür rechts.«

Thamsen bedankte sich und verschwand. Das kleine Bad war alt, aber sauber. An den Wänden klebten typische 70er Jahre-Fliesen und über dem Waschbecken ein leicht vergilbter Alibert-Schrank. Fast geräuschlos öffnete er die Spiegeltüren. »Na, sieh mal einer an«, entfuhr es ihm beim Anblick des Inhaltes.

Haie radelte wie ein Weltmeister den alten Außendeich entlang Richtung Dagebüll. Nach seinem Besuch in dem Elektroladen hatte er Thamsen nicht erreichen können. Der andere Kunde hatte erzählt, dass Heinrich Matzen früher ab und an mit elektrischen Geräten gehandelt hatte. Haie hatte beschlossen, weitere Erkundigungen einzuziehen. Vielleicht hatte Heinrich

Matzen doch wieder krumme Dinger gedreht. Nur diesmal nicht mit Elektrogeräten? Er war überzeugt, dass es im Haus darüber etwas zu finden gab. Egal, wie vorsichtig Heinrich Matzen gewesen sein mochte, irgendeinen Hinweis gab es immer. Er erreichte das Haus hinter dem Dagebüller Deich und lehnte sein Fahrrad an den Zaun. Die Tür war zwar nicht mehr amtlich versiegelt, aber trotzdem abgeschlossen. Aber das Küchenfenster war kaputt, wie Haie wusste. Dirk hatte erzählt, wie er es eingeschlagen hatte, als Erika Matzen reglos auf dem Sofa lag. Er ging um das Haus herum und entfernte die Plastikplane, die man notdürftig vor das Fenster gemacht hatte. Er lauschte einen Moment in die Stille, dann stieg er ein. Im Inneren sah alles wie bei ihrer letzten Durchsuchung aus. Schon da hatten sie nichts gefunden. Haie schlich auf Zehenspitzen die Treppe nach oben, obwohl ihn ohnehin niemand hören konnte. Aber nach seinen Erfahrungen in dem letzten Fall, in dem er Dirk unterstützt hatte, war er vorsichtig geworden. Oben durchsuchte er das Büro. Alle Ordner blätterte er durch, öffnete jede Schublade, er hob sogar den Teppichboden an, aber fand nichts. Seufzend stellte er sich ans Fenster. Von hier oben hatte man einen tollen Blick aufs Meer. Die Sonne funkelte auf den sanften Wellen; es sah aus wie ein Teppich aus Diamanten. Ganz entfernt konnte er Oland sehen und musste unweigerlich an die Sage über die treue Schwester denken. Der zufolge hatte einst eine Jungfrau am Ufer einer Hallig gewohnt, deren einziger Verwandter – ihr Bruder – zur See gefahren war und dem sie versprochen hatte, bis zu seiner Wiederkehr jeden Abend eine Lampe ins Fenster zu stellen. Es vergingen Wochen, Monate und Jahre, aber der Bruder kehrte nicht heim und die Jungfrau wurde zur Greisin. Dennoch stellte sie die Lampe immer ins Fenster. An einem Abend endlich war es dunkel bei ihr, sodass die Nachbarn riefen: ›Der Bruder ist gekommen!‹ Sie eilten zum Haus und fanden die treue Schwester tot und starr ans Fenster gelehnt, als wenn sie noch immer hinausblickte. Das Glitzern der Sonne erinnerte Haie an diese Sage, die ihn unendlich traurig machte. Auch Marlene, mit der er seine Begeisterung für solche Geschichten geteilt hatte, würde nie wieder zurückkehren. Er wischte sich mit der Hand über das Gesicht und wandte den Blick ab. Da sah er plötzlich die kleine Gartenlaube. Ob man die überhaupt durchsucht hatte? Sein Herz pochte plötzlich ganz laut! Eilig flitzte er die Treppe hinab, schlüpfte durch das Fenster zurück ins Freie und sprintete hinüber zur Laube.

Während Thamsen ein paar Haare für eine Analyse aus der Bürste neben dem Waschbecken zupfte, hörte er ein Türschlagen, dann eine gedämpfte Stimme.

»Sie schon wieder. Was wollen Sie denn noch von uns?« Dirk betätigte die Spülung und trat aus dem Badezimmer. Andreas Meinhardt war nach Hause gekommen und stand nun mit Händen in den Hüften breitbeinig vor Nielsen.

»Wir haben ein paar Fragen«, entgegnete Peer und blickte zu Thamsen. Der übernahm wieder wie abgesprochen die Befragung.

»Sagen Sie, wo waren Sie vorletzten Donnerstag? So um die Mittagszeit?«

»Hier«, kam es wie aus der Pistole geschossen. Augenblicklich wanderte Thamsens Blick zu der Mutter, die angestrengt nickte.

»Stimmt das?«, hakte er nach. Die Frau räusperte sich.

»Ja, er war hier.« Thamsen wog den Kopf hin und her.

»Aufgrund der Verbindung zu Heinrich Matzen mussten wir ein paar Erkundigungen einziehen. Wer ist der Vater Ihres Sohnes?« Grit Meinhardt hüstelte.

»Der Mann hat mich sitzenlassen, als ich schwanger war.«

»Aber einen Namen wird er trotzdem gehabt haben, oder?«

»Was soll das?«, fuhr nun Andreas Meinhardt dazwischen.

»Ich habe keinen Vater, nie gehabt. Und solch ein Arsch, der sich vor der Verantwortung drückt, kann mir ohnehin gestohlen bleiben.« Thamsen ahnte, dass diese Gleichgültigkeit nur gespielt war, aber auf diesem Weg würde er nicht weiterkommen. Er zog deshalb seinen Trumpf aus dem Badezimmer.

»Wer von Ihnen ist zuckerkrank?«

Haie stand vor der Gartenlaube. Vielleicht lagerte hier Matzens Diebesgut und führte sie direkt zum Täter. Er schloss nicht aus, dass der Rentner krumme Geschäfte gemacht hatte und daher umgebracht worden war. Auch wenn Heinrich Matzen dem Nachbarn des Kunden aus dem Elektroladen gesagt hatte, er hätte keine Kontakte mehr im Hamburger Hafen. Stimmen musste das deshalb noch lange nicht. Gut, vielleicht verhökerte er keine Elektrogeräte mehr, aber es kamen andere Dinge in Frage. Die Verbindung zu Paul Schlüter ließ vermuten, es könne um Drogen gehen. Und wo fand sich ein sichereres Versteck als in Dagebüll hinterm Deich in einer Gartenlaube? Seltsamerweise war das kleine Holzhäuschen nicht verschlossen. Die Tür ächzte ein wenig, als er sie aufschob. Haie blinzelte in den schummrigen Raum. Jede Menge Gerümpel befand sich darin, alte Gartenmöbel und ein Rasenmäher. Er ging ein Stück hinein und blickte sich um. An der Wand stand ein altes Küchenbuffet. Haie öffnete ein paar der Laden und Türen, doch außer Schmirgelpapier, einer Bohrmaschine und Schrauben lag ansonsten nicht besonders viel darin. Ein ganz normaler Werkzeugschrank. »Mist«, murmelte Haie und musste einsehen, dass es ansonsten kaum Platz für ein Versteck gab. Er blickte zur Decke hoch. Hing da nicht etwas? Er trat einen Schritt zurück und stieß dabei an einen Karton, der raschelnd zur Seite kippte. »Mann o Mann«, fluchte er laut und bückte sich, um das Altpapier, das die Matzens zwischengelagert hatten, wieder einzusammeln. Er schob Wochenblätter und Prospekte zusammen, doch, Moment, Haie stutzte, was war das? Sein Blick hatte einen handgeschriebenen Zettel erfasst. Im Grunde genommen war es nur ein Schnipsel, doch das Wort Volkspark stach ihm sofort ins Auge. Eilig durchwühlte er den Rest des Haufens und fand weitere Stücke eines kurzen Briefes. Es schien mehr eine Mitteilung zu sein. ›Donnerstag, 25.06., 12:00 Uhr Volkspark wie früher. Muss dich dringend sprechen. Gr…‹ Der Rest fehlte. Er durchwühlte den gesamten Karton, doch mehr war nicht aufzutreiben. Mit zitternder Hand nahm er sein Handy und wählte Thamsens Nummer.

»Und wo waren Sie am Donnerstag?« Zwischenzeitlich hatte die Frau im Rollstuhl gestanden, an Diabetes zu leiden und zwar ziemlich schlimm. Die Krankheit war auch der Grund, warum sie im Rollstuhl saß.

»Na, auch hier.« War ja klar, stöhnte Thamsen innerlich, die beiden gaben sich nun gegenseitig ein Alibi. Er spürte, wie sein Handy in der Hosentasche vibrierte, und warf einen kurzen Blick auf das Display. Haie Ketelsen. Nicht jetzt, mein Lieber, dachte er und steckte das Telefon wieder ein.

»Und Sie hatten wirklich keinen Kontakt mehr zu Heinrich Matzen in der letzten Zeit?«

»Nein.« Wieder vibrierte sein Handy, diesmal nur einmal. Um für die nächste Frage Zeit zu gewinnen, schaute er erneut auf das Mobiltelefon. Eine MMS von Haie? Er runzelte die Stirn. Wusste der Freund überhaupt, wie man Bilder mit dem Handy verschickte? Thamsen öffnete die Datei und kniff die Augen zusammen, um besser erkennen zu können, was der Haie entdeckt hatte. Unweigerlich musste er grinsen.

»Nun, Frau Meinhardt wie war genau Ihr Vorname? Grit?« Sie nickte.

»Dann muss ich Sie jetzt leider bitten, uns aufs Präsidium zu begleiten.«

Peer verstand die Welt nicht, er blickte Thamsen überrascht an. War das Taktik oder hatte Dirk tatsächlich etwas gegen die Frau in der Hand?

»Nein«, schrie plötzlich Andreas Meinhardt, »meine Mutter hat damit nichts zu tun! Ich …«

»Doch Andreas, ich war's, ich habe Heinrich getötet«, kreischte Grit Meinhardt dazwischen. Thamsen konnte sich zwar nur schwer vorstellen, wie die Frau im Rollstuhl den Mann überwältigt haben wollte, doch er nickte.

»Dann kommen Sie eben beide mit aufs Präsidium.«

26. KAPITEL

»Und, was sagt sie?« Peer und Dirk hatten die beiden getrennt voneinander mit Hilfe der hinzu gerufenen Kollegen ins Präsidium gebracht und befragt.

»Sie behauptet nach wie vor steif und fest, Heinrich Matzen umgebracht zu haben, aber sie lügt. Sie weiß nicht mal, wo genau sie ihren ehemaligen Geliebten umgebracht haben will.« Nielsen nickte. Die Frau wollte einfach nur ihren Sohn schützen, der hatte jedoch bisher geschwiegen.

»Vielleicht bekommst du etwas aus ihm raus«, munterte er Thamsen auf, als dieser in den Verhörraum ging.

Andreas Meinhardt saß an einem Tisch, vor ihm ein Glas Wasser, das jedoch nicht angerührt worden war. Die Miene des jungen Mannes wirkte versteinert, sein Blick starr auf das Glas gerichtet, in dem kleine Bläschen Kohlensäure aufstiegen. Thamsen stellte sich an das Fenster und blickte hinaus. Draußen war es hell, obwohl es bereits nach 22 Uhr war. Als Kind hatte er besonders die Sommerzeit geliebt, weil es dann erst spät dunkel wurde. Vor der Dunkelheit hatte er sich immer gefürchtet – heute zwar nicht mehr, trotzdem mochte er die freundlichen Sommermonate lieber als die düsteren Jahreszeiten.

»Ich hatte auch nie ein gutes Verhältnis zu meinem Vater.« Er hörte Andreas Meinhardt laut ein- und ausatmen. »Jahrelang bin ich mir wie ein Eindringling in seinem Leben vorgekommen, der ihm einfach nur lästig war. Ein Störfall. Ihnen muss es ähnlich ergangen sein.« Der Verdächtige schwieg. »So gesehen hatte auch ich keinen Vater«, fuhr Thamsen fort, »auch wenn er physisch anwesend war.« Er drehte sich um. »Ist nicht leicht, ohne Vater groß zu werden.«

»Was wissen Sie schon von meinem Leben?«, raunzte ihn der Mann am Tisch plötzlich an.

»Nur, dass Sie keinen Vater hatten, der für Sie da war.«

»Das habe ich auch nie verlangt!« Andreas Meinhardt schlug mit der Faust auf den Tisch. Das Glas geriet ins Wanken, kippte um und die Flüssigkeit ergoss sich über den Tisch, tropfte an den Seiten hinunter. Schnell hatte sich auf dem Fußboden eine Pfütze gebildet. »Nie habe ich irgendetwas von ihm verlangt. Ich kannte ihn ja nicht mal richtig.« Die Wut schien mit dem Inhalt des Wasserglases verschüttet. Flüsternd fuhr Andreas Meinhardt fort, während er die letzten Tropfen, die vom Tisch fielen, betrachtete. »Und für mich wollte ich auch nichts. Es ging nur um meine Mutter. Sie sehen ja selbst, wie schlecht es ihr geht. Sie benötigt eine Spezialbehandlung, aber die kostet eine Stange Geld.« Geld, das die Meinhardts nicht hatten. In diesem Punkt stimmten die Aussagen von Mutter und Sohn überein. Auch Grit Meinhardt hatte angegeben, Heinrich Matzen wegen Geld umgebracht zu haben. Angeblich wollte sie ihren Sohn versorgt wissen, wenn sie einmal nicht mehr war. »Doch nicht einmal dazu war er bereit.« Heinrich Matzen hatte laut

Andreas Meinhardt die Mutter verlassen, als sie krank wurde. Davor war er mehr als unregelmäßig zu Besuch gekommen. »Und seit es ihr so schlecht geht, hat er sich nicht mehr blicken lassen.« Daher hatte Andreas Meinhardt seinen Vater an den ehemaligen Treffpunkt der Eltern im Volkspark, den er aus alten Briefen seiner Mutter kannte, die er auf dem Dachboden gefunden hatte, gelockt. »Ich war mir nicht sicher, ob er kommen würde.« Aber Heinrich Matzen war zur verabredeten Zeit an dem Kiosk erschienen. »Besonders erfreut war er nicht, als er mich dort gesehen hat. Aber ich habe gesagt, ich müsste mit ihm reden, und wenn er mir nicht zuhöre, dann würde ich zu seiner Frau gehen und ihr seine Lebenslüge präsentieren.« Sie seien ein Stück zusammen gegangen und er hatte seinen Vater nach Geld für die Mutter gefragt. »Gegrinst hat er und gelacht. Keinen Cent wollte er zahlen.« Die Hände des jungen Mannes krampften sich zusammen. »Da habe ich einfach den Stein genommen und bin auf ihn los!« In blinder Wut habe er auf seinen Vater eingeschlagen, der so überrascht war über den plötzlichen Angriff, dass er nicht dazu kam, sich zu wehren. »Er ist dann diese Böschung hinabgefallen.«

»Aber er war nicht tot, oder?« Meinhardt schüttelte den Kopf.

»Aber tot war er für mich und meine Mutter mehr wert als lebendig.« Vor dem Treffen hatte Andreas Meinhardt in einer Apotheke ein Rezept der Mutter über Insulin und einen neuen Pen eingelöst. »Noch mal zuschlagen konnte ich einfach nicht.« Thamsen nickte und setzte sich Andreas Meinhardt gegenüber.

»Aber warum musste Erika Matzen sterben?« Der junge Mann hob seinen Blick.

»Weil sie auch gelacht hat.«

»Sie hat gelacht?«

»Ja, ich habe sie angerufen und gesagt, dass ich Heinrich Matzens Sohn sei und meinen Erbteil wolle.« Die Witwe hatte ihm nicht geglaubt und lauthals in den Hörer gelacht, bevor sie aufgelegt hatte.

»Und dann sind Sie hingefahren?«

»Ja.«

»Und als Sie vor der Tür standen, hat sie Ihnen geglaubt?« Thamsen fragte sich, wie es Andreas Meinhardt gelungen war, überhaupt ins Haus zu kommen.

»Ich habe mich als jemand vom Roten Kreuz ausgegeben, der Trauernde versorgt und unterstützt.«

Auf den Kopf war Heinrich Matzens Sohn wirklich nicht gefallen, dachte Dirk. Erika Matzen hatte den freundlichen jungen Helfer ins Haus gelassen, der sich sofort anbot, ihr einen Kaffee zu kochen. So war es ganz einfach gewesen, der Witwe die K.o.-Tropfen zu verabreichen. Anschließend hatte er sie auf die gleiche Weise wie ihren Mann ins Jenseits befördert.

»Aber warum? Sie hätten doch mit einem offiziellen Vaterschaftstest nachweisen können, dass Sie Heinrich Matzens Sohn sind.« Thamsen verstand die Tat nicht. Andreas Meinhardt atmete wieder laut ein und aus.

»Weil sie mir meinen Vater weggenommen hat.« Dirk blickte auf den jungen Mann, der zusammengesunken vor ihm saß. Für einen kurzen Moment verspürte er einen Hauch von Verständnis, doch dann wandte er sich an den Beamten an der Tür. »Abführen bitte.«

27. KAPITEL

Die Wellen, die das vorüberfahrende Containerschiff verursachte, schwappten über die mit Steinen befestigte Uferkante. Die Menschen wanderten scharenweise am Elbstrand und nutzten das herrliche Wetter, das zu einem kühlen Drink im Freien einlud. Peer sah Dirk die schmale Treppe zum Strand hinabsteigen und hob seine Hand. Sofort erkannte Thamsen den Kollegen, der an einem der Tische des kleinen Strandcafés im Schatten eines roten Sonnenschirmes saß.

»Wusste gar nicht, dass Hamburg so etwas zu bieten hat«, bemerkte er anerkennend, während er sich zu dem Hamburger Kommissar setzte.

»Jo, aber man nutzt das viel zu selten. Trinkst du auch ein Bier?« Peer erhob sich, um Getränke zu holen.

»Lieber ein Alster!«

Thamsen lehnte sich zurück. So ließ sich die Großstadt ertragen, dachte er. Sandstrand, eine leichte Brise und der Blick über den Hafen waren nicht zu verachten. Trotzdem die Nordsee einige Kilometer flussabwärts entfernt war, hatte man doch das Gefühl, direkt am Meer zu sitzen. Er verspürte so etwas wie Urlaubsstimmung, und den hatten sie sich wirklich verdient. Der Fall war aufgeklärt und er war froh, über die fabelhafte Zusammenarbeit mit der Hamburger Polizei. Solch länderübergreifende Einsätze konnten sehr bereichernd sein und das nicht nur wegen der unterschiedlichen Arbeitsweisen einer kleinen nordfriesischen Dienststelle und der Hamburger Mordkommission. Thamsen hatte das Gefühl, nicht nur einen kompetenten Kollegen, sondern auch einen guten Bekannten kennengelernt zu haben. Von Freundschaft zu sprechen, war seiner Ansicht nach zu früh, aber er fand, Peer und er waren auf einem guten Weg. Dirk hatte sich jedenfalls sehr gefreut, als Nielsen ihn nach Hamburg eingeladen hatte, um auf den erfolgreichen Abschluss der gemeinsamen Ermittlungen anzustoßen. Ein wenig Wehmut kam in Thamsen auf. Früher hatte er immer zusammen mit Tom, Haie und Marlene die Aufklärung eines Falls gefeiert, bis ... Es blieb ihm keine Zeit, weiter den traurigen Erinnerungen nachzuhängen, denn Peer kam zurück an den Tisch und deutete mit der Bierflasche in der Hand den Strand hinunter.

»Sind das nicht deine Freunde?« Thamsen grinste, als er Tom und Haie mit Niklas näher kommen sah. Er hatte den beiden von seiner Verabredung mit Nielsen erzählt, aber dass sie plötzlich hier am Elbstrand auftauchten, damit hatte er nicht gerechnet. Obwohl das zumindest Haie ähnlich sah. »Wo ist denn eigentlich die Mutter des Kleinen?«, fragte Peer, dem diese eigenartige Männerkonstellation immer noch nicht ganz klar war. Ohne den Blick von den Freunden zu wenden, flüsterte Dirk: »Sie ist hier, genau hier – in diesem Augenblick.«

ENDE

DANKSAGUNG

Risum-Lindholm ist ein kleiner idyllischer Ort in den Weiten Nordfrieslands. Hier bin ich geboren und aufgewachsen – dies ist meine Heimat, in der ich mich gut auskenne.

Kaum anders ist es in Hamburg – der für mich schönsten Stadt der Welt. Trotzdem war dieses Buch eine Herausforderung.

Herzlichen Dank daher an alle, die mich begleitet und es mir ermöglicht haben, das zu sein, was ich am liebsten bin: Schriftstellerin.

Außerdem Dank an meine Lektorin Claudia Senghaas, die meine Autorenallüren mit einer unsagbaren Geduld erträgt und nicht müde wird, mich mit Anregungen und Korrekturen zu unterstützen.

Der Hamburger Polizeiapparat ist um Längen größer als Thamsens Dienststelle, daher geht ein großes Dankeschön an Holger Vehren aus der Pressestelle des Hamburger Polizeipräsidiums, der mir bei meinen vielen Fragen über Zuständigkeiten, Polizeieinsätze, Kriminalitätsraten etc. zur Seite stand.

Doch wer kümmert sich zuerst um meine Leiche im Volkspark? Na klar, das Kommissariat in der Notkestraße! Vielen lieben Dank deshalb ganz besonders an Michael Much für seine fachmännischen Anregungen sowie der gesamten Belegschaft vom PK 25. Gut, dass es euch gibt!

Wie man meinem Täter auf die Schliche kommt,

half mir Professor Dr. Klaus Püschel vom Institut für Rechtsmedizin herauszufinden. Vielen Dank für die Einblicke in Ihre überaus bemerkenswerte Arbeit!

Ein ganz besonderer Dank gebührt allerdings meinem Mann Kay, der mich in all meinen kreativen und weniger kreativen Phasen erträgt und für den ich allzu oft gar nicht anwesend bin. Ähnlich ergeht es meiner restlichen Familie und meinen Freunden, denen ich danke, dass sie mir trotz permanenten Zeitmangels die Freundschaft nicht kündigen und durch ihre Spontanität dazu beitragen, dass wir uns nicht aus den Augen verlieren. Ich weiß, ihr seid immer für mich da. Danke!

Weitere Krimis finden Sie auf den folgenden Seiten und im Internet: www.gmeiner-verlag.de

GRATIS FÜR SIE
KRIMIJournal
1